Allah Beni Böyle Yaratmış

PuCCa

okuyan us

okuyan us

Dizüstü Edebiyat - 17

Allah Beni Böyle Yaratmış
PuCCa

ISBN: 978-605-4054-93-0
Yayıncı Sertifika No. 40123

1. Baskı: İstanbul, Kasım 2012
64. Basım: İstanbul, Haziran 2020

Yayın Yönetmeni: Cem Mumcu
Editör: Aslı Ulu Şahin

Dizi ve Kapak Tasarımı: Ebru Demetgül
Grafik Uygulama: Zeynep Erim

Baskı ve Cilt: Optimum Basım, Tevfikbey Mah. Dr. Ali Demir Cad.
NO:51/1, 34295 Küçükçekmece/İstanbul, T: +90 212 463 71 25
Sertifika no: 41707

Eser, 55 gr kâğıt üzerine 11 puntoluk Times New Roman fontuyla dizilmiştir.

Kurucu: Cem Mumcu

Özgür ve Ebru, hep bizimlesiniz...

Adres: Fulya Mah. Mehmetçik Cad. No: 30B
Fulya, Şişli, İstanbul Tel.: (0212) 272 20 85 - 86

okuyanus@okuyanus.com.tr
www.okuyanus.com.tr

Allah Beni Böyle Yaratmış

Pucca Günlük - 3

PuCCa

okuyan us

İçindekiler

Seninle ilk tanıştığımızda iyiliğine inanmıyordum, ayrıldığımızda ise kötülüğüne. Şimdi, sanki seninle büyümemiş, onca şeyi yaşamamış, hatta hiç tanışmamış gibiyim.

***

Tam karşımda, öylece duruyordu ya öylece, sanki o kadar acıyı bana yaşatmamış gibi, sanki onca seneyi onunla geçirmemişim gibi bakıyordu bana. Tanımış mıydı? Muhakkak, boru mu beraber büyüdük, dört sene beraber yaşadık, beraber yapmadığımız tek şey unutmak eylemi olmuştu. Karşımdaydı şimdi, yaşlanmış biraz, kilo da almış hem epeyce. Zaten götlü göbekli bir şeydi, iyice salmış. Kaşlarının ortasını hâlâ alıyor ve hâlâ aynı gülümsemeyle, gözleri küçülerek bakıyor. Hep merak ederdim, çok çok çok büyük âşıklar seneler sonra birbirleri hakkında neler düşünürler diye. Ona sarılıp uyurken, ya bir zaman sonra başka birileriyle olursak birbirimizi nasıl hatırlayacağız diye. Meğerse böyleymiş...

AŞTİ'de elimde kocaman bir valizle İzmir otobüsünden inmiş etrafıma salak salak bakınıyorum. Üniversiteye yediğim bir bok yüzünden ek kontenjanla gitmiştim. Ankara'yı sadece başkentimiz olarak biliyorum, hayatımda ilk kez görüyorum. Babama falan atar yapıp her şeyi kendim halledeceğime inanıyorum ama AŞTİ'de öylece etrafa bakınıp duruyorum. Yan tarafımda bir çift var, kızın ağlamaktan gözleri patlamış neredeyse. Oğlanında bir eli cebinde, diğeri kızın belinde, bir yanağından öpüyor bir alnından. Onları gördükçe yalnızlığım daha da batıyor, "lan en azından babam gelseydi benimle, üniversite nerede onu bile bilmiyorum" diye kendime acıyorum resmen. Birilerine sormak lazım şimdi diye etrafıma bakıyorum ama paranoyaklığım hat safhada. O benim böbreklerimi çalar, o teyze ne bilir fakülteyi, adamın gözü göz değil, anam valla herifin mesleği pezevenklik diye diye öğrenciye benzer sadece o çift var. Kız ağlamasını kesse gidip onlara en azından oradan nasıl çıkacağımı soracağım ama kızı kesiyorlar sanki, susmak bilemedi. Alt tarafı sevgilinden ayrılacaksın bacım ya, ne bu trajedi, benim beynim şişti deyip araya mı girsem diyorum ama bu da pek kıskanç olacak. Kız hafif susar gibi oldu; hah, valizimi sürükleyerek geldim yanlarına kız bir daha başladı.

Hemen diplerinde kereste gibi kaldım ben, geri geri çekilsem olmayacak, dürtsem ayıp olacak öksüreyim bari dedim. Bir iki öhöm'lemeden sonra çocuk baktı bana. Ayy Allah belanı vermesin senin, onca gürültü ağlama bu şaşı, göbekli, üç çocuk yemiş sıçamamış adam için miydi yani. Kız da bildiğin güzel, istese bunun gibi elli tane bulur. Neyse dedim, bana düşmez insanların özel hayatı. "İletişim fakültesi AŞTİ'ye yakın dediler, ben nasıl gidebilirim?" diye sordum. Adam dünyanın en soğuk tavrıyla bana doğru döndü, "Az bekle, ben de oradayım götürürüm seni" dedi.

Yalnız bunu öyle bir söyledi ki, sike sike beklemek zorundaymışım gibi. "Tamam" dedim, 25 dakika boyunca, kızın otobüsü kalkana kadar yanlarında hiç sesimi çıkarmadan ezik ezik bekledim. Allah'a şükür sonunda kız bindi gitti, bir ara hiç gitmeyecek bir sonraki otobüse alacak biletini sandım da ödüm patladı. Çocuk döndü, gerçek bir su katılmamış öküz gibi "Hadi gidelim" dedi. O önde ben arkada, elimde kocaman valizle pıtı pıtı gittim. AŞTİ'den çıktık, bu durdu, eliyle sağ tarafı göstererek, "Şu taraftan git, dön, okulu göreceksin" dedi.

Allah'ım, o gösterdiği işaretparmağını burkup, hata kırıp kulaklarından sokup kıçından çıkarıp var olabilen bütün deliklerine, buna göbek deliği de dahil olmak üzere sokmak istedim. Be beynini çift katlı otobüsle ezdiğimin adamı, madem tek yapacağın şey bana elinle göstermekti de beni ne yarım saat oynaşmanızı izlemem için beklettin? Kalbim sıkışıyor, aha valla kalbim daralıyor, sinirden alnım atıyor yahu benim.

"Bunun için mi bekledim saatlerdir?" dedim ama söyleyeceği her şeyin cevabı valizi kafasında parçalamak olacak. Çattı o birleşik kaşlarını, burnunu çekti, "Ne için bekledim bilemem, okul orada işte" dedi ve gitti. Bildiğin arkasını döndü ve gitti. Yani düşman olsa düşmana bu kadarını yapamazdı yemin ederim. Ona küfrede küfrede okula doğru gittim. İlk üniversite günüm böylece başlamış oldu.

Lisedeyken üniversite bana çok mistik bir ortam gibi geliyordu. Düşünsene babandan izin almadan istediğin her şeyi yapabileceğin bir yere gidiyorsun, bu bile hayal gücümü zorluyordu açıkçası. Hep böyle müzikal gibi sanıyordum ilk sınıfa girdiğim ânı. Tam ben böyle giriyorum, arka sıralarda sigara içen deri ceketli çocuklar parmak şıklatıyor. Ön tarafta manken gibi kızlar bacaklarını okşayarak şarkılar söylüyor, sıraların üzerinde millet takla atıyor falan. Heyecandan ölmek üzereyim, üniversiteli oluyorum ve bütün sınıf arkadaşlarımı merak ediyorum. Erkeklerin hepsi acayip yakışıklı olmalı, iletişim yani adı üzerinde çirkin adam almamaları lazım diye sınıfın kapısını bir açtım. Arka fonda Yedi Karanfil'den *Ay Yüzlüm*'ün fon müziği çalıyor ve bende bir yıkılma anı.

Lan burası aynen bizim Sosyal 11-B. Hiçbir farkları yok milletin, erkeklerin hepsi çirkin, herkes sırasında kös kös oturuyor. "Hobaaa gençlik ne yapıyorsunuz, anne baba yok, kalkın çılgın atın biraz, içiniz mi çürüdü?" demek istiyordum ama onun yerine kısık sesimle "Ben şeyle, ek kontenjanla geldim de nereye geçeyim ki" diye birine sordum. O da bana arka taraflarda bir yer gösterdi. Gidip oturup dersin başlamasını bekledim.

Hoca girdi sınıfa, bir şeyler anlatmaya başladı, benimse aklımdan geçen tek şey, lisede kızın birinin anlattığı bir olay: "Üniversitede var ya, çişin gelince öğretmenden izin almıyormuşsun. Kalkıp canın istediği zaman kapıyı çekip çıkıyormuşsun." Sürekli olarak bu geliyor aklıma, biri çıksa da doğru mu değil mi onaylasam diye tetikte bekliyorum. Ben tam acaba kim çıkacak derken, biri açtı kapıyı. Hızlıca kimsenin suratına bakmadan hemen benim yan tarafıma gelen orta sırada bir yere oturdu. Bana okulu gösteren çocuktan başkası değildi bu. Zaten böyle bir öküzlük de bir tek ondan beklenirdi. Arkasından hoca da bakakaldı bir süre. Tedirgin eden bir sessizlik oldu, o an çiş olayının yalan olduğunu anladım. Hoca masaya kalemini vurarak, "Özür dilemeyecek misin?" dedi, bizimki sıkılgan bir tavırla yanağını kaşıyarak "sebep?" diye sordu. Kadıncağız bir atarlandı, ders başladı falan filan diye anlatmaya başladı ki, çocuk "Rahatsız mı oldun hocam, alt tarafı girdik içeri. Bana laf anlatacağın sürede buradaki bebelere Cine5 dekoderi nasıl çözülür onu bile anlatırdın" dedi. Ben bir kahkaha attım, zannettim ki herkes gülecek yani, öğrenci komik bir şey söyledi neticede. Ama kahkahamın bütün sınıfın duvarlarında yansımasını görünce anladım, gülen sadece bendim, çocuk bile kendi esprisine gülmemiş hatta bana geri zekâlıymışım gibi bakıyordu. Öğretmen ise çocuktan alamadığı siniri benden çıkarmak istercesine, "Ben seni ilk kez görüyorum adın ne senin?" dedi. Ahanda geldik çişin son damlasına, ayağa kalktım ama heyecandan adımı unuttum. Adım neydi ya benim diye beynimin içinde bir sürü cümle dönüyor, ayaktayım bütün sınıf bana bakıyor, hoca kaşlarını iyice çatmış benden bir ses bekliyor.

"PuCCa ben ya, şeyle geldim buraya."

"Neyle geldin, birinizin arkadaşı falan mı? Size sınıfa başka bölümden eşinizi dostunuzu sokmayacaksınız demedim mi ben?"

"Yook kimsenin şeyi değilim ben."

"Nesin peki?"

"Ek kontenjanla başladım da."

"Ee sizinkiler 2 hafta önce geldiler."

"Ben tatildeydim dönemedim, şimdi döndüm ondan böyle geç oldu."

Kadın tabii sinirlendi ama çocuktan yana göt oluşunun acısını da benden çıkarması kendince iyi oldu. Ama peki ya bence? Üniversitede ilk günüm ve bütün sınıf arkadaşlarım beni geri zekâlı zannediyor. Bana toplum içinde bir anda soru yöneltilince beynimi tamamen kaybediyorum çünkü. O an beynim çalışmıyor, kıçımdan falan konuşuyorum, kelimeler ağzımdan çıkmıyor, çıkanların da zaten mantıksal hiçbir yanı olmuyor. Oturdum yerime ama gözlerim dolu dolu...

Babamı istiyorum ben, sen gelme ben her şeyi hallederim diyen kafamı sikeyim. Daha yurdu bile halletmedim. Akşam nerede yatacağımı bilmiyorum, az önce en büyük rezilliği yaşadım, artık bence yaşamamın bile anlamı yok. Pencereyi açıp kendimi atsam herkes "yapılacak en iyi şeyi yaptı kızcağız" der eminim. Tam alt dudağım titremeye, gözlerimdeki doluluklar yaş olup akmaya başlayacaktı ki ön tarafımdaki kız arkasını döndü, ağzını kocaman aça aça, "Hoş geldin. Hocayı sallama karı menopozdan beynini yakmış, nerelisin, nerede kalıyorsun, ilk girişinde mi kazandın sınavı, hangi liseydi, a İzmirli misin hadi bana İzmir'i anlat" diye bir başladı soru bombardımanına. Ders sonunda kızla eve çıkmaya karar verdik. Bu sayede de gece nerede yatacağım belli oldu, kız beni misafir öğrenci olarak yurda sokacaktı, merak ettiğim her şeyi ona sorabilecektim. Az önce babacığım diye ağlamaklı kurduğum cümleleri bir anda unutuverdim. Her şey harika olacaktı...

Özgürlük çanları benim için çalıyor

Emlakçıya para vermeyelim diye kendimiz ev aramaya çıktık ama ne çıkış, günün sonunda okulun karşısındaki bankta elimdeki gevreği yiye yiye ağlıyordum. Eve çıkmaya karar verdiğim kız ise benden daha mızmız çıktı. Onu teselli etmekten arada sırada kendimi avutmayı unuttum. Dur ya ona bir rumuz bulayım ben, Sarı olsun; ilk bakışta kendini belli eden özelliği bu. Sarışın ama böyle o fallik sarışınlardan durmuyor, doğuştan sarışın olduğu için daha çok "göçmen sarışını" gibi duruyor. Kıvırcık saçlı, çok çok zayıf bir kız. Garip bir güzelliği var, gülerken eliyle hep ağzını kapatıyor, ağlarken de suratını. Herkes hakkında söyleyecek mutlaka bir hakareti var. Yanımıza bir kız geliyor mesela, kızın suratına ne iltifatlar yağdırıyor, arkasını döndüğü an "Bu da tam bir geri zekâlı hiç tahammül edemiyorum." Ya da "O orospu, şu beyinsiz, az öncekini gördün mü götü resmen ensesine kadar çıkmış, ayı ya nasıl yiyor baksana az yese belki zayıflar, hocanın bacaklara baksana bunu kim sikiyor acaba?" Hep ama hep bu şekilde, acaba arkamdan ne diyor diye düşünüyorum ama bir taraftan da bulduğu kulplarla eğleniyorum.

Nereye gitsek "öğrenciye ev vermiyoruz" diye bizi geri yolladılar. Evleri de gör, lan öğrenci ne yapsın senin evini, kediye köpeğe versen içinde barınmaz diyebileceğim türden evler. Hepsi de bize aynı hikâyeyi anlatıyor: "Duvarlardan birini yıkmışlar yan evle birleştirmişler." Beş tane ev sahibinden bu efsaneyi dinleyince hiç inandırıcılığı da kalmadı. Bir de iki kız başına tutulunca orospu muamelesi çekenler yok mu elim ayağım titredi. Gittik eve bakıyoruz, minnacık kutu gibi bir şey, "İkiniz mi yaşayacaksınız?" diye şöyle bıyık altından sordu, öğrenciyiz dedik. "Öğrenciyiz diyorlar pavyonda çalışan çıkıyor abla" dedi, o an gerçekten kapıyı söküp adamın ağzına monte edecektim. Tabii bir de geç kalmışız o ayrı mevzu, bütün öğrenciler kiralık evlere dolmuş, tek tük kalanlar var onlar da bizi beğenemedi bir türlü.

Biz böyle tam vazgeçmiştik yurtta yaşamaya devam diyorduk ki karşıdan o çocuğun geldiğini gördüm. Hiçbir yere bakmadan kafasını koç gibi öne koyup hızlı hızlı yürüyordu, yanımdaki kız, Sarı bağırdı ona: "Hey Ankaralı, bize bir yardım eder misin ya, sen buralısın. Ev arıyoruz." Döndü bize doğru, dedim bu geri zekâlı yardım etmekten anlamıyor, elimize tapu verir gider. Kız beni dinlemedi tabii, çocuğu yanımıza kadar getirtti. Çocuk dünyanın en mühim şeyini dinliyormuş gibi yaptı, hiç sesini çıkarmadan Sarı'nın anlattığı ev ararken başımıza gelen şeyleri dinledi, dinledi, dinledi. Sonra kafasını kaldırdı, "Hayri abi var bizim, emlakçıdır. Ben sizi ona götüreyim, komisyon almaz, merak etmeyin" dedi. O önde biz arkada başladık yürümeye.

Otobüs duraklarının oraya geldik, otobüse bineceğiz ama okul çevresinde ev istiyoruz, çocuğa birinin bunu söylemesi gerekli. Garip bir şekilde bununla muhatap olmaktan ben korkuyorum. Çok yakınız, kıza da sen söyle binmeyelim otobüse diyemiyorum duyacak çünkü. Ben böyle iç sesimle debelenirken bu bir anda bir döndü bana, "Merak etme, adamın ofisi uzakta ama buradan ev bulur size" dedi. Lan düşüncemi mi okudu acaba diye bir korktum. Sonra bakalım bunu da okuyabilecek misin, dedim. "Sen ayının tekisin, öküzün birisin, camışsın, gerçek bir gergedansın, hatta senin pipin mi yok, pipin yok işte pipisiz pipisiz ohohohoh çüksüz" diye içimden geçiriyordum ki bu bir anda bir döndü, bana bir baktı, ardında da elini fermuarına koydu. Kalbim duruyordu o an, adam gerçekten düşüncelerimi okuyor hacı! Hassiktir, ayı deme PuCCa, adama ayı deme, sikini taşağını işin içine katma, düşünmeyi kes, yapma yapma sik düşünme, diye kendimle savaşırken bir taraftan da doğru düşünmeye çalışıyordum ki otobüs geldi.

Otobüse binince tabii daha mantıklı düşünebildim, çocuk düşüncemi okumuyordu, pipisiyle ilgili şeyleri düşünürken otomatik olarak oraya bakınca fermuarını açık sandı ne yapsın. Otobüste biletlerimizin parasını o ödedi. Ankara'da ilk kez otobüse binmiştim, o yüzden bir taraftan da nasıl olduğunu anlamaya çalışıyordum. Yan yana oturduk, bana bir öğrenci bileti verdi, "Al sakla bunu, okul bittikten sonra hatıran olur, ilk biletimdi dersin" dedi. (O bilet hala cüzdanımın bir köşesinde duruyor.) Emlakçıya gittik, evi bize gösterdi, beğendik ve hemen tuttuk. Yalnız şöyle bir sorunumuz vardı, ev eşyamız hiç yoktu ve biz bu konuyu düşünememiştik. Bakalım kahramanlarımızın başına neler gelecekti bomboş evde...

Sana göz koydum, gözün yiyorsa kaç bakalım

O kadar çok gençlik komedisi filmi izlemiştim ki üniversitede neler yapacağımı biliyorum sanıyordum. İzlediğim filmlerde öğrenciler gruplara ayrılıyordu mesela; havalılar, çok havalılar, ezikler, çalışkanlar, motosikletliler, bilgisayar kurtları, ponpon kızlar ve Amerikan futbol takımı oyuncuları...

Kantinde oturuyorum ve etrafıma bakıyorum, gerçek hayattaki gruplaşmayı çözmeye çalışıyorum ama maalesef filmlerle alakası yok. Ülkücüler, ulusalcılar, saçlarının önünü kabartmış kızlar ve her gün fön çektirenler. Hangi grubu seçsem bir diğeri elimde kalacak o derece. Hey gidi hey, ne hayaller kuruyordum oysa, ponpon kız olacaktım, kantinde minnacık eteğimle dolanacaktım. Bir de şu anki halime bak, kantinin ısıtma sistemleri bozulmuş, montumla en köşedeki sandalyede oturup eve alınacak eşyaların ne kadar tutacağını hesaplıyorum. Ev arkadaşı olarak seçtiğim kızınsa içerisine devrim ruhu girmiş adeta. Daha dün Burger King'de yemek yediğim hatun şimdi bana emperyalizmin ruhumuza açtığı derin yaralardan bahsediyor. Okulda örgütlenmeden, broşür yapmaktan Deniz Gezmiş dövmesini nereye yaptıracağına karar verememesinin telaşı içerisinde bana bir şeyler anlatıyor. Allah'tan okullar artık 80 dönemindeki gibi değil; bir yan masamızda da ülkücü çocuklar küpeli erkeklerin listesini hazırlıyor çünkü.

Babamın okula beni yollarken bir tek uyarısı vardı: "Aman diyeyim, siyasete bulaşma. Zamanında hepimiz bulaştık, çoğumuz okulundan, şanssız olanlar ise hayatından oldu. Yeşil parkaya gönül verenlerin bir kısmı reklamcı. Tek bir dil, tek din diyenlerin çoğu ise yabancı memleketlerde onların diliyle derdini anlatıyor şu an" demişti. Liseden olayların artık babamların devrindeki gibi olmadığını az çok biliyordum, yani biz öyle tembel bir nesildik ki açıkçası en büyük korkumuz devamsızlıktan kalmaktı. Üniversitede işler böyle yürüyordu birkaç alternatif dışında, bunlardan biri benim ev arkadaşımdı, diğerleri ise yan masadakiler.

Koltuk yerine evi minderle döşesek ne kadar tasarruf ederiz diye hesap yaparken, Ankaralı çocuk bir hışımla kantine girdi. Ayaklarına kadar uzanan simsiyah montu ile Kenan İmirzalıoğlu'nun içerisine bisiklet pompasıyla hava basmışlar gibi duruyordu. Yan masaya geldi, hemen biri sandalyesini çekip ona verdi, oturdu öyle kös kös susup milleti izlemeye başladı. Bu hareketinden anladık ki onun tarafı küpe koparanlardandı. Gerçi bunu anlamak zor olmasa gerek, tavırları ilk günden beri bunu kabak gibi belli ediyordu. Ben böyle onu incelemeye almışken, Sarı o hiç bilmediğim dünya ile ilgili bana bilgiler vermeye başladı.

"Yurtta çok komikler bunlar. Tuvalet reisi diye bile bir şey var düşünebiliyor musun? Her yatakhanenin bir reisi var, hatta merdivenlerin bile. Neyi kimden koruyorlar kimse bir şey anlamıyor ama aynen bu şekilde sadece insan ayrımı yaptıkları. Bu kesin tuvalet reisidir, bok gibi bir şey zaten. Bize ev buldu ama ne yapalım gerçek bu" diye kendi aramızda gülüşmeye başladık. Sonra birden kantine "o" girdi, hayatımda gördüğüm en güzel gözlere sahip olan kişi. Gerçi sonra daha güzellerini gördüm ama o an bambaşka biri gibi geldi. Hepimiz çay içerken kendine bu soğukta gitti kola aldı, işte buradan bile bambaşka bir insan olduğu belliydi. Bizim fakülteden olmadığı kesindi, günlerdir bakmadığım, incelemediğim adam kalmamıştı, nerede çürük çarık adam var bize gelmiş, İletişim'den olamayacak kadar yakışıklıydı. Bir defa omuzları o kadar genişti ki gömleği esnedikçe esnemişti. Dudakları, dişleri, burnu, burnunu dudaklarına birleştiren alanı, kulak memesi bile güzeldi be adamın!

Gözlerimi ondan alamıyordum resmen, abazan bir genç kız gibi görünmek istemiyordum ama o orada öyle salındıkça aksinin imkânı yoktu. Ağzım açık ona bakarken, Sarı nereye baktığıma baktı, o da görür görmez tabii "Ananı sikim bu ne be" diye tepki verdi. Çocuk kimseye selam vermeden, kantinden öylece geçti gitti. Evet belki üniversite hayallerim yıkılmış olabilir, belki izlediğim filmlerle alakası olmayabilir yaşadığım hiçbir şeyin ama şöyle bir gerçek var ki o çocuk kesinlikle sevgilim olacak. Hissediyorum, duyuyorum, görüyorum, biliyorum!

Dişlerim dişlerine değer felaketim olur ağlardı

Ödev olarak her hafta bir haber bulmamız lazımmış. Sadece bir tane kamera var onu da bir saat kullanmamıza izin veriyorlar. Yani şimdi sokakta bir trafik kazası falan geçirse biri haberini yapmam imkânsız. O yüzden kuaförün birine gideyim de bu senenin saç trendlerinin haberini yapayım dedim. Demek ki böyle oluyormuş, bazen haberleri izlerken bu kadar geri zekâlıca konuları ne diye koyarlar diyordum da artık hepsine hak veriyorum. Ne yapsınlar siyaset siyaset nereye kadar yani.

Sarı ile beraber aldık kamerayı düştük bir tane mahalle kuaförüne. Sarı kamerayı tuttu ben de röportajı yaptım. Masada 1988 yılından kalma dergilerden, en son yaptığı gelin başlarının fotoğrafını duvara büyük bir gururla asmasından anladığım üzre zaten bu kuaförün trendlerden haberi yoktu. Ama olsun ödev ödevdir neticede diye dinledim dinledim, baya bir dinledim ama en son bu sene kadınlar küt saç arkası Amerikan tıraşlı deyince dayanamadım. Amerikan tıraş mı kaldı abi sen ne diyorsun yani, büyük ihtimalle hoca ne dediğini dinlemeyecek yine de bu dandik haberi kendime yakıştıramadım. Sıfır almak pahasına da olsa kaseti sildim.

Herkes tabii ödevini yaptı, gitti güzel güzel hocaya verdi. İşte kimisi tıp fakültesine gitmiş oradaki profesörlere sorular sormuş, yok kimisi hocaları konuşturmuş, bir kaçı halk röportajı yapmış. Güzel güzel aldılar puanlarını. Sıra bana geldi, büyük bir gururla kalktım, kuaföre gittiğimi ama adamın bu işten anlamadığını görünce haberden vazgeçtiğimi, bir olayın haber olabilmesi için buna önce benim inanmam gerektiğin anlattım. O son cümlem çok önemliydi; öyle bir anlattım ki herkes beni avuçlarını kanatırcasına alkışlayacak sandım, hoca alnımdan öpecek "işte gerçek bir idealist muhabir" diyecek zannettim. Hatta teneffüste diplomamı vereceklerini bile hayal ettim. Ama olmadı... Onun yerine hoca bana bir bağırdı; "Orası olmadıysa başka yere gitseydin. Bu kadar insan nasıl buldu bunca haberi? Bunlar vize notlarınıza yansıyacak, sıfır" dedi. İdealistliğim işte bu noktada bitti tabii.

İlk notumu sıfır olunca ikinci haftam fellik fellik haber aramakla geçirdim. Burnumun dibindeki diş tabipliği fakültesinde buldum kendimi. Oradan herhangi bir hocayı bulup onun da yardımıyla bir şeyler yaparım diye düşünüyordum. Hocanın kapısının önünde sorularımı hazırlarken, Armadi Code parfüm kokusuyla bir kendime geldim, kim sürmüşse parfümü saç tellerine kadar sıkmış olmalı. Kokunun şeklini görebiliyorum, o derece. İki karı sikebilirim umuduyla bütün şişeyi boca etmiş kendine. Kim lan bu abazan diye kafamı kaldırdım ki işte orada o, hayatımın aşkı karşımda duruyordu...

O gün kantinde gördüğüm çocuk, pırıl pırıl parlayan gözlerle resmen bana bakıyordu. Çocuğu görünce doğal olarak koku falan gitti tabii, her güzelin bir kusuru vardır, bunun da bol parfümü diye düşünmek lazım dedim. Bunları düşünürken malak malak hâlâ ona bakıyordum.

"Halil hocayı mı bekliyorsun?"
"Kimi, haa hocayı, evet evet."
"Not mu alacaksın?"
"Yok yaa ben, şeyim hani röportaj için geldim."

İşte bu noktadan sonra imkânsız aşkım başlamıştı... Diş doktoru olacaktı, bu yüzden insanlarda ilk baktığı yer dişlerdi. Peki ya ben, ahh talihsiz başım, kocaman dişlerimle çocuğun karşısındaydım. Beni beğenmesinin imkânı yoktu artık, bana sadece hasta gözüyle bakabilirdi. Boynumu büktüm, kaderime razı oldum ve kalbimin en derinliklerine onu gömdüm. Bu sırada tabii hoca geldi, röportajı yaptık, bizim çocuk bana yardım etti. Tam yeniden umutlanmaya başlamıştım ki "Dişlerini kestirmeyi düşünmüyor musun, azıcık ucundan kestirsen bile nasıl değişir gülüşün" deyince kapattım o sayfayı. Hayır bebeğim, hayır doğmamış çocuklarımın babası, hayır imkânsız aşkım dişlerime dokunmayacağım. Ben de biliyorum, ağzımın içine lavabo sokmuşum gibi duruyor, aynaya baktığımda görmüyor muyum sanıyorsun? Millete bir fındık kadar diş macunu yeterken ben her fırçalayışta bir tüp bitiriyorum. Diş fırçası yerine de Vileda kullanıyorum, farkında değil miyim sanki? Ama imkânsız gelinciğim, kar tanem, diş doktorum, bebek suratlım, dokunmayacağım dişlerime.

Bu arada kadına yüklenen bu yük ne kötü ya; her şeyi mükemmel olmalı, işi, karakteri, sesi, duruşu... Başarı belgeleri ilk bakışta kimsenin ilgisini çekmiyor maalesef. Ne yaparsan yap güzel olmak zorundasın. Büyük bir firmada müdür müsün, bir de çirkin misin üstüne, insanlar senden bahsederken işinden önce tipini söylüyor. Harika bir sesin var, piyasaya yeni gireceksin ama çirkinsen o kadar zor ki. Ya da sınıfa yeni bir kız gelmiş çirkinse geldiği bile anlaşılmıyor. Sadece ilk 15 dakika önemli olan bu. Görsellik mevzusundan nefret ediyorum. Çünkü yirminci dakikada gözümün rengi de ellerimin şekli de umurunda olmayacak. Neden senin için kendimi değiştireyim ki, bir de insanlar neden güzel olmak zorunda olsun. Çirkin olmak özür değil. (Bunları düşündüğüm zamanlarda çok zayıf bir kızdım. Sonra kilo almaya başlayınca söylediklerimin hepsini yuttum. İki kilo vereyim diye o götümü duvardan duvara mı vurmadım, ilaçları leblebi gibi mi içmedim, pamuk mu yemedim. Niye? Beni beğensinler diye. Siktirsin götler, onlar yüzünden bağırsağımdan oldum, kronik kabızım şu an. Haa akıllandım mı? Tabii ki hayır, en son Dukan diyeti yaparken rengim yeşile dönmüştü.)

Kâbusları gerçeğe çeviren madde: Akrabalar

Lisedeyken ayrı eve çıkma fikri bana öylesine uç noktalarda geliyordu ki hayal gücümün sınırlarını zorluyordu resmen. Nasıl ya diyordum, gece evde yalnız mı kalacağım şimdi, buzdolabında bira mı olacak, sınırsız internete girebilecek miyim, yirmi dakikada bir eve gelip beni aşağılayan halalarım olmayacak mı? Mümkün değildi ama başardım sonunda. Sarı'yla yaşıyorduk ve her sabah uyandığımda işte bu benim özgür hayatım diyordum. Yalnız bir sorun vardı, ev arkadaşı olayında sanırım biraz erken davranmıştım. "Hadi akşam bir şeyler yapalım" dediğim an kendimi bir türkü kafede buluyordum. Türküye saygım sonsuz ama daracık kafelerde halay çekmek hiç bana göre değildi. Saygı falan diyorum ama *Sordum Sarı Çiçeğe* ilahisini türkü zannedecek kadar da bu konu hakkında cahildim. O yüzden Sarı ile bir karar aldık, haftanın bir günü onun istediği yerde eğleneceğiz; diğer hafta benim. İlk haftamızı Türkü kafeden yana kullandık. Ben sandalyemden hiç kalkmadan elim çenemin altında 3 saat boyunca sadece off'ladım. Sonraki haftayı benim istediğim eller havaya bir mekânda geçirdik, Sarı'nın dediğine göre kendisi bütün gece tuvalette kusmuş şarkıların iğrençliğinden. Günahı boynuna ama ben en son onu göbek dansı yaparken gördüğüme eminim.

İşte olan o gece oldu. Ben bizim sınıftan birkaç kızla beraber hoppidi hoppidi eğlenirken omzumda bir el hissettim. Bir baktım bizim dişçi çocuk. Arkadaşlarla tanıştırıp onların masasını da bizim masaya eklettik. Gürültülü müzik var tabii, konuştuklarımızı duyamıyoruz bahanesiyle sürekli ya benim ağzım onun kulağında ya da onun ağzı benimkinde... Gerçi bu olayı da anlamam mümkün değil, konuşacak en fazla neyin olabilir yani? Orada niye kendini bu kadar zahmete sokuyorsun? Hayır, bir de dünyanın anlamını çözmüş de onu söyleyecekmiş gibi eğiliyor, bir şeyler anlatıyor anlamıyorum. "Hıh, ne?" diyorum, inatla bir daha anlatıyor. O kadar inat ediyor ki anlamadıkça bir daha soruyorum, demek ki önemli bir şey söyleyecek yani diye düşünüyorum ama sonuçta adam sadece "Müzik çok gürültülü değil mi?" demiş oluyor. Canım ya, bunun için mi üç parça boyunca debelendik demek istiyorum ama onun yerine, dilimde türkü bardan bir nameyle "yaradana gurban yaradana yaradana" diyorum.

Öğrenciliğin insana kattığı en büyük yeteneklerden birisi de bir votka elma ile dört saat aynı mekânda durabilme olayı. Üstelik o votka hiç bitmiyor, yarısına kadar içip geri kalan yarısı avcunun içinde çişten daha sıcak hale geliyor. Yani yarım bardak votkayla bütün gece durabiliyorsun. O yüzden sarhoşluk namına bende bir şeyler olmuyor tabii, hep kafa açık. Çocuğa yavşayacağım ama her şey o kadar aydınlık ki mantıksız tek bir şey yapamıyorum, son dakikaya kadar!

Mekândan çıktık, evlere gitmek için herkes toplandı. Yurtlarda kalanları da bölüştük, sonra bizim dişçi geldi öyle yüzsüz yüzsüz "Yurta giremem şimdi sana geleyim mi?" dedi. Hobaaaa gel buyur buradan yak! Eve gelmek isteyen bir erkek, yarı sarhoş sayılır ve hepsinden öte yurtta kalıyor. Yurt ne be!!! Senin gibi yakışıklı çocuğun yurtta ne işi var oğlum manyak mısın? Sınıfınızdaki kızların senin için para toplayıp seni eve çıkarmaları gerekli, hooo üniversite burası, diye sallamak istedim. Bu arada karşısında da öyle malak gibi bekliyordum, hayatımın kararını vermem lazımdı. "Hayır gelme" dersem bağnaz, cahil, Kezban diyeceklerdi. Orada o kadar kişinin arasında sanki o gece tanışmışız gibi duran dünyalar yakışıklısı çocuğa "hadi gel" dersem, orospu olacaktım. Kendimi Kim Beş Yüz Milyar İster yarışmasında gibi hissettim. Joker hakkımı kullanarak iki şık arasında kalmıştım; orospu mu olsam, Kezban mı? Ben bunları düşünürken çocuk bir daha söyledi, dudaklarımdan hayır kelimesi çıkacaktı ki, arka tarafımda beni bekleyen dört kız "Gel hadi gel, donuyoruz binelim taksiye" dediler.

Dört kız arkaya geçince ben de çocukla beraber ön tarafa oturmak zorunda kaldım. Bildiğin sarmaş dolaş oturuyoruz, sanki birbirimizi 45 senedir tanıyor gibiyiz. Takside bir eğlenceli şakalar, arka taraftan gelen "siz çok yakışıyorsunuz" yılışıklıkları ve benim kıkır kıkır kıkırdamam. Bu arada çocuğun yüzüne bakamıyorum sadece her gülümsemek istediğimde dişlerimi görmesin diye ağzımı kapatıyorum. Bunu yapmam tabii saçmalık, TOKİ'nin bütün küvet ihtiyacını karşılayacak şeklinde dizayn edilmiş dişlerim var. Ama işte bir umut en azından gülerken görmesin istiyorum, yazık bana da ya...

Geldik eve, geçtik oturduk salona biraları açtık müzik falan cümbür cemaat konuşmaya başladık. Altıma bir şey verir misin dedi, bana en büyük gelen eşofmanlardan birini verdim. Gri eşofman çocuğa oldu tayt, içeri bir girdi biz bütün kızlar ağzımız açık bakakaldık. Tövbe yarabbim o ne! Orasına bir şey koymadıysa eğer eşofmanın dikişleri attı atacak. İşerken üç beş kişi yardıma geliyor olmalı, yok yani tamam boy; en önemli de sana çocukken ne yedirdiler böyle?

Bu arada sadece ben değil evdeki bütün ahalinin ağzı açık kaldı. Çocuk bir oturdu, kucağında başka bir çocuk var gibi durdu diyeyim de anlayın işte. Elimde bira var, koydum kenara, "Kimse uyumaz inşallah" diye dualar ediyorum. Çocuğunda kolu sürekli belime sarılıp duruyor. Kızlardan biri yatalım hadi deyince, aldım onu benim odaya götürdüm, diğer kızı da yanına verdim. Dişçi bunu görünce tabii gözleri parladı, salondaki kanepeyi göstererek "Biz burada mı yatacağız?" dedi. Biz kim lan, hangi ara biz olduk, dur bir sakin ol, birinci sınıfa yeni geldim ben, zaten eşek malafatı gibi şeyin var diye panik yaşadım. Bir yorgan bir yastık attım ona, kendimi Sarı'nın odasına kilitledim. Sarı'ya sarılarak mışıl mışıl uyudum...

Sabah dış kapının çalmasıyla uyandım, şöyle kafamı kaldırdım Sarı'nın yatağının karşısından kendi suratımı gördüm, öyle şişmiş ki suratımı binlerce arı sokmuş gibi duruyordu. Büyük ihtimal dişçi çocuk hâlâ içerideydi, beni böyle görmesini istemedim, kafamı yastığa geri gömdüm. Nasıl olsa o kapıyı birileri açacaktı. İki üç dakika geçti ki içeriden sesler gelmeye başladı, birtakım kadın sesleri. Hatta bir saniye bu sesler bir yerden tanıdık, lan lan lan... Bu sesler, Allah kahretsin halamlar gelmiş!

O yataktan nasıl fırlayıp içeri koştuğumu bir ben bilirim. Üçlü koltukta bütün endamlarıyla üç halam oturuyor, karşılarında ise yeni uykudan uyanmış dişçi çocuk. Halamlar beni görür görmez başladı taramalı gibi konuşmaya:

"Bu çocuk kim?"
"Hemen eve erkek mi attın?"
"Aferin baban sana para yollasın senin şu yaptığına bak."
"Şu tipinden utan be tipinden"
"Sen saçlarının rengini mi değiştirdin?"
"Korkunç olmuşsun, 35 yaşında gözüküyorsun."
"Alkolik mi oldun bira şişesi mi onlar?"
"Allah seni kahretsin âlem mi yaptın evde?"
"Aç aç aç o kollarını eroin de içiyorsundur sen şimdi."
"Konuyu değiştirme bu çocuk kim?"
"Evlenecek misiniz oğlum siz, maaşın falan var mı seni?"
"Püü senin kalıbına eve erkek atmışsın ev bok içinde."
"Temizlik öğreneyim, hanım kız olayım diyeceğine..."
"Adımıza getirdiğin kara lekeye bak."

Bunun gibi bir sürü cümle... Çocuk en son montunu falan bıraktı bizde koştur koştur kaçtı evden. Ardından uyanan kızlardan bahsetmek bile istemiyorum. Acıdan komaya girmiştim, en son hatırladığım kızlar evi temizliyordu. Allah benim bir sevgilimin olmasını kesinlikle istemiyor olmalı, yani dünyada başka kimin başına gelir öğrenci evine getirdiğin ilk erkek için halalarına yakalanmak? Tabii bu olay burada da kalmadı maalesef, bütün sülalemiz öğrendi. Büyük ihtimalle hepsi genelev işlettiğimi sanıyordur. En son babaanneme ortanca halam ağlıyordu çünkü, "İyi ki görmedin anne kalp krizinden giderdin" diye. Babana söylemeyeceğiz dediler ama elbette ki bire bin katıp anlattılar. Allah'tan babam böyle şeylerde benle yüz göz olmuyor, kendince köşesinde küsüyor bana. Onun cephesinde işler nasıl o yüzden bilmiyordum.

Okula çıkmak için hazırlanıyorum odamda ama içeriden hâlâ seslerini duyuyorum. Sarı çoktan evi terk etti, akşam da gelmeyeceğini başkasında kalacağını söyledi. Yani ders çıkışı büyük zorlu bir maraton beni bekliyor evde. Ders saatimin başlamasına üç saat kala çıktım yola, oturdum bahçede elimde telefonla düşünmeye başladım. Dişçi çocuğa mesaj atsam mı, atmasam mı? Atsam ne diyeceğim, halamların kusuruna bakma ben sanırım üveyim hiç onlara benzemiyorum mu desem, özür mü dilesem ya da sanki hiç böyle bir şey olmamış gibi "Gece de amma eğlendik ha ehehe" mi yapsam? En güzeli ben bu sevdadan vazgeçmeliyim, yani davul bile dengi dengine derken hobaaa ondan bana mesaj geldi. İşte bu be! İşte bu!!!! Kaderim bu çocuk ya, kesin yani kaderim bu çocuk. O halalara rağmen hâlâ bana mesaj atabiliyorsa diye düşündüm ama montunu unuttuğunu yazmış sadece. Mesajda ne bir gülücük, ne bir ifade, ne bir espri ne bir hal hatır sorma var, sadece montunu istemiş. Biraz bozulsam da montu verirken onu göreceğim için sevindim açıkçası, yarın sana getiririm dedim. Ben böyle duygu karmaşası yaşarken, "Piştt ufaklık" diye biri bana seslendi. Şöyle bir bakınınca seslenenin o bizim sınıftaki Ankaralı olduğunu gördüm. Ufaklık seni evire çevire öyle bir siker ki feleğin şaşar diyecektim, büyüklük bende kalsın dedim, demedim. Ufaklık dediği kızla aynı boyda Allah'ın ayısı! Oturdu yanıma, bacaklarını iki yana ayırdı pişik olmuş acı çekiyor gibi suratında bir ifadeyle uzaklara bakarak "Halanlar gelmiş" dedi. İşte üniversitenin en acı noktası bu oluyor arkadaşlar. Lisedeyken evimizin içinde olanı kimse bilmezken burada evde osursan üst sınıflar duyuyor. "Seni okuldan alacaklarmış, İzmir'e dönüyormuşsun" dedi. Bazen de böyle kendinizle alakalı sizin bile bilmediğiniz olaylardan başkalarının haberi oluyor. Elimdeki telefonu fırlattım yere, donakaldım öylece: "Nasıl yani ya!"

"Bizim kızlar söyledi şimdi, baskın yapmışlar evinize, evde sevgilin varmış, Sarı yana yakıla ev arkadaşı arıyor şu an."

Halamların lise hayatımın içine sıçtığı yetmemişti şimdi de buradaki hayatımı mahvedeceklerdi. "Sarı nasıl ev arar ya, o nereden biliyormuş? Benim bile haberim yok." Çocuk şöyle kafasını çevirdi. "Valla ben bilmiyorum sabah kızlara öyle söylemiş. Babanı falan aramış hatta." O an dizlerimi yerlere vura vura, ellerimi yukarıya açarak "Ben kulun değil miyim, dıdıdıttdıtdıt dıt dıt dıt" diye şarkı söylemeye başlayacaktım. Okuldaki herkes şu anda ailemin beni bir erkekle bastığını ve bu yüzden okuldan alınacağımı sanıyor. Kaldı ki öyle bir şey yok, yani her türlü yok, ne bir erkekle basıldım ne alınıyorum. Ama karşıdan koşan, sadece "merhaba"mız olan kızların Pi sembolüne dönmüş acıyan kaşlarını görünce anladım ki bu damga benden silinmeyecek.

"İnanmıyorum yaa, akrabaların evi basmış. Bir de İzmir'e çağdaş derler şuna bak. Yani ben Bingöllüyüm benim annem böyle bir şey yapmaz, okuldan almak ne demek?" Olayın memleketle ilgisi olmadığını halamların hatta ülke sınırını bırak dünyalı bile olmadığını anlatmak isterdim ama bunun yerine eve gittiğimde onları neyle öldürsem diye plan yaptım.

Derse bile giremedim, her önüme gelene bu olayı anlatmaktan, bir erkekle basılmadığımı söylemekten yorulmuştum çünkü. Eve doğru yol aldım, gözlerimden alevler fışkıra fışkıra yürürken yine arkamdan o geri zekâlı Ankaralı çocuğun sesini duydum,

"Erkek arkadaşın konuşsun bence akrabalarınla olayı çözün."

"O benim erkek arkadaşım değil."

"Yani her neyinse işte..."

"Okuldan falan alınacağım da yok."

"Valla öyle demiş kızlara sizinkiler."

"O bizimkiler beni Belkıs Akkale'ye de benzetiyorlar ama benziyor muyum ha benziyor muyum???"

"Bana niye kızıyorsun, evde basılan sensin akraba senin akraban. Ben sana iyilik yapmaya çalışıyorum."

Hiçbir şey söylemeden öfkeyle eve doğru yürüdüm. Kapıyı açtığımda o kadar ağır bir klorak kokusu vardı ki umuyorum zehirlenmişlerdir diye dua ettim ama onların ölümsüz olduğunu aklımdan çıkarmışım. Salonda koltuklara yayılmış beni bekliyorlardı resmen. Kızlara neden böyle bir yalan attıklarını sordum, onlar da o şokla ne diyeceklerini bilmediklerini söylediler. Ben de güzel güzel anlattım çocuğun benle alakası olmadığını, gece yurda alınmayınca salonda uyuduğunu. Zaten evde bir sürü kız olduğumuzu söyledim. Onlardan gelen cevap ise "zaten o çocuk sana bakmazdı" oldu.

Ardından mandalina aldık, televizyon karşısına oturduk, diğer kalan bütün akrabalarım hakkında yalan yanlış bire bin kattıkları dedikoduları dinleyip duruyordum ki kapı çaldı.

Sarı gelmiştir umuduyla kapıya doğru yöneldim ama içimde de kötü bir his vardı ve bingo!

Bir gün içerisinde başıma daha kötü ne gelebilirdi yani, kapıda o kocaman Kenan İmirzalıoğlu kabanıyla Ankaralı duruyordu. Onu orada görünce gözlerim fal taşı gibi açıldı, hemen dışarı çıktım, kapının oraya terlik sıkıştırdım, birbiri ardına soracağım soruları sıraladım. "Ne işin var burada, napıyorsun, deli misin?" Çocuk daha sorulara cevap bile verecek vakti bulamamışken bu kez halamlardan biri geldi kapıya, al işte başına belayı!

Sonra nasıl oldu bir anda anlamadım ama yine halamlar üçlü koltukta oturuyordu, bu kez tekli koltukta dişçi değil de bu çocuk vardı. Hayatında evimizi bile görmemiş adamın bugün bize gelesi tutmuş. Ki o kadar kıyamet koptu okulda halamlara mı asılacak ne yapacaksa, Allah'ın malı.

Benim kapı önünde sorduğum soruları aynı hızla üçü birden sorunca çocuktan çıkan tek kelime "halanlarla baya ortak noktanız varmış" oldu. Sonrası derin sessizlik, halamlar bana bakıyor, ben çocuğa. Neden burada bilmiyorum bile, savunma yapacak durumda da değilim, konuş be adam konuş da şu gecemi zehir etme diyeceğim o olacak.

Bunun ağzından birkaç kelime çıktı sonunda. "Bugün bir şey duydum, PuCCa'yı okuldan alacağınıza dair." Bizimki böyle başlayınca halamlardan bir tanesi saçlarını attıra attıra bana dönerek "Oğlanlar da üzülmüş bak gideceğine. PuCCa giderse kimin evini kullanırız diyorlarmış" dedi. Densiz!

Çocuk anlatmaya devam etti, kibar kibar beni okuldan almamaları için konuştu. Zaten okuldan alınmayacağım için açıkçası bu konuşma beni hiç etkilemedi, hatta aksine sinirlendirdi. Yani sen kim oluyorsun da bizim aile işlerimize burnunu sokabiliyorsun? Ayrıca sana mı düşmüş bu olay, hepsini bırak ailem çok tutucu da olabilirdi, şu an namus davasına bir nehrin kenarına da götürüyor olabilirlerdi beni, ne yani bu terbiyesizlik? Ben böyle içten içe çocuğa kurulurken, ortanca halam, "Sevgilin seni savunmaya gelmiş, orada kös kös oturuyorsun" dedi. Sevgili mi???

Bana bu korkunç çocuğu mu yakıştırdılar, sabahın köründe evde daracık eşofmanımla oturan çocuğa ne oldu? Şu an mantık olarak onun benim sevgilim olma olasılığı daha yüksekken bu her boka sinek adamı mı bana layık gördüler yani? Üstelik evde cayır cayır kalorifer yanarken hâlâ montunu çıkarmamış kişiyi, o montunu hiç çıkardığını görmedim ya, adamın derisine yapışmış bence, yaz kış o montla gezmiyorsa ben ne olayım. Sevgili mevgili deyince bu benden daha çok panik oldu, yanlış anladınız falan diye başladı ama yok yani iş işten geçmişti. O an tek isteğim vardı halamları da onu da evden kovmak. Tabii halamlara böyle bir şey yapmak göt isteyeceği için ayağa kalktım, çocuğa hadi hadi bakalım yaptım.

Ben öyle yapınca bu kez çocuk değerli oldu, halamlar bana bir kızdı; "Gelmiş buralara, senin okumanla ilgili bizle konuşuyor. Ne güzel ne efendi çocuk sana yakışıyor mu hiç?" diye. Allah'ım sen şu aklıma mukayyet mi oluyorsun, alıp beni kurtarıyor musun ne yaparsan yap. Beyin kanaması ha geçirdim ha geçireceğim. Çocuk da öyle şaşkın şaşkın bakıyor. "Ya sevgilim falan değil, kalkmış gelmiş mal ne bileyim" diyorum, halamlar hep bir ağızdan: "Öyledir canım, sevgilin değildir, hıı... Sen de aynı bölümde misin yavrum?"

Ne yavrusu ya, ne sevgilisi? O da mal gibi kaldı. "Söylesene biz birlikte değiliz, ben burnumu her şeye soktuğum için geldim diye" diyorum çocuk bakıyor bön bön. Büyük halam kolumdan bir cimcikledi, "Bulup bulabileceğin en iyisi işte. Kör değil topal değil seni başka kimse almaz sus değerini bil" dedi.

Çocuk nasıl evden gitti, ben nasıl ölmedim bilmiyorum ama sinirden kendimi ha sikti ha sikecektim.

Merhaba
biri sümük gibi yapışmaktan mı bahsetti?

Bazı sabahlar böyle uyanır uyanmaz keşke yaşadıkların bir kâbus olsa dersin hani, hatta uyandığına pişman olursun, dizlerini iyice kendine çekip yorganın içinde tekrar uyumaya çalışırsın. Öyle sabahlardan birisini yaşıyorum ama uyumamın imkanı yok. Elektrik süpürgesi ile bütün evi süpürüyorlar ve sadece tozları çeken bir makinenin sesi bu kadar kuvvetli olamaz. Bir saniye ya? Elektrik süpürgesi mi, iyi de bizim öyle bir aletimiz yoktu ki!

Paldır küldür kalktım salona doğru uçtum, kapının orada yeni alınmış süpürge kutusunu gördüm, yanında da alışveriş poşetlerini. İşte bu hiç iyiye alamet değildi, halamlar burada uzun süre daha kalmayı planlıyorlar demekti. Koşarak odama gittim, apar topar kot kazak ne bulduysam giyindim, çocuğun montunu da çantama iyice sıkıştırıp evden resmen kaçtım. Arkamdan birkaç homurdanma duydum ama hiç duracak gücüm yoktu. Okulun tuvaletinde makyaj yaptım, saçlarımı düzelttim ve çocuğa mesaj attım: "Günaydıııınnnn :)) Montunu eğer benden almazsan çok üşürsün bence." Ayy bazen kendimden midem bulanıyor ama nedense erkekleri tavlamak için beyin özürlü numarası yapmam şartmış gibi geliyor. Niyeyse böyle, dediğinden bir şey anlaşılmayan kızlara bayılıyorlar, aralara da şu tatlı bebeksi şeylerden ekledik mi tam oluyor. Bütün erkeklerin hepsi "bebek taklidi yapan kız" iticiliğinden bahsediyor ama uzun ilişkilerine bakın kız çocuk gibi davranmışlarla oluyor.

Çocuktan mesaj geldi, bizim kantine geleceğini söyledi. Ama bunu öyle soğuk yazmış ki kaynanası olsam ancak bu derece bir mesaj atardı. Önüme saçma sapan ders notlarını aldım beklemeye başladım, geldiği zaman yapacağım şirinlikleri düşündüm, halamlar konusunda nasıl özür dileyeceğimin provalarını yaptım, montunun üzerine de parfümümü boca ettim. Giydiğinde kokumu alsın beni ansın diyerek. Aradan baya zaman geçti anca teşrif edebildi. Masaya geldi ama oturmuyor, ayakta suratıma bile bakmadan ağzının içindeki sakızla "acelem var gideyim ben" yaptı. Dedim PuCCa bu iş olmayacak, boşuna amin demişsin, verdim montunu. Aldı, teşekkür etti arkasını döndü tam gidiyordu ki bir daha döndü. "Akşam işin var mı? Sinemaya gidelim mi?" dedi.

O an o masada sen olsaydın, kesinlikle alnımdan öpmüştün, hatta diğer masalardaki insanlar ayağa kalkıp beni alkışlamışlardı. Gökyüzünden konfetiler yağıyordu, trampet çalan insanlar geçiyordu, çığlık çığlığa zaferimi kutluyorlardı. Ağzım kulaklarımda "ara o zaman beni istersen" dedim. Sonra

Allah korusun vazgeçer bir şey olur dengesizin teki zaten diye "ya da ben ararım seni. Ders bitsin kapama telefonunu sakın" dedim. Dişçi güldü ve gitti ama arkasından öyle güzel bakışım vardı ki saatlerce o şekilde kalabilirdim. Ben dalgın dalgın otururken masama o öküz oğlu öküz Ankaralı geldi. Bunun da bu huyuna o kadar kılım ki, sormadan masaya oturmalar, eve gelmeler, işe burnunu sokmalar. Alt tarafı bize ev buldun lan canımızı mı alacaksın diye delleneceğim neredeyse.

"Bak sana benden arkadaş tavsiyesi, seni korumayan kollamayan adama sevgilim deme. Halanları dün gördüm nasıl iyi insanlar sabahın köründe onlardan kaçacağına seni sahiplenseymiş başına bunlar gelmezmiş."

Başıma ne gelmiş lan, sen dün eve gelip huzurumuzu bozmasaydın ben normal hayatıma devam ediyordum. Şimdi halamlar senin gibi ayıyı sevgilim sanıyor. Hayır bir de adamda utanma yok, bir de bana akıl veriyor. Ya sabır dedim topladım notlarımı kalktım ayağa. Tam gidecekken, "Halanlara beni sevgilim diye tanıştırdın, senin adam gavat olabilir, godoş olabilir, böyle şeylere açık olabilir. Ama benim hatun öyle değil bunu duyarsa çok kötü olur senin için" dedi.

Bu cümlesinden sonra saçını başını yolmamak için öyle zor tuttum ki kendimi. En son alnımda atan damarı hissettim yemin ederim, kalbim falan sıkışıyordu. Gelecekteki sevgilime godoş demesi yetmiyor bir de olay için beni suçluyordu. Resmen sınanıyordum resmen, ama eğer bu olayı birini sakat bırakmadan geçirirsem cennet benim ayaklarımın altında olmalıydı.

Derslere girdim, gelene gidene okuldan alınmayacağımı anlattım, Sarı'yı aradım ama bulamadım bir yerde, dersler bitince de direk çocuğa mesaj attım. Sonrası ölüm bekleyişi, dındındındındınnnnnnn.... Üç dakika boyunca cevap bekledim, o üç dakika oldu üç ömür bana. Derstedir dedim, telefonu uzaktadır dedim, okuyunca döner dedim ama dönmedi. Yapacak bir şey yok diye aradım onu, her dıııt sesinde kalbim boğazıma doğru atıyordu. O kadar çok dıııt sesi duydum ki kalbim yerine dönmemeye karar verdi. Çocuk telefonu açmadı!

İşte bu noktada asla yapılmaması gereken bir şeyi yaptım, bir daha aradım. Bir daha, bir daha, bir daha, bir daha... Açmadıkça hırslandım, gizli numaradan da aradım acaba bana mı açmıyor diye, gittim kulübeden kartla da aradım. Ama açmadı. Gerçi hoş o kadar çok aradım ki yani çocuk açsaydı ona "Anneni kesiyorlar yetişş!" falan demem lazımdı. 80 çağrı olmuş olmalı telefonunda. Olacaksa da bu iş beni sapık zannettiği için olmayacaktı büyük ihtimalle.

Çocuktan haber yoktu, benden kaçmıştı, beni istememişti. Bunu kabullenmem lazımdı da lazım olmasına, be ahizene ettiğimin jeton beyinlisi, madem açmayacaksın o telefonu akşam bir şeyler yapalım mı diyerek beni ne kandırıyorsun! Kalbimde hüzün, içim buruk bir şekilde eve doğru yol aldım. Kapının önüne geldim, anahtarı çıkardım tam çeviriyordum ki! Heloo Murpy...

Çocuk aradı, eve girersem konuşamam burada konuşmaya çalışırsam belki evdekiler duyar. O yüzden açtım sessizce konuşmaya çalıştım. Beni AVM'de beklediğini filmin 15 dakika içinde başlayacağını söyledi. Telefonu kapattım, anahtarı yerinden çıkardım ki büyük halam açtı kapıyı, hiçbir şey söylemeden koşarak kaçtım. Bildiğin kaçtım yani, çünkü orada bir şey söyleyecek olsaydım filmi kaçıracaktım. Kaçmak o sırada mantıklı geldi tabii.

Beş dakika geç kaldım ama az kalsın AVM'nin merdivenlerinde koşarken ciğerlerimi dışarı çıkaracaktım. Oturdum çocuğun yanına, hâlâ soluk alışverişim düzelmedi. Gergedan gibi sesler çıkarıyorum. Kendimi tutmaya çalıştıkça daha çok çıkıyor, az rahat bıraksam kendimi "aaahhhrrrtttttt'"diye bir gürleme çıkacak benden ama öyle tutuyorum ki. O kadar koşmanın sonucu bir de terlemişim Allah Allah diyorum, gözeneklerimden bile terler fışkırıyor. Montu çıkardığım an koktuğumu da fark ettim. Çaktırmadan oramı buramı ıslak mendille sildim işe yaramasını umarak.

Film başladı, çocuk pür dikkat filmi izliyor. Gerçekten filmi izlemek için gelmiş, hiç benle ilgisi yok. Gerçi o kadar kötü görünüyorum ki şişme montum bacaklarımın üzerinde, onun üzerinde kocaman çantam var, bir de hırkam. Dizimin üzerine koyduklarım yüzünden zaten önümü göremiyorum, bir de kaçarak uzaklaştığımdan beri beni arayan halalarım var. En azından onlar beni rahat bıraksın diyerek telefonu kapatayım dedim. Ben de dünyanın en bok filmine kendimi verdim. Birinci yarının bittiğini Dişçi'nin beni dürtmesiyle anladım. O kadar güzel uyumuşum ki esneye esneye kendime geldim. Kola, patlamış mısır falan aldı geldi, ikinci yarı daha eğlenceli olacak diye düşündüm. İşte bir mısır, iki el, birleşen parmaklar uu beybi!!!!

Ama yanıldım, çocuk mısırdan tek bir lokma bile yemedi. Bense bütün önümü mısır kırıntısıyla doldurdum, gözkapaklarıma kadar beyaz beyaz mısırlar vardı hatta. Film bitti, üzerimde olan lahanaları tek tek giydim çocuğun arkasından pıtı pıtı gittim. Bu arada çocuk hiç konuşmuyor, hayır yani madem benden hoşlanmıyorsun ne diye sinemaya çağırıyorsun? Şu yaptığı densizlik yüzünden evde ne kıyamet kopuyor ah bir bilse... "Yemek yiyelim mi?" dedi, mendebur suratını valla biraz daha çekecek sabrım yoktu, "sen ye" diyerek pıtı pıtı gittim yanından. Telefonumu açtım, babam, halamlar, kardeşim, arkadaşlarım ve bilmediğim birkaç numara daha aramış beni. Aynen geldiğim gibi koşarak eve geri döndüm.

Tabii ki beni gülle çiçekle karşılamadılar, kaçırıldığımı zannetmişler, teröristlerin beni takip ettiğini düşünmüşler, kapıya kadar koştuğumu arkamda silahlı adamlar var olduğu için onları korumak adına geri döndüğümü sanmışlar. Hatta öyle ki polisi de aramışlar ama polis sanırım bunları ciddiye almamış. Babam uçak bileti almış geliyormuş.

Bir defa akıl var mantık var, arkamda silahlı adamlar olsa neden sizi korumak için geri kaçayım, aksine "girin girin girin içeri, işte aradıklarınız" yaparım adamlara...

Sevgilin olmayan bir kızı sakın düğüne davet etme

Benim yaşımda kızlar genellikle aşk için, ne bileyim bekareti için, notları için falan depresyona giriyor ben ise halalarım yüzünden giriyorum. Başıma neler geldi anlatsam kimse inanmaz bir de beni suçlar bunun üzerine. Babam geldi yanıma bir gün kaldı, adamcağız bile halamlardan öyle bıkmış ki onları dinlemedi. Büyük halam benimle yaşamaya karar vermiş, öyle durup dururken bir anda bu kızın hayatını karartayım dedi sanırım. Babam da giderken artık kocaman kız oldun kendin hallet dedi, bu adamın da bu olayı ayrı bir sinir. İşine geldi mi koca kız oldum, işine gelmedi mi "senin ne işin var öyle yerlerde". Halama açık açık istemediğimi de söyledim ama anlamadı, teröristlerin peşimde olduğunu zannediyor. Yaa beni kim ne yapsın diyorum, dinlemiyor. En korkunç yanı ise her akşam onu gezdirmemi istiyor. Daha doğrusu istiyordu, sonunda ondan kurtuldum çünkü. Tabii ki onu öldürmedim! O kadar da değil canım. İnan bunu çok istedim ama hapishane fobim var benim.

İşe başladım, bir kanalın radyosunda DJ olarak. "Kendi paramı kendim kazanıyorum"dan girdim, "sen evlenirsen ben ortada kalırım bak, ev arkadaşım varken yapma bunu"-ya kadar getirdim. Onun evleneceğine olan inancımı duyunca sanırım sevindi ve gitti. En son, Sarı'nın sinirden bedeninde kırmızı lekeler oluşmuştu. Kızın tangalarını bulmuş, yani odasını falan kurcalamış bildiğin, sonra da "o ip ip külotlar kabız yapar ben diyeyim sana" diyor. İşte hal böyle, artık bir didididijeyyyy PuCCaaaa'ydım. Sabah dört saatlik bir programım var ve tek yaptığım şey şarkıların isimlerini söylemek. Bana bunun için resmen para veriyorlar, para dediysem tabii verdiklerine para denirse. "Sıradaki parçamız, Mustafa Sandal'dan geliyor, İstersen dağlar!" Sadece bu, bunun bir level üstü ise geceleri istek programı yapmak.

Bazen Dişçi beni dinliyordur umuduyla ona uygun şarkılar yolluyorum ama hiç sanmıyorum dinlediğini. Onla da durumlar karışık, ya aslında karışık falan değil her şey çok net belli ama ben karışık olduğunu zannediyorum. Çocuk beni sadece "Napıyorsun, akşam size geleyim mi?" diye arıyor. Her akşam halam var demiyorum da bin tane bahane uyduruyorum. Ben bile yazarken çocuğun beni nasıl gördüğünü anlayabiliyorum ama gel onu sen benim yüreğime anlat. Hep bir umut işte, "ama sikmek istiyorsa seviyordur da bence" diye.

Oysa ki insan ilişkilerinde en iyi bu noktayı bilen bir kızdım. Kardeşim liseye başladığı sene onu kolundan cimcikleyip

"Sakın ola lisede biriyle sevgili olma! Erkekler kızları yürüyen amcık gibi görüyorlar, kişiliğin karakterin onların umurunda değil" demiştim. Öyle ki lisede sevgilimle ölmeyi kabul edip sevişmeye hayır diyen bir insandım. Şimdi ise adam utanmasa pankart açacak "gece çekirdeğinden reçel yapacağım hohoho" diye, ben hâlâ romantik hayaller peşindeyim.

Yani demem odur ki sonunda halamı yollayabildim onun gitmesiyle de öyle derin bir nefes aldım ki anlatmamın imkânı yok. Günlerim böyle sıradan bir halde geçip giderken ben Dişçi'den vazgeçmeye karar verdim. Birincisi aslında çocuğun suratını hiç görmüyorum, tek gördüğüm şey bana attığı "Eve gidelim mi?" mesajları. Yani bunun için uğraşmaya değmez diye düşündüm, artık mesajlarına bile cevap vermeme kararı aldım. Tabii ki bu kararın hemen ardından çocuk bana hayır diyemeyeceğim bir mesaj attı. Evrendeki her şeyin bir matematiği olduğuna inanıyorum, yani şu an bunu okumanın bile aslında hem geçmişe yönelik hem de geleceğe yönelik belli sebepleri var. Daha basit anlatmam gerekirse, bilgisayar oyunu oynarken oyunu yapan adam, hani, şu tuşa basarsan karşına şu canavarlar gelecek, final bölümü böyle olacak, sağ taraftan gidersen bir kuyu açılacak falan gibi kurguluyor ya, hah bizler için de aynı şeyin olduğunu düşünürsek, bu siktiğimin olayı ne oluyor acaba? Hayır yani, neden birinden vazgeçer vazgeçmez adam kendini hatırlatmak zorunda kalıyor? Ya da tam birine güvendiğiniz an o kişi size yamuk yapıyor? En büyük düşmanınızdan intikam alacağınız gün neden o kişinin başına öyle bir felaket geliyor ki siz bile üzülüyorsunuz? Yani bu nedir şimdi: Akşam beni düğüne davet etmiş!?

Bir defa düğüne davet etmek bence en ağır kıroluk göstergesi ama bir yandan da samimiyet içeriyor. Yani bütün akrabalarıyla orada tanışabiliyorsun, demek ki sana değer veriyor diye düşünüyorsun. Sonra da kendini "neden bana bu kadar değer verdi ki şimdi bu" diye sorgularken yakalıyorsun. Bundan sonrası özgüven eksikliğine giriyor o yüzden bunu fazla karıştırmadan düğün için "Tabii ki gelirim" diyorsun. Hatta sonuna da "Darısı bizim düğünümüze" cümlesini eklemeyi düşünüyorsun ama abartma lan kendine gel diyorsun. Gitmem gerekli olan bir düğün var ve ben düğünler hakkında hiçbir bilgiye sahip değilim! Bir kere halay çekemiyorum ben, ne giyilir hiçbir fikrim yok, geline bir şey takmak zorunda mıyım? Allah'ım ne olur zorunda olmayayım, iki kuruş param var zaten onu da elin kızı gerdeğe girecek diye vermek istemiyorum açıkçası.

Eve gittim, Sarı ile beraber ne giyeceğime karar vermek için dolabın önünde oturduk. Okulda giydiğim kıyafetler asla olmazdı, gece dışarı çıkarken giydiğim kıyafetler aslında gece için bile olmazmış. Acaba Ankara gece hayatını nasıl bir yer sanmış olmalıyım ki böyle orospu kıyafetleri almışım kendime. Yapacak tek bir şeyim vardı, alışveriş yapmak! Önümüzde bir saat gibi bir süre var ve girmemiz gereken bir sürü mağaza bir de azıcık bir para! Atom karınca gibi giriyoruz, elbiseleri elimizle tarıyoruz: "Bu olmaz, bununla görümce gibi dururum, bu fazla dekolte, bu bir garip, pardon bu nereden giyiliyor, ayy bu yorgan kumaşı, bu beni 62 yaşında gösterir, beyaz giymeyeyim değil mi, o ne öyle gelin gibi, bu çok iddialı, bu ne be, bununla TOKİ'de iki eve girerim, bu sanırım evet evet bu!" Saniyeler içinde elle taranmış elbiselerden bir tanesini denemeye karar verdim, kabine girdim ve çıktığımda gerçekten güzel bir seçim yaptığımı anladım. Yalnız bir sorun vardı elbise öyle bir kumaştandı ki altına nasıl iç çamaşırı giyersem giyeyim kenarı mutlaka belli olacaktı. Bir de fiyatı biraz beni zorlayacaktı, yani eğer onu alırsam bir süre gece çıkmalarına elveda, makarnayı yarım porsiyona indirmece, kantinde çay içmemece ve fotokopiye yüklenmemece gerekliydi bana. Hayat benim için çok zor olacaktı ama buna değerdi. Bir tek iç çamaşırsız nasıl yürüyecektim onu kara kara düşündüm.

Eve geldim, elbiseyi giydim, saçlarımı düzleştiriciyle dümdüz ettim, makyajımı yaptım oturdum Dişçi'nin beni almasını bekledim. En son seni sekiz gibi evden alırım yazmıştı bana, saat sekize on vardı, arayıp çocuğu boğmayayım dedim. Sonra o saat sekizi on geçti, yirmi, yirmi iki, yirmi beş derken tam buçukta arayayım bari diye telefona attım elimi. O telefon açılmadı, bir daha aradım yine açılmadı, bu kez abartmayayım dedim telefonu uzağıma koydum mesajı geldi küçük beyin. "Düğüne gitmekten vazgeçtim, biraz hastayım, ben seni sonra ararım."

İnsanlar nasıl katil olabiliyor bu mesajdan sonra anladım işte, yani şimdi gidip kemerle boğazını sıksam, sonra küçük dilini ellerimle koparsam, gözlerinin içine kumlar bassam, kızgın şişlerle karnını deşsem, kaburga kemiklerini dişlerimle yerlerinden çıkarsam, kafasını dizlerime vura vura parçalasam, ona kendi sikini taşağını bile yedirsem hâkim beni haklı bulur. Ben külotsuz dışarıya çıkmaya karar vermişim, gitmişim azıcık olan parama hayatımda bir defa giyebileceğim elbiseyi almışım ve olan olaya bak. Lan sen kimsin de beni son dakika başından atıyorsun, sen o düğünde şu an fink atmıyorsan ben de PuCCa değilim ve o düğünü zehir etmezsem suratıma tükürün benim.

Kalktım sinirle altıma bir tanga giydim, kenardan belli oluyor ama napalım bu sinirle bir de popişime sürten satenle uğraşasım yoktu valla. Sarı'ya dedim: "Üstüne bir şeyler giy, düğün basmaya gidiyoruz."

Gene olan bana oldu, ben bir şey anlamadım

Sarı ile beraber bir masada bekliyoruz öyle, gelin tarafı bizi damattan sayıyor, damat tarafı gelinden büyük ihtimalle. Kimseyle konuşmadan dağıtılan küçük kanepeleri yiyorum, bir taraftan da Dişçi'ye bakıyorum hangi orospuyla gelmiş acaba diye. Bir yandan da seviniyorum iyi ki çocukla gelmemişiz elbisem biraz fazla kaçabilirmiş buraya. Yani düğün derken Çırağan Sarayı'nda demedi bana, neticede bir düğün salonu ismi verdi ne diye kendimi bu kadar önemli hissetmişsem o da ayrı mevzu. Artık kanepelerden akşam yemeğim bitti ki karşıdan bütün endamıyla bizim Dişçi göründü, kendisi damadın kuzeni oluyor. İnsan kuzeninin düğüne hasta olduğu için gitmeyecek vay babam vay, ben de bu yalana inanacak kadar geri zekâlıyım demek. Tam yanına doğru büyük bir hırsla gidiyordum ki Sarı durdurdu beni: "Gidip ne diyeceksin? Pardon ben manyağın tekiyim yalan söylediğini ispatlamak için kaçak düğününüze geldim mi?" Ohh ne âlâ memleket hem adam suçlu hem de ben kendimi suçlu hissedeceğim, oldu canım. Evet, durum biraz benim psikopat olduğumu gösterebilir ama yani bu onun yalancı olmadığını kapatmıyor maalesef. Sarı bir daha kolumdan tuttu, "Bence bırak o seni görsün şok olsun, yanına gidersen bizi buradan attırabilir" dedi. Evet daha mantıklıydı, o yüzden oturduğum yerden avımı bekleyen aslan gibi onun bana yaklaşmasını bekledim.

Bunları beklerken o düğünün bizim olduğunu hayal ettim, acaba hangisi annesi diye tahmin etmeye çalıştım, gelinliğimin duvağını çizdim sonra ona sinirli olduğum aklıma geldi, bu kez boşanma hayalleri kurdum. Çocuklar için kavga ettiğimizi düşündüm, kızlarımı alıp kaçtığımı, evi darma duman ettiğimi hatta o beni aldatmış olsun sekreteriyle, adam dişçi ama ya, hemşireyle falan olsun bari. İşte aldatmış beni ben de asil bir kadın gibi çekmişim gitmişim olsun. Yalnız paçalarımdan da asillik akıyor ne demezsin, düğün bastım lan daha ötesi mi var!

Kendi kendime hayaller içerisinde çırpınıp dururken bizimki beni gördü, bir afalladı önce, daha emin olmak için iyice baktı. Ben de filmlerdeki kötü karakterler gibi bir bakış attım ona, masaya doğru yaklaştı. "Senin ne işin var burada?" dedi.

Kendimden emin bir şekilde, "Asıl senin ne işin var burada, hani hastaydın?" dedim. O da beni kolumdan tuttuğu gibi tuvaletin oraya götürdü. Orada bir sürü benim hoşuma gidecek lafları ardı ardına sıraladı. İşte gelmeyecekmiş ama son saniye bir uğrayayım demiş, beni kırdığını düşündüğü için buradan çıkışta yanıma gelecekmiş, işte o beni tanımak sevmek istiyormuş ama ben kendimi hep çekiyormuşum, ona bir şans vermiyormuşum. Falan filan anlattı da anlattı. Benim ağzım tabii kulaklarımda, sonra da "hadi sen eve git daha rahat bir şeyler giy ben seni almaya geleceğim" dedi.

Ben de öyle Avarel gibi pıtı pıtı eve gittim. Teoride düğünü bastım ama pratikte hiçbir işime yaramadı aslında. Eve geldim, rahat bir şeyler giydim bekledim.

Gelmedi ve hiç aramadı dememe gerek yok sanırım...

Neler kaybettiğini bir bilsen kendini keserdin

Sanırım ben o kendi kendini gaza getiren insanlardan birisiyim, yani ortada fol yok yumurta yokken ben kendime sucuklu omlet yapmaya çalışıyorum. Neyse Allah'tan daha da abartmadım en azından kendimi böyle avutuyorum. O gece onu hiç aramadım, bence bu benim için büyük bir başarı, sonraki gece de daha sonrakinde de, o da beni aramadı zaten. Okulda bir yerde karşılaşacağız diye ödüm patladı, kendimi o sebeple işime ve derslerime vermeye karar verdim. Dersler konusunda pek sıkıntım yok, her şeyin ezber olduğu sözel gruplarında dersler konusunda sıkıntı çekenleri de anlamam öylesine zor ki. Topu topu 45 sayfalık bir yerden sorumlu tutuyorlar seni, onu bir kez okusan yeter artar bile. Yani içerisinde olan şeylerden soru soracaklar bunu bu kadar büyütmenin âlemi ne, gecelerce o 45 sayfaya çalışanlar, soru çıkaranlar, geçmiş soruları ezberleyenler falan var.

Lisede de öyleydi, bir kitap var ve sana sadece o kitabın içerisinden soru soruluyor, bu, bu kadar basit. Gerçi hoş, sayısalcı arkadaşlarım da bana aynı şeyi diyordu, formüller var ve her şeyi o formüllere göre yapıyorsun, mal mısın matematik ne kadar zor olabilir diye. Ama zordu, içerisinde rakam olan her şey çok zordu. Ezber hafızam süper ötesi iyidir, şöyle ki okuduğum kitaplarda paragraflarına kadar söyleyebilirim ama o sıçtığımın rakamları korku filmi gibi geliyor bana. Mutlaka psikolojide falan anlamı vardır, rakam gördüğüm zaman daralıyorum, boğuluyorum. Telefon numaralarını hayatta aklımda tutamam, bir defasında rüyamda 5 rakamı beni kovalıyordu.

Bu konuya nasıl geldim tam olarak bilmiyorum ama hah, işimi iyi yapmaktan bahsediyordum. O gün hayatımın en kötü şeyini yaptığımı zannederken bir anda her şey bambaşka oldu.

Sabah yine her zamanki gibi radyoya gittim, bir sürü abuk sabuk şarkıları arka arkaya koydum ve tek tek isimlerini söylüyordum ki bir anda slow parça yüklemesi yapıldığını fark ettim. Sonra oturdum, zaten bir Allah'ın kulu beni dinlemiyor diye insanlara Dişçi olayını anlattım. Tabii bu kadar aleni ve net bir şekilde değil.

"Birinden çok hoşlanıyorsunuz, onun da sizden hoşlandığınızı sanıyorsunuz. Ama suçlu siz değilsiniz, o bacaklarından ikiye ayırıp Kızılay Meydanı'nda süründürmek istediğimin çocuğu aklına estiği gibi umut veriyor size. Adam düğüne davet etti ya beni, kim kimi düğüne davet eder yani? Peki ben ne yaptım, gittim üç kuruş paramla elbise aldım ve beni almasını bekledim. Tabii ki gelmedi, hikâyenin devamını anlatmak istemiyorum ama kötü yani sonucu, bunu bilin. Bir şeyi çok merak ediyorum, neden o umut veriliyor, neden yani ya, sevmiyorsan istemiyorsan çeker gidersin. Pastam dursun, karnım doysun falan ne oluyor yani, kimsiniz lan siz! Çete misiniz?"

Bu şekilde bir atarlanmam söz konusu oldu, yayınım bitti, çıkışta kesin atılacağımı düşündüm. Umurumda da değildi yani, zaten bana şarkı adı söylemek için para vermeleri bile büyük bir saçmalıktı. Ama işler o şekilde yürümedi, niyeyse sahibinin kızı dinlemiş ve çok beğenmiş yayını, arayıp teşekkür bile etti. Sonra da yayınım geceye alındı. Bir nevi terfi ettim, tek sorun vardı ben her gece böyle nasıl atarlanacaktım?

İlk gece gittim bir iki şarkı çaldım ardından atarlanacak konu aramaya başladım, yok bulamıyorum üzerimde öylesine ağır bir yük var ki anlatamam ama hadi Bismillah PuCCa'cık, başla bakalım diye oturdum vizeler hakkında konuşmaya başladım. Meğerse konuşmaya başlamam yeterliymiş, içimde yanıp tutuşan, her şeye bok atmaya meyilli sinirli bir insan yaşıyormuş. Birinci gün, ikinci gün, üçüncü gün derken güzel güzel geri dönüşler de almaya başlayınca beni artık kimse tutamaz diye düşünmeye başladım. Mükemmeldim ben ya, DJ'lerin kraliçesiydim, bu işin piriydim. Gönül dostu Füsun Sarı Şeker bekleyin ben geliyorum! Ben Atarlı DJ PuCCa, ben söylenmez olan her şeyi söyleyen, ben sizin düşündüklerinizi dile getiren, işte o kız bendim, BEN DJ PUCCA idim!

Göt kalkıklığımın haddi hesabı yok tabii, yani neden olsun ki ilk seneden kariyerim belli oldu, kitleleri ayağa kaldıran biriyim neticede, bir Tarkan bir ben diye düşünüyordum.

Okula giderken güneş gözlükleri takmalar, derslerin ortasında çıkıp gitmeler, "benim işim radyo şekerim ya, Haber Yazma Teknikleri'ne girmesem de olur" tavrım. O kadar sinir bozucu duruyordum ki kalkıp toplanıp beni dövseler hak etmişim derdim yani o derece.

Bir gün yine böyle gece radyoya gittim, bu arada ilk günler radyoya eşofmanlarımla gidiyordum, böyle biraz gaza gelince gece yarısı oradan çıkışta kına gecesine gidecek gibi giyinmeye başlamıştım. Elimde Starbucks bardağımla oturuyordum yayın odasına. Kimse de bana "PuCCa gecenin 1'inde her gece o kahveyi nereden buluyorsun?" demiyordu. Ben yine açtım mikrofonumu konuşmaya başladım, bu kez konum sabah alamadığım çizmemdi. Çizmenin ne kadar pahalı olduğundan falan bahsediyordum. Şarkı soktum araya, sonra kapı açıldı, müdürüm "Radyoca sana o çizmeyi almaya karar verdik" dedi, gayet güzel bir jest ile. Teşekkür ettim, adam kapıyı kapatıp gidince de "Sen önce o kıçına don al da. Çizme alacakmış, Allah'ın kekosu, bu saatte lahmacunu da yemiş her yer koktu. Çizme alacakmış bana, mal herif'"diye kendi kendime söyleniyordum.

Sonrası hüzün, sonrası telaş, sonrası benim gözyaşlarım.

Meğer geri zekâlı ben, mikrofonu açık unutmuşum bütün söylediklerimi adam da dahil olmak üzere herkes duydu. Oradan öyle bir atılışım vardı ki, dillere destan olmuştur büyük ihtimalle. Nasıl kıvırmaya çalışıyorum, nasıl ben öyle bir şey demedim diye ağlıyorum anlatamam. En son "bana komplo kurdular" bile dedim yani.

Bir kariyerim daha başlamadan bitmişti, üstelik korkunç bir şekilde...

Sevilmeyen bir kız olmak için yapman gerekenler

Geceleri radyoda gündüzleri ise okulda olduğum için evde neler oluyor neler bitiyor bir haberim yoktu açıkçası. Bir de kendimi o leş öğrenci tayfasından görmediğim için onlarla takılmak zevk vermemeye başlamıştı. Kendimi "DJ PuCCa" etiketine öyle bir adamışım ki o kısacık maceramdan sonra sudan çıkmış balığa döndüm resmen. Yeni iş arıyorum ama son yaptığım terbiyesizlik pek buna müsaade etmiyor, o yüzden ben de yine öğrenci hayatına uyum sağlamaya çalıştım.

Çalıştığım dönemde ev iftar çadırı muamelesi görmüş, bölümün bütün yurtta yaşayan malları gelip bizim eve çöreklenmiş. Bir de finaller var, hobaaa çalışmalıyız diyerek bizim ev mülteci kampına dönmüş. Bu arada finaller başladı, birinci yılım bitiyor ve benim elimde hiçbir şey yok maalesef. Ayrıca da "dersler nasıl zor olabilir" diyen dilimi eşek arısı soksun. Salonda toplam 12 kişi ders çalışmaya çalışıyoruz, okuduğum hiçbir şeyi anlayamıyorum doğal olarak. Ha bire etrafımdakileri gözetlemekle meşgulüm, oradan buradan ne piçlik çıkarsam diye düşünmekten kanser olacağım yemin ederim. Herkes neredeyse birbirinin üstünde çalışıyor, her kafadan bir ses çıkıyor ve o ses sonrasında büyük bir uğultuya dönüşüyor. Çocuklar bize yurtta rahat etmediği için geldi ama burası yurttan beter.

Bir de her ortamda kimsenin sevmediği, gıcık, her şeyi çok bilen, sürekli insanları aşağılayan, garip bir özgüveni olan ablak suratlı bir kız olur ya, yok bu kez o ben değilim. O da var bizim evde, yani kız hakkında hepimiz demediğimizi bırakmadık ama yine de götümüzden ayırmıyoruz. Ne zaman tuvalete gitse, herkes fısır fısır konuşuyor onun için. "Bu niye geldi yani, mal hepsini ezberlemiş, kâğıdından bile baktırmıyor bla bla bla..."

Önümdeki fotokopileri bırakıp o kızı gözlem altına aldım, bir insandan neden nefret edilir, bunun için neler yapması lazım, insan ilişkilerinde yanlış olanlar nedir diyerek. Zaten ben hep bu huyum yüzümden kaybediyorum, olası yapılacak şeyi yapmayıp başka şeye kendimi verdiğimden. Üniversite sınavında iki haftadır alnımda varlığını hissetmediğim bir sivilce beni bir anda rahatsız etmişti, on beş dakika boyunca onu sıkmak için uğraşmıştım. Eğer onu yapmasaydım şu an tıp okuyordum, yalan söyledim tıp okumam imkânsız, sözelciyim bir kere ben. Bu sözel bölümünün yapılma amacı adım gibi eminim, ileride hesap kitap sayılarla ilgili bir şey olduğu zaman "sözelciyim yae ben" diye işin içinden çıkmak. Sözelcisin de çarpma da mı bilmiyorsun pezevenk, ilkokulu aynı anda okuduk demek kimsenin de aklına gelmiyor tabii.

Kızı izlemeye devam ettim, ortamdaki nefret edilen olmamak için kendime feyz alacağım şeyleri not almak adına defterimi de aldım yanıma. Âdeta o benim deneyimdi, bense Kanadalı Prof. Dr. PuCCa idim.

"Denek kendi çevresinden koparılıp kapalı bir alanda insanlar içine sokuldu."

Bir defa en büyük hatası, çok fazla yer kaplaması. Bunun kilo ile alakası yok, üçlü koltukta bir ayağını yana doğru atarak tam iki kişinin oturacağı yere oturmuş. Herkes birbiriyle akraba niteliğinde sıkışık nefes almaya çalışırken denek etrafına insanların gelmesini engelliyor. Kibarca ayağını geri çekmesini isteyen birine dişlerini öyle bir gösterdi ki adam on kilometre uzağında otursa yeri.

"Denek sürekli olarak şikâyet halinde."

Ortada dönen konuya katılabilmek için önce kendi fikirlerini söylüyor, bu fikirleri kimse duymuyor ya da duymazlıktan geliyor ya da umursamıyor. Bir daha muhabbete katılmak için hamle yapıyor, bu kez de başarılı olamayınca başardığı en iyi işi yapmaya başlıyor. Şikâyet etmek, her şeyden söylenerek ilgiyi kendi üzerine çekmeyi başarıyor. Önce o yayıldığı koltuktan şikâyet ediyor, yetmiyor içtiği çaydan, yetmiyor ders notlarının kötü oluşundan, havadan, nemden, sudan, kapıdan, atomdan, var olan her şeyden şikâyet ediyor.

"Denek ağzını hiç boş bırakmıyor."

Yemek yiyen insanların çekiciliği diye bir şey var. Öyle olmasa hep ilk randevuları "yemek yiyelim" olmaz. Bir de bir insanı yemek yerken daha kolay ikna edersin, o yüzden büyük şirketler istediği projeyi alabilmek için adamları taşaklı yerlere götürüp yedirip içiriyorlar. Ama böyle bir durumda bu itici duruyor. Çubuk krakerden nasıl olabiliyor da bu kadar gürültü çıkarıyor anlamıyorum çünkü. Kraker yemiyor da pencere kenarlarını yiyor sanki haggrr huuggrr. Ve durmak bilmiyor neresine zula etmişse onca krakeri hayvan karı!

"Denek herkesin hem fikir olduğu konuya hep muhalif."

Kahramanlar hep insanların peşinden gittiği fikre karşı çıkanlardan çıkıyor. Bir fikre kendini adamış insanları yolundan çevirmek çok zordur çünkü. Muhaliflik iyi bir şeydir ama karşılığında boş olmaman kaydıyla. Bizim sınıfta yarım akıllı bir kız var, haber spikeri olmak istiyor onun o işi yapamayacağından hepimiz eminiz ama yine de hayallerine "he gülüm" yapıyoruz. (Kız haber spikeri oldu sonrasında.) Kızcağız başladı spikerlere dair efsaneleri anlatmaya bu hayvan elindeki çubuk krakeri bıraktı, baktı baktı söyleyecek bir laf bulamadı "Spikerler hep orospu, insan orospu olmayı ister mi hiç?" dedi. Sonra tabii evde bir tartışma yaşandı. Hayatında orospu mu gördün mal, nereden biliyorsun ayrıca başlarını mı tuttun? Sırf ortamdaki konuya aykırı hareket etmek ve bunu kendi namus seviyesine indirgeyebilmek için var gücüyle çalıştı. Mesela insanlar sevgiliden aşktan bahsederken bunun ağzından çıkan tek cümle "okula sevgili bulmaya gelmedik biz". Oğlanın biri iki göz kırpsa bırakacak evinin hanımı olacak orada bize bir ton afra tafra işte...

"Denek eşyalarına karşı fazla korumacı."

Çoğumuz notlarımızı bu kızdan aldık ama bize öyle boktan notlar vermiş ki kalacağımız bariz belli. Kendi çalışacağı şeyler bir masayı doldururken bize üç sayfa fotokopi çıkarmış çakal. Mesela tükenmez kalemi bu tuvaletteyken birinin eline geçti diyelim, Allaaahhh tam bir saat hiç susmadan o kalemle alakalı konuşuyor. Tükenmez kalem lan neticede her seçimde her partiden binlerce alabilirsin, dandik bir kaleme Frodo'nun yüzüğe yaptığı muameleyi çekiyor.

"Denek eğlenceli şeylere tahammül edemiyor."

O kadar kalabalık ders çalışılınca doğal olarak her kafadan ses, her köşeden bir dedikodu çıkıyor. Bu çalışmaya engel tabii, bu hanım kızımız bu noktada kendini gösterip herkese istediği şeyi söyleme hakkı var sanıyor. Sevgilisiyle telefonda konuşan kıza "Onunla telefonda konuşacağın sürede ders çalışabilirdin", köşede dedikodu yapanlara "yaptığınız terbiyesizlik", sesi biraz yüksek çıkana "toplum arasında nasıl konuşulacağını kimse sana öğretmedi mi", herkes için ulu orta onları rezil edecek bir sürü cümlesi var yani. Ee bir süre sonra illallah ediyor insan.

"Denek kendini diğerlerinden hep üstün görüyor."

Bir de kızın şöyle bir tutumu var ki "hepiniz öyle malsınız ki bütün televizyon kanalları benim için çırpınacak. Çünkü ben bütün formülleri ezberledim, bütün hocalara yalakalıkta sınır tanımadım, ben çok uğraştım bunun için. Siz sürtüklük peşindeyken ben bu kadar not tuttum. Hepiniz sürüneceksiniz ve ben yönetmen olacağım". (Bu arada kız evlendi ve şu an hiçbir yerde çalışmıyor.)

Bu ister istemez insanı soğutuyor, yani benden iki tane fazla not tuttun diye beni küçük görme hakkına sahipsen, başka bir kız da sırf senden güzel diye seni harcayabilir. Bir de kim ister yanında böyle meymenetsiz, sürekli konuşan bir canlıyla dolaşmayı?

Bu deneye dair gözlemlerim böyleydi, o kız bir daha bizimle ders çalışmadı, zaten finallerin hepsinden de 90 dan aşağı not almadı, büyük ihtimalle bizi yanına yakıştıramadı haspam.

Arkadaş arkadaşın pezevengidir

Havaların ısınmasıyla sanırım insanların duygularında birtakım değişiklikler olmaya başladı. Kimi görsem birine halleniyor, herkes birbirleriyle çiftleşmek için var gücüyle uğraşıyor. Ama yok böyle bir çalışma, disiplin ve sabır. Sanırım senenin bitmesiyle de ilgisi var bu durumun, herkes çift olarak memleketine dönmek istiyor olabilir. Final haftası her ders çalışma seansı bize yeni bir çift kazandırdı mesela. Evimiz tekke gibi oldu, çul çaput bağlarlarsa şaşırmam. Bizim eve giren hoopp manitayı alıp götürüyor. Bir benle Sarı'nın işine yaramadı, bütün sene bildiğin abaza kaldık, hadi ben yine bir Dişçi macerası yaşadım kendi halimce ama Sarı'da hiçbir şey olmamıştı. Taa ki bir şeyi keşfedene kadar.

Yine böyle hepimiz akşam oturup ders çalışırken, Sarı'nın bakışlarını Ankaralı üzerinde gördüm. Bildiğin aval aval bakıyordu çocuğa, konduramadım önce. Sonra çayı ilk ona koyması, o ne derse ağzı açık gülmesi, kendince aralarında bir dil varmış gibi espriler yaratmaya çalışmasını izleyince dedim kesin bizimki Ankaralı öküzüne vuruldu. Bir de öyle imkânsız ki ilişkilerinin olması, Sarı bildiğin devlet olmasın, din ne demek, ırk ne demek hepimiz insanız diyen biri. Ankaralı ise hiç oturup düşüncesini sormadım ama takıldığı insanlardan ve o kocaman montundan anladığım kadarıyla tek bayrakçı gibi görünüyor. O yüzden Sarı'nın babası bu ilişkiyi öğrenirse kesin bacaklarını kıracak! Aslında ne güzel ütopik bir aşkları olabilir bu sayede, kaçarlar, çocukları olur ilk çocuğun adı Deniz, ikincinin adı Ülkü olur. Hatta barışı onlar getirebilir bu ülkeye, yeni bir parti kurarlar, biz başardık siz de başarın... Ay ben bir gaza geldim heyecanlandım...

Mutfağa geçti bu arkasından da ben gittim hemen, "Ankaralı ile hayırlı işlerrr" dememle kızın eliyle ağzımı kapatması bir oldu. "Sakın aman diyeyim belli etme, şu dolu insanı sırf adam bize gelsin diye çağırıyorum zaten. O da Allah'ın odunu bir adım atamıyor bana."

Anacım yalnız ben karşı koyar, ne bilim "ayy ya saçmalama" falan der diye bekliyordum, hatun sorsam diye gün sayıyormuş meğer. Kız arkadaşı vardı diye hatırlıyorum dedim, o da bilmediğini söyledi. İçeride hallederim ben merak etme diyerek yürüdüm.

Birilerinin aralarını yapan kız güveni diye bir şey var. O çok garip bir his, ne zaman birilerini birilerine yamamaya çalışsam bana öyle bir gaz geliyor. Adama her türlü şakayı yapabilirim, kızı itin götüne sokabilirim, onlar birleşsin diye türlü entrika çevirebilirim gibi. O özgüven çok garip bir şey, pezevenkliğin verdiği o hisle dünyayı ele geçirsem yeriymiş gibi.

Artık omuzlarımda büyük bir sorumluluk vardı, ev arkadaşımı hoşlandığı adama ayarlayacaktım. Mutfaktan içeri girdim, yerime oturdum, kıza merak etme konu bende der gibi bir bakış attım. Sonra da ağzımı yaya yaya Ankaralı'ya, "Yaa senin kız arkadaşın vardı ne oldu ona?" dedim. Herkes bir sustu nedense, çocuk önce kendisine olduğunu anlamadı, "Benim mi?" dedi. Ee yani o bile bir kız arkadaşının olduğuna bu kadar şaşırıyor haklı tabii. "Hayırdır, ayrıldıysak bana mı asılacaksın?" dedi. O an kendimi sikmek istedim, üstelik döve döve sikmek istedim. Bir şey de diyemedim, ağzım açık kaldım, herkes güldü çok komikmiş gibi. Sonra ben bir saydırmaya başladım, "Sana ne asılacağım be!" diye giriyordum ki, bu daha lafım bitmeden, "zaten asılma aman" dedi. Sonra kendimce ben birkaç laf söyledim ama buraya yazıp kendimi daha da rezil etmemin âlemi yok. Çocuk beni göt etti işin özü bu ve manitası olup olmadığını da bir türlü anlayamadık.

Ertesi gün oldu, bunlar yine bizde ama bu kez daha az kişiyiz. Yeni birlikte olmaya başlayan bir çift, Ankaralı, Sarı, bir de ben. Ders falan bir noktaya kadar, yetti artık hadi oyun oynayalım diye girdim. Bira şişesini getirdim, doğruluk mu cesaret mi oynayacağız. Bu hemen atladı, "öpüşmeli falansa ben öpüşmem kimseyle" diye. Ayı ya, gerçek bir ayı. Seninle kim öpüşsün dudaklarını kızgın yağa bastığımın veledi! Doğruluk yapıyoruz dedim, elimdeki şişeyi bir yerine sokmak istercesine.

Çevirdim bana geldi, klasik sorular soruldu ilk sevgilin, unutamadığın biri var mı, ilk ne zaman öpüştün bla bla bla.

Herkes yedi ceddine kadar anlattı sanırım ama o şişe ucu bir tek Ankaralı'ya gelmedi. Allah'ım kanser olacağım, her türlü çeviriyorum şişeyi ama yok yani adam efsunlu, ona bir türlü gelmiyor. Bilmem kaçıncı denemeden sonra pat diye geldi, o heyecanla anında sordum, "Sevgilin var mı, o kızla hâlâ beraber misin?" diye. Bu da durdu, "Neden bunu merak ediyorsun?" dedi. Far görmüş tavşan gibi kaldım öyle, o kadar beklemiyordum ki o soruyu, yani Sarı sana âşık deyip kaçabilirdim bile o derece.

"Siz benim kıçımdaki donun rengini bile sordunuz, en basit soruyu sordum merakla ne ilgisi var?"

"Dün de aynı şekilde sordun bugün de sanki bu oyunu sırf ondan oynuyormuşuz gibi hissettim."

"Dünyanın senin etrafında döndüğünü, herkesin her hareketi yapmasının nedeninin kendin olduğunu düşünüyor olmayasın. Bu ağır psikopatlık belirtisi bence."

"Sevgilim varsa mı mutlu olacaksın? Yoksa mı?"

"Ya bana ne, ben niye mutlu olayım?"

"Bu bir anda atarlı çıkışın bile bunu gösteriyor ya neyse..."

Allah'ım utanıyorum, bir şey saklıyorum evet, o soru için sırf bu oyunu yaptım evet, saatlerdir ona gelsin diye de uğraşıyorum evet ama bunu kendim için yapmıyorum. En önemlisi çocuk hâlâ o kızla devam edip etmediğini söylemiyor!

Bu soruya cevap vermeden kalktı, ben gideyim dedi. Sonunda Sarı'dan bir hamle geldi de benim ona asıldığımı düşünmekten vazgeçti çocuk. O ayağa kalkınca bizim kız da hemen kalktı "burada kal ya, içeride benim odada uyursun. Biz PuCCa ile salonda yatarız" dedi.

Ben niye salonda yatıyormuşum da odamı o çifte veriyormuşum onu öğrenmek istedim o an açıkçası. Yani sen sevişeceksin diye benim konforuma neden engel oluyorsun ki. Arkadaşlık için çiğ tavuk yenir dedim, ses çıkarmadım. Sonra çift olan kişiler üstünü değiştirmek için benim odaya gitti, pijama giyip gelecekler birkaç saat daha takılıp uyuyacağız.

Bir saat oldu yok, iki saat yok odanın ışığı da yanıyor ama gelmek bilmediler. Benim de üstümü değiştirmem lazım, çocuğun altına da bir şeyler vereceğim bekliyoruz ama yok yani. Dedim, uyudular sanırım çaktırmadan girip vereyim sana pijamayı. Ankaralı ile beraber odaya doğru gittik, kapının oraya yaklaşmamızla ayı gibi sesleri duymamız aynı anda oldu. Evin yalıtımı harikaymış meğerse, çocuk odada kızı kesiyormuş ve biz hiç duymamışız. İnim inim inliyor kız, yok böyle bir ses. Bir korktum ama ben, "koşşş bu çocuk bu azimle bizi de becerecek" diye çocukla Sarı'yı aldığım gibi salona, kapıyı da kilitledim.

Ama bembeyazım, korkudan ölüyorum, polisi falan arayacağım. "Saçmalama sevişiyorlar" diyorlar ama bu sevişme sesi değil, çocuk sado-mazo kızı kesiyor içeride. Allah kahretsin çarşaflar kan oldu, yok yani imkânsız tokat mokat atıyor bir şeyler oluyor içeride. Ya içeri girip kızı kurtarmalıyız ya da bu evden kaçmalıyız. Adam seri katil, önce onu, sonra bizi yapacak, kesin planı buydu. Bak günlerdir nasıl kalabalıktık, ya şimdi?

Çocuk oturttu su falan içirdi bana. "Katil falan yok içerde bizim Kerim var." Ben ama gerçekten korkuyorum, Sarı bir anda durdu, sanki günde üç posta o da yapıyor gibi, "Canım alt tarafı sevişiyorlar ne yani hiç mi sevişme görmedin" dedi.

Sarı âdeta bir porno yıldızı, sanki Sasha Grey karı, "arkadan yapıyorlardır, ses seviyordur" diye konuştukça konuşuyor. Ulan bir senedir neredeyse aynı evdeyiz de bir bok yesen ben bilirim, ne şimdi bu çocuğa kendini kaşar gösterme gayretin? Çocuk da bir afalladı sanırım, utandı da ben biraz sakinleştim, oturduk beklemeye başladık. Bu sırada tabii içeride olan olaylarla ilgili en az bir milyon tane espri yaptık. Ardından kapı bir açıldı çocuğun elinde benim tişörtüm var ama tişört kan içinde. Onu görünce hepimiz aynı anda öyle bir çığlık attık ki. Benim ağzımdan çıkan tek kelime, "ben demiştim aha ben demiştim" oldu. Masamın üzerinde duran sürahi düşmüş, kız da ayağını basmış ayağı kanamış. Bize anlattıkları hikâye buydu ama ben buna asla ama asla inanmadım!!!

Usul usul yaklaş çocuk, kalbim kırılır...

Sınavlardan birine girmek için kapının önünde cümbür cemaat bekliyoruz, herkes son dakika beynime neleri sokabilirim diye düşünüyor. Ben de eski soruların cevaplarını ezberlemeye çalışıyorum. Ankaralı yine aynı haşmetiyle sınıfın oraya doğru yürüdü, onu görünce soruları ona da vermek için hamle yaptım ama garip bir şey oldu, beni görünce geri gitti.

Sınavda hemen yan tarafımda oturuyor, yani ne olursa olsun her sınıfa girdiğinde muhakkak bana bir laf sokardı. Bu kez geçti oturdu suratıma bile bakmadı. Ardından kantinde oturuyorduk hep beraber, bu geldi, sandalye çekti kendine, tam oturacaktı ki göz göze geldik, sandalyeyi bıraktı ve gitti. Akşam yine ders çalışalım ayağına Sarı da yana yakıla onu arıyordu, dedim "gitti çocuk". Mesaj atayım mı falan derken, bana “sen mesaj atsana, benim ona asıldığımı anlamasın” dedi. Uupss...

Bu kızların birine yavşarken “beni anlamasın” derdi çok korkunç şeylere yol açıyor farkında değiller. Seni anlamıyor ama yanındaki saf, iyi niyetli, arkadaşının mürüvveti için her şeyi göze alan kızı yanlış anlıyor! Yani bir de asılıyorsun, neticede anlaması lazım ki ona göre sen de onun hislerini ölç tart di mi?

Dedim, “hayatta atmam, adam benim asıldığımı sanıyor”. Bunun öyle olmadığına dair binlerce şey söyledi, neticede o mesaj benim telefonumdan çocuğa atıldı. Çocuktan gelen mesaj aynen şöyle: “Sağ ol ben evde çalışırım.” Bir daha yaz, bir daha yaz baskılarıyla tekrar çağırdım. “Siz çalışın” yazdı. Öküz. Neyse o gün çocuksuz bir çalışma yaptık, ertesi gün yine aynı şekilde sınıfın önünde öyle duruyorduk, bu kez hiç gelmedi. Tam sınava girdik o saniye girdi içeri. Yine suratıma bakmadan oturdu sıraya. Zilin çalmasına beş dakika kala kâğıdı verdi çıktı, ben de arkasından verdim koşarak çıktım. Kantine doğru giderken yakaladım onu,

“Sana bilmeden bir şey mi yaptım ben?”
“Yo, nereden çıktı o?”
“İki gündür bir afra tafra...”
Tam bir şey söyleyecek gibi oldu, sonra etrafına baktı vazgeçti.
“Neyse boşver.”

İşte bir insana işkence etmenin en kötü yolu. Bir şey der gibi yapıp sonrasında “neyse boşver” dediğiniz an karşı taraf onu öğrenmek için çıldırır ve yapmadığı şey kalmayacaktır.

Hatta öyle ki bu olaydan sonra en fazla uyguladığım taktik bu oldu benim.

Öyle deyince daha bir üstüne gittim, bütün sınıflar çıkmaya başlayınca koridor kalabalık oldu. Bu da "gitmem lazım" dedi. Şimdi bütün gün kendi kendimi yiyeceğimi bildiğim için arkasından pıtı pıtı gittim, "bana söyleyene kadar rahat bırakmayacağım seni" dedim. Erkekler tuvaletinin önündeydik, bu da tuttu kolumdan biraz daha geriye götürdü beni. Sanki çok gizli bir sır verecek gibi etrafına da bakarak:

"Bir kızla yüz yüze konuşmadan ayrılmak bana yakışmaz."

"Ne yakışmaz?"

"Senenin başında söylediğim kız vardı ya, sınavlar bitene kadar yanına gidemem ayrılmak için."

"Ee? Benle alakası?"

"Sorup durmuyor muydun?"

İşte, düşündüklerimde haklı çıktım. Allah'ın kekomançisi beni kendine asılıyor sanmış. Bir de bana oturmuş açıklama yapıyor. Önce bir güldüm, sonra da küçümser bir tavırla:

"Benim senle mi ilgilendiğimi zannettin gerçekten?"

"Yani, biraz, ne bileyim..."

"Ve beni kendinden uzak tutmaya mı çalıştın? Ayy götüm. Kusura bakma ama şu dünyada bir sen bir de İlyas Salman kalsa gider ona veririm."

"Ee neden o zaman sorup duruyordun?"

Evet en yakın arkadaş olma kurallarından birini yıkmak üzereydim ama bence bu iyi olacaktı. En azından çocuk ona asıldığımı düşünmeyecekti. Sarı için bir şeyler düşünmüyorsa bile artık bir kıpırdanma olması gerekliydi. Hoş o gece sevişmeyle ilgili anlattıklarından sonra tuvalete götürüp çatır çutur yapması gerekirdi bence ama neyse kendi tercihleri. Ben sadece kendi üzerime düşen vazifemi yaptım. Aynen onun bana başta yaptığı gibi, gizli bir şey söyleyeceğim diyerek kafamı yaklaştırıp:

"Sarı senden hoşlanıyor."

"Madem öyle sen ne diye bu kadar uğraşıyorsun, sürekli mesaj atıyorsun, hayatımı merak ediyorsun ve sana selam vermedim diye sınavını yarıda bırakıp arkamdan koşuyorsun? Sen Sarı olduğuna emin misin hoşlananın?"

Öküz Allah belamı versin bu hayvan oğlu hayvan odundan yapılma. Abicim öyle düşünsen bile lak diye denir mi, ben bile kendimi sorguluyorum ne bu şimdi? Hayır, savunacak bir yerim de yok. Sarı yaptırdı desem, bu arkasından koşmayı da mı Sarı yaptırdı yani.

"Mal, senin böyle hissettiğini düşündüğüm için yaptım ben. Hem benim sevgilim var zaten. Sana mı kaldım lan?"

Sinirlenip çektim gittim. Ayı ya, gerçek bir ayı katıksız, onu ormanda avlayıp postunu evin ortasına sermek istiyorum.

Neden böyle oldu şimdi?

Üniversitede birinci senem sonunda bitiyor, açıkçası öyle mükemmel geçmedi, liseden arkadaşlarla buluşunca herkes harika öğrencilik anılarını anlatacak ve benim elimde sadece sevişen bir çift insan sesi var. Halalarımı anlatmaya değer görmüyorum, lise arkadaşlarım için onlar bir sürpriz değil çünkü. Bu yüzden biraz buruğum, yani onca üniversite efsanesi, büyük aşklar, ilginç olaylar yaşayamadım. Son sınava bir gün kaldı, yine herkes bizim evde. Bu kez "çok özleyeceğiz, öhü böhü"lü bir akşam yaşıyoruz. Ankaralı da geldi, gelmesi de sanırım biraz moralimi bozdu. Şeyden dolayı, adam ondan hoşlandığımı zannederken benden kaçıyordu, Sarı hoşlanıyor dedim hiçbir şey olmadı. Belki de çocuk hoşlanıyor, kesin bu akşam bir şey olacak aralarında, kesin ya adım gibi eminim. Yoksa o lafı söyledikten sonra kalkıp gelmezdi.

Hadi yine oyun oynayalım şeyiyle başladık, bu kez evde cin çağırmak aklımıza geldi. Ayy o gün buna evet diyen aklımı duvardan duvara vurmak istiyorum. Önümüze kağıdı koyduk fincanla çağırmaya başladık. Önce piçlik yapayım dedim, en fazla korkan benmişim gibi davrandım. Hatta böyle çağırmayalım diye ağlıyorum. "Yapmayın, bakın bilmediğiniz şeyler var" diye de milleti fişekliyorum. Oturduk ama ben hâlâ korkudan titriyorum. Tabii ki normalde yok öyle bir şey. Fincanı harflerin oraya itip itip duruyorum. "Cenabetler dışarı" yazdım. Birkaç kişi hemen diğer odaya gitti, pislikler. "Sarı, haberden kalacak" yazdım zaten onu yazınca herkes inandı. Bu arada her kelimeye giderken sadece ben korkudan ağlıyorum. Herkes korkmuş ama bir taraftan da kim götürüyor diye muhabbet ediyorlar. Sonra benim dışımda fincan oynamaya başladı. Parmağımla tutuyorum ama yok, durmuyor fincan bildiğin oynuyor. "Selam PuCCa" yazdı. Allah yarabbim o an ben kaç kez dine döndüm, kaç kez tekbir çektim, İbranice bilsem onunla bile Allah'a yalvaracak durumdaydım. "Elini fincandan çek" yazdı, ben hemen zaten çektim en arkadaki koltuğa attım kendimi. Bir taraftan da bağırıyorum, kırın o fincanı kırın diye. Ama korkudan kriz geçireceğim yani, ilk başta gerçekten numara yapıyordum artık böğrümü yırtıyorum. Gitsin diye bir şeyler yaptılar, fincanı falan kırdılar. Güya gitti.

Bir saat falan geçti, içeriden bir sesler geliyor sanki. Millete gidin bakın, evimize geldiniz cin çağırdınız onu yok edin deyip duruyorum. Ankaralı bir anda susturdu milleti, "Korkunun üzerine gitmezsen o hep orada kalır. Trafik kazası geçiren insanlara kazadan hemen sonra araba kullandırırlar ki korkuları oluşmasın. Şimdi tek başına git ve o odaya bak. İçeride bir şey olmadığını hepimiz biliyoruz, sen de dahil olmak üzere. Eğer şu an bunu yapmazsan hayatın boyunca bundan korkacaksın" dedi. Ben de odaya gittim, dememi beklemiyorsun sanırım. Sence gider miyim, korkuma da ileriki dönemlerime de sıçayım, az önce cinin biri bana selam yazdı, daha korkunç ne olabilir?

Gitmeyeceğimi söyleyip koltuğa oturdum, bu da kolumdan tuttuğu gibi kaldırdı beni odaya doğru götürdü, diğerlerine de "bırakın ben hallederim" dedi. Odanın oraya geldik, ışığı hiç açmadan beni attı içeri. Tabii ben çığlık atıyorum ciyak ciyak. İçeriden de ne oldu seslerini duyuyorum, bu da "Karışmayın korkusu geçecek, varsa başka olan bundan sonra onu da halledelim" diyor. Oda karanlık ışığı açmak için düğmeyi arıyorum duvarda, "Işığı açma, zaten her yeri görüyorsun gözün alışıyor" dedi. Ben yine de duvarda lamba şeyini aramak için çırpındım tabii, bir anda duvardaki elimi tuttu, kapıyı kapattı. Aha işte şimdi boku yedim, adamın içine cin girdi beni düzecek.

"Bunu şimdi söylemezsem bir daha söyleyemem. Yarın Ebru'dan ayrılmak için yanına gidiyorum. Ben senden çok hoşlanıyorum, düşün taşın kendimi sana tanıtmama izin ver, bana sadece bir haber yolla yeter" dedi, ışığı açtı ve arkasına bakmadan salona gitti. Odada öylece kaldım, yani o kadar donuk bir şekilde duruyordum ki Gulyabaniyi yatağımda yatıyor görsem, *Garez*'de oynayan çocuklar ortalarda dolanıyor olsa hatta Nihat Doğan dolabımdan çıkıp *Bitanesinden* şarkısını söylese bile korkacak seviyede değildim. Şoktaydım ya, bildiğin şok yani. İçeri geçtim, Ankaralı çıkması gerektiğini söyledi herkesle vedalaştı bana da çıkarken "O söylediğim şey için cevap bekliyorum senden" dedi.

Allah'ım beni orospu yapma lütfen

Erkeklerin dünyaya geliş amacını bir ağaç, ne bileyim bir toprak falan gibi düşünüyorum. Çünkü akılları hep her şeye nasıl sahip olabiliriz acaba diye çalışıyor. Yani yüzyıllardır adamlar memleketleri hatta dünyayı yönetiyorlar, kendilerine göre yaptıkları en mantıklı şey savaşı bulmak olmuş. "Hadi diğer ülkenin adamlarını dövelim de onların toprakları bizim olsun." Ayy ne yaratıcı gerçekten, kocaman hükümdarsın küçük erkek kuzenimden farkın yok, o da abisinin odasını alabilmek için bunları yapıyor. Ama bir kadın öyle mi? Bir defa duygularıyla hareket ettiği için savaşmayı kapitalizme çok daha erkenden dönüştürebilirdi. Yani toprağa sahip olmak yerine "benim ülkemden çıkan mallar sayesinde doyuyorsun"u çok rahat kullanırdı. Aman neyse ne işte İzmir'e dönmek için yola çıktım otobüste Ankaralı'yı düşünmemek adına saçma salak şeylere odaklanmaya çalışıyorum ama olmuyor. Bir şeyler okumaya çalışıyorum ama okuduğum kelimelerin içinde sanki onun adı var, plakalara bakıyorum hep baş harfi var, film takmışlar onu izliyorum filmdeki adam ona benziyor. Düşünmemem gerekir dedikçe düşünüyorum, acaba bilerek mi yaptı diyorum, yani korkunca ben hani dalga geçmek için olabilir neticede. Şu otobüslerde de telefonu kapatma yasağını kim getirdiyse onun aklına edeyim ayrıca! O kadar teknoloji yapıyorsun, otobüsün içine her boku koyuyorsun da benim telefonumun o cihazları bozmasını engelleyecek aleti bulamadın mı bilim adamı dürrüğü? Hayır adam şu an belki bana binlerce şey yazıyor ama ben göremiyorum. Telefonu deli gibi açmak istiyorum ama bir taraftan da olacak olan olaylar silsilesi aklımdan geçiyor.

"Telefon can aldı."

Evet sayın seyirciler, yanlış duymadınız. Yarım akıllı bir yolcu, onlarca insanın canına mal oldu. Otobüsün neredeyse her yerinde telefon yasaktır uyarılarına karşı çıkarak telefonunu açtı. (Acıklı müzik girecek burada.) Beklediği mesaj her neyse gelmemişti ama onun yerine ölümü geldi. PuCCa, (burada vesikalık fotom büyüyüp küçülüyor) henüz üniversiteye yeni başlamıştı, ne umutları ne hayalleri vardı kim bilir, daha ev arkadaşının hoşlandığı çocuğu elinden alacak türlü türlü orospuluklar yapacaktı. Şu sıfata bak, şu karaktersizlikle bezenmiş yüzün karışımına bak. Dişlerinden utan be! Arkadaşın o senin hayvan karı!

Upss, biraz ileri gittim sanırım. Yalnız, Haber Yazma Teknikleri dersinden nasıl geçmişim onu da anlamadım. İnsan arkadaşına bunu yapmamalı, ben de yapmayacağım. Zaten yapacağım da bir şey yok ayrıca çocuktan hoşlanmıyorum bile, tam anlamıyla öküzün, hırbonun, dangalağın teki. Benim onun gibi biriyle ne işim olabilir, ne yapabilirim yani. Hem arkadaş kazığının en âlâsını ben yemiştim unuttum herhalde. Bir başkasına da oturup bu acıyı yaşatacak halim yok. Hem bana erkek mi yok ne bu canım. Evet, biraz yok gibi sanki ama olsun ya ne yapalım.

Lisede bir sevgilim vardı, onun yüzünden kendimi uzun süre metalci zannediyordum. Çocuğun gözüne girebilmek için saçlarımı mavi siyah yapmıştım, kocaman ağır metal kolyeler takıyordum ve bir sürü gümüş bileklik. Çocukcağız sağ olsun bizim bütün mahalledeki kızları düdüklemişti. Sürekli ayrılıp barışıyorduk, ne zaman ayrılsak bu ayrılık iki saat bile olsa onun için fark etmiyor o süreyi karıyla kızla geçirmeyi biliyordu. Şimdiki aklımla nasıl öyle biriyle berabermişim diyorum ama öyle bir tipin uzatmalı sevgilisi olmak sanırım hoşuma gidiyordu. Nasıl bir zavallıyım düşün işte.

O üniversiteyi kazanamadı diye ben de gitmeyecektim. Beraber Amerika'ya gidecektik. O gitar çalacaktı bense para toplayacaktım. Onun yanındayken kendimi çok rahat hissediyordum, sanki paraya hiç ihtiyacımız yok gibiydi. Aslında bunun nedeni sahilde amele gibi oturuşumuzdu. Toplasan bir kafede çay içmişliğimiz öyle azdı ki neyse işte. Bir gün en yakın arkadaşım bizim eve geldi, elini zilin yan tarafına koyup "Ben sevgilinle yattım" dedi. Öyle sakin söyledi ki ben bir afalladım, "Aa inanmıyorum, ben de hep bunu istemiştim. Ayy ne güzel bak, bir tarafımda arkadaşım, bir tarafımda sevgilim yaa sizin anlaşmanıza ben daha çok sevindim" diye bekliyor olmalı benden, yoksa böyle dikilip duramaz dedim. Ama bir şey diyemedim, ağzım açık kaldı, kapıyı nasıl kapattım hatırlamıyorum.

İnsan başına gelmeden bilemezmiş, aldatma hikâyelerini her duyduğumda, yok kadını evirir çevirir oyarım ben gözlerini, yok asla affetmem laflarımı söyledim durdum. İşte şimdi başıma gelmişti ve ben sadece kapıyı kapatmıştım. Bir şey yapamıyormuşsun ya, ağzından bir cümle çıkmıyor ki nasıl çıksın. Sadece içten içe, "umarım yalandır, yalanlarlar, şakadır" diye düşünüyorsun. Hatta bazen saçmalayıp "yaa aldatmamıştır, azıcık ömrü vardır, öldükten sonra ben üzülmeyeyim diye şimdiden nefret ettiriyor kendinden" diye aklından geçiyor.

Sonra günlerce evden çıkmamalar, ağlama nöbetleri, bir daha asla kimseye inanmayacağımlar falan derken kendimi üniversitede buldum işte. Sevgilime üzülmekten öte arkadaşımı kaybettiğim için üzüldüm sanırım. Önünde sonunda onunla ayrılacaktık bunu biliyordum ama arkadaşımı bafileyeceğini bir an düşünmemiştim.

Sürekli sevişirken olan halleri kafamın içinde dönüyor, kız üstte o altta iğrenç iğrenç şeyler yaparken acaba durup akıllarına geliyor muyum diye düşünüyorum. Ya da bittikten sonra, peçeteyle orasını burasını silerken "anaa PuCCa vardı ya" demiş midir? Kızın dediğine göre baştan çıkaran adam olmuş, bizimki de hayır diyememiş.

Nasıl başladı acaba aralarında bu olay, bir anda başlamamıştır bir öncesi vardır muhakkak. Yani durup "Sana bir kayayım mı?" deyip adam altına almamıştır herhalde. Cilvelenmeler, flört etmeleri hatta belki ben yanlarındayken bile böyle birbirlerinden hoşlandıklarını belli eden şifreleri vardı. Flört etmeleri yatmalarından daha sinir bozucu, aklıma geldikçe çıldırıyorum, puzzle parçaları gibi yerleştirmeye çalışıyorum kafamda. Nerede başladı yatmaya karar verme olayları acaba? Tek aklıma gelen soru bu; sevgilim bir sabah kalktı ve "PuCCa'nın arkadaşını düzmeliyim" mi dedi, ne oldu?

Sorgulamamın da anlamı yoktu tabii, olan olmuş biten bitmiş şimdi ne yapıyorlar haberim bile yok. Bu olay ortaya çıktıktan sonra sadece çocuk karşıma geçip ağzını yaya yaya "Benim de belli ihtiyaçlarım var, sen onları karşılayamıyorsun doğal olarak başkalarına yöneleceğim. Bana kızacağına örümcek beynine kız" demişti. Acaba o lafı söyledikten sonra boynuna atlayıp "arkadaşımı düzdüğün için çok tenkyuu" diyeceğimi mi sandı, mal.

İşte şimdi o kızla aynı durumdaydım, kız içeride saf saf Ankaralı için bir şeyler hissederken ben karanlıktan korkuyorum ayağına bebeyle odamda vay babam vay. Zaten büyük ihtimal benim yüzümden oldu, o peşinden gitmeler, benle neden konuşmuyorsun demeler. Allah'ım ben orospu oldum sanırım. Nasıl kurtulunur bundan, inşallah çocuk yaz tatilinde okumamaya karar verir ve bir daha dönmez.

İntikam çanları komşu için çalıyor

Merhaba baba evi, merhaba kıyafetlerini yeniden kardeşinle paylaşma dönemi, selam olsun sana "Hala uyumadın mı? Saat kaç oldu gözlerine yazık" sitemleri.

Mühendis bir babanın iletişim okuyan kızı olmak ne kadar zordur anlatamam. Şöyle ki babam beni uzun süre fen bölümünde zannetti, sonraki uzun sürede ise bilgisayar mühendisliği kazanacağımı düşündü. Bilgisayarlarla ilgili tek bildiğim şey, internet. Yani internet olmayan bir PC başına oturt beni kangren olurum, sıkıntıdan kurdeşen dökerim kesinlikle. Babamın da şu an işi gücü sadece mezun olunca ne yapacağımı sormak. Gelip gidip aynı şeyi söylüyor: "Bakalım mezun olunca nasıl aç kalacaksın, babam dedi diyeceksin. Ahh babamın aklına uysaydım da mühendis olsaydım diyeceksin" diyor ama ayyy baba allasen mühendis olup ne yapacağım diye çıldırınca da "en azından kolay koca bulurdun orada" dedi. İşte babamın gözünde ben buyum, rahat koca bulacaksam tamam yani.

Çocuklarından sonuna kadar memnun anne baba var mıdır merak ediyorum. Bizim apartmanda benden iki yaş büyük bir kız vardı, annesi sürekli kızı benle kıyaslıyordu. Ama bunu öyle ağır yapıyordu ki beni mi aşağılıyor onu mu hiç anlayamıyordum. "Üst kattakinin kızı bile okulu bitirdi, o kadar sokaklarda sürttü sürttü bak, nasıl üniversiteyi kazandı kız."

Geçen gün asansörde karşılaştık bunlarla, kız gayet içten bir şekilde sordu okul nasıl falan derken annesi atladı, "Hemen eve mi çıktın? Şaşırmadım. Karışan falan yok tabii sen de haklısın. Bizimkini sırf bu yüzden İzmir dışında okutmuyoruz". Kız da bir kıkırdadı anasını onaylarmış gibi. Bir şeyler diyecektim, diyemedim. Neticede aynı apartmandayız, kavga etmeyi zaten beceremem, bir de üstüne bizimkilerden papara yerim, büyüklere saygı diye...

Ama nasıl koydu bu laf bana, kızı geri zekâlının teki diye ben kaşar oldum, kendi kendilerini böyle avutuyor olmalılar diye önce bir sineye çekmeye çalıştım ama olmadı. Yatıyorum sürekli, keşke ona şunu şunu deseydim diye kendimi yiyorum. Devamlı aklıma geliyor, hemen pat diye yapıştırsaydım cevabı diyorum. Bir daha karşılaştığımızda bende ona şunu şunu söyleyeyim de görsün anasının nikâh dairesini diyorum ama yok yani o içimden taşıp duran cevap verememe olayını sökemiyorum.

Ta ki geçen gün asansör gelmedi diye merdivenlerden inene kadar...

Kader sanki o gün o asansörü bilerek yukarı getirmemişti, içimde alev alev yanan bir intikam arzusu vardı, merdivenlerden inerken kinim nefretim daha da çoğalıyordu. Onların evlerinin oraya yaklaştıkça kendimi kaybediyor daha da öfkeleniyordum. Onların katına geldiğimde yapabileceğim kötülükle karşı karşıyaydım. Ayakkabıları!

Neredeyse bütün apartman bunların ayakkabılarını dışarda çıkarma huylarından rahatsızdı. Her yönetim toplantısında kafalarına vura vura söylense de yine de onları oraya koyuyorlardı. Hatta bir ara ayakkabılık mı alsak belki utanırlar bile dediğimiz olmuştu ama onlarda öyle bir utanma olmadığı için olan paramıza olacaktı. İşte şimdi, benim için küçük ama apartman için büyük bir hamle yaparak herkesi bu sorundan kurtarabilirdim. Karşımda bütün aile bireylerinin ayakkabıları pırıl pırıl parlıyordu, düşünmek için çok az vaktim kalmıştı. Apartmanın mutluluğu şu an benim ellerimdeydi, sadece bir hamlemle 18 daireyi, 18 aileyi, 18 tane geleceği kurtarabilecektim. Tabii bir taraftan da kendi intikamımı alacaktım. Düşünme PuCCa dedim, kimse bilmese bile sen bir kahramansın, bunu ailen için, apartmanın için hatta ülke için, dünya barışı adına yapmalısın! Kendimi gazlayıp ayakkabılarını çaldığım gibi pırrr koştum. Çöp kutusunun oraya geldiğim gibi hepsini attım ve arkama bakmadan gittim.

Sonra dandik ayakkabıları yüzünden apartmana güvenlik kamerası takıldı, o kamerayı kim nereden izliyor orası hâlâ bir sır perdesi ama olsun, bir daha asla kapının önüne ayakkabı koymadılar ve beni gördükleri yerde yine aşağılamaya devam ettiler. Neyin intikamını aldım o yüzden bir bok anlamadım açıkçası.

Bu kişiyi silmek istediğinizden emin misiniz?

Okuldaki neredeyse bütün herkes MSN kullanıyor, açıkçası ben öyle çok sevmiyorum onu kullanmayı, gereksiz hissediyordum. Yüz yüze derdimi anlatabileceğim adama ne diye orada bir şeyler anlatayım ki. Bir de şöyle garip bir hadise var, mesela sınıfta bir çocuk var ama yok gibi. Bebeyle tek kelime konuşmuyoruz, selamım bile utangaç şekilde ama ne zaman online olsam sanki alarm koymuş oraya pezevenk, anında "slm cnm" yazıyor. Canına edeyim senin demek istiyorum, diyemediğim için de "selam ben de tam çıkıyordum kolay gelsin" deyip kapatıyorum sayfasını. İnsana garip bir gaz veriyor bence ekran karşısından yazmak, karşı tarafın mimiklerini görmediğin için istediğini yazmakta özgürsün sanıyorsun kendini. Ama tabii yaz tatilimin çoğunu çevrimdışı takılarak geçirdiğim gerçeğini değiştirmiyor bu durum.

Ankaralı'dan söylediği gibi bir mesaj gelmedi bana, haber verecekti hani kızdan ayrıldığını, öyle bir şey olmadı. Belki orada çevrimiçi olur diye düşündüm ama o da olmadı. Her gün o mavi garip telatabi'ye benzer cisme Ankaralı diye baktım, yanacak diye bekledim. Ve bir gün online oldu...

İşte online olduğu zaman ne yapacağımı düşünmediğim için bir süre ekrana şaşkın şaşkın baktım, ardından biraz bekleyip ben de oldum. Hani bana bir şey yazsın diye bekledim, bir de onun sayfasını açtım hani yazarken altta yazıyor gibi bir şey çıkıyor ya, o gelsin diye kalbim pır pır pır oldu. Hiçbir şey yazmadı, kesin sevgilisinden ayrılmadı ya da o gün dalga geçmek için bana böyle dedi. Ayşecik gibi bir şeyim işte, insanların dalga geçmek için hoşlanıyorum mavrasını uydurduğu. Hatta Ayşecik bile değilim, o slm cnm yazan çocuktan bir farkım yok, sınıfın iki eziği belki bizizdir, ruh eşimdir kim bilir. Herkes dengine ise bari o çocuğu elimden kaçırmayayım, baksana yolum yol değil benim.

Derken bir ekleme talebi geldi, ben onu kabul ettim. Sen kimsin, beni neden ekledin ha diye klasik Türk kızı atarımı yaptım. Bu da dünyanın en saçma şeyiymiş yalnız, adamları ekledi diye carlamak için kabul edip egolarımızı yükseltiyormuşuz sırf. Bir anda nasıl oldu bilemedim ama biz bu çocukla bütün gece konuştuk, sonra ben uyudum uyandım, uyandığımdan itibaren yine konuşmaya devam ettim. Kısacık hayatımda amma anlatacak şeyim varmış diye de kendi kendime düşünüyorum ama çocukla konuşmayı kesemiyorum bir türlü. Uyuşturucu gibi bir şey sürekli onunla konuşmalıyım gibi hissediyorum. Yemeğimi odamda bilgisayar masasında yiyorum, geceleri hiç uyumuyorum, gündüzleri kendimi onun kalkma saatine göre ayarlıyorum. O internete girmediği zaman ben deli oluyorum, bildiğin deli ama...

O kadar garip bir heyecan ki bu arada aramızda ne bir aşk var ne bir şey, o eski sevgilisini unutamıyor bense sürekli Ankaralı'yı anlatıyorum. Avatarına ufacık bir foto koymuş sadece onu biliyorum. Böyle yine bir gün konuşuyoruz, "İtalyanca biliyor musun?" dedi, "Kursta ne kadar öğrettilerse" dedim. Bir tane şarkı yolladı, "bu şarkıyı dinle o zaman yarına kadar bana cevabını ver" dedi, şak offline oldu. Vanoni Ornella'dan *L'appuntamento*'yu yollamış. Şarkıda işte buluşmaktan bahsediyor, bir hata daha hayatımda neyi değiştirebilir diyor, gel mel falan fıstık bir şeyler diyor işte demesine de. Bu anasını avradını siktiğimin adamları neden bana doğru düzgün bir şeyler söylemiyorlar da böyle garip garip yollara başvuruyorlar. Desene be adam "buluşalım" diye, ona göre bir cevap vereyim işte sana. Şimdi yarına kadar işin yoksa bekle, hayır bir de yanlış anlamış olabilirim, ne bileyim belki buluşmak istemiyor o şarkıyı kıza yollayacak onun için yolladı bana. Oturup tamam nerede buluşuyoruz desem, ya bana götüyle gülerse?

Ertesi gün oldu, online olmasını böyle köpeğin ıslak mamasını beklemesi gibi bekledim yemin ederim. Online olur olmaz da ilk yazdığı şey şu oldu: "Dün yaptığım saçmalıktı, sen başkasından hoşlandığını söylüyorsun, ben eski sevgilimi unutamıyorum. Unutalım hiç buluşup kafamızı karıştırmaya gerek yok, böylesi daha güzel." Oysa ben buluşmaya da hazırdım ya, bir tane daha, benden başlamadan vazgeçen bir erkek daha, üstelik görmeden. Bir de görse topuklarını kıçına vura vura kaçacakmış demek ki. Kaderime razı oldum, bu da olmayacak ne yapalım dedim ama adamdan da kendimi bir türlü koparamıyorum.

Sanal aşk bana her zaman dünyanın en saçma şeyi geliyordu, kendimi âşık kategorisine de koymuyorum ama bunun başka bir adı olmalı diye düşünüyorum. "Ben yemek yemeye gidiyorum" diyorum mesela, on dakikada Tazmanya canavarı gibi bitirip hop bilgisayarın başına oturuyorum. Gece uykum geliyor diyelim, hatta uykusuzluktan ölmek üzereyim yine de o uyumuyor diye yatmıyorum. Aynı anda bir filmi karşılıklı açıp aynı anda izleyip yazışıyoruz, sürekli birbirimize şarkılar yollayıp alt mesaj vermeye çalışıyoruz. Her gün işte zor aşk, görmeden aşk, başkasına ait olan aşk temalı şarkılar arıyorum ona. Bana şarkı attığı zaman kalbim yerinden çıkıyor neredeyse. Yalnız ne web kamerası ne de başka foto istiyoruz birbirimizden. Öyle delice bir aşk yaşıyoruz sanki.

Bir gece yine böyle birbirimize şarkı yollama merasimine girmişken bu "ben seninle bir adım atmak istiyorum, gerekirse Ankara'ya taşınacağım, buluşalım, hayatımda kimseyle bu kadar çok şeyi paylaşmadım" dedi. Ben de dünden hazır olarak tamam dedim. Ertesi gün heyecandan ölmek üzere sanal aşklar konusunda uzman bilir kişi kardeşim Zodyaklı'ya sordum. Başka fotosunu görmediğim için bana geri zekalı dedi ama olsun. Onunla çıktık yola, ben çocukla buluşacağım, eğer saçma sapan bir şey çıkarsa onu arayıp yanıma gelmesini beni kurtarmasını söyleyeceğim. Plan güzeldi ama bana göre öyle bir şey olmayacaktı, zaten tip benim için önemli değildi çocuk avatarında da gayet taş gibi duruyordu. Bir de gerçekten o güzel şarkıları bana yollayan adam kötü biri olamazdı.

Kordonda buluşmak için sözleşmiştik, kafeye geldim ben masalara tek tek bakmaya başladım, avatarda olan çocuğu göremedim, acaba geç mi kaldı diye düşündüm ama ben zaten yarım saat gecikmiştim. Bekledi bekledi acaba gitti mi? Ama imkânsız, her yere geç kaldığımla ilgili onu uyarmıştım baştan, acaba kaçtı mı? Aaa acaba yoksa bu çocuk Ankaralı mı? Evet ya o gün tam Ankaralı kapattı bu beni ekledi. Sonra Ankaralı bir daha hiç online olmadı. Kesin o, kendisi ile ilgili düşüncelerimi öğrenmek için yaptı, Ankara'dan da bugün benimle buluşmak için buraya geldi. Allah'ım Ankaralı aslında ne kadar kibar naif bir çocukmuş, üstelik duygusalmış ve ne güzel şarkılar dinliyormuş. Belki de bana bunu göstermeye çalıştı, bak ben senin gördüğün kişi değilim demeye. Ama önce beni kandırdığı için kızmam lazım, öyle hemen lay lay lom diye kucağına atlayamam ya, arada zaten Sarı var daha onu da halletmemiz lazım. Ben tabii bunları düşünürken bir yerden ismimi duydum, arkama döndüğüm gibi 50 yaşlarında bir adamla karşılaştım.

Oha! Benim haftalardır büyük aşk yaşadığım adam amcaymış be meğer. Yuh artık, bu ne lan! Çoluğunun çocuğunun rızkını internete mi yatırdın diye dalacaktım ama yapamadım her zamanki gibi, oturdum karşısındaki sandalyeye. Adamla tabii onca konuştuk ettik bir yaşını sormak aklıma gelmedi sanırım. Hayır evden çalışıyorum deyince bir de bu kadar boş vakti olunca benim gibi bir şey sanmıştım. Gerçi yolladığı şarkılardan anlamalıydım 80'lerden sonrası hiç yoktu şarkılarında nedense. Günlerdir konuştuğum kişi bir sapıkmış gibi geliyordu şu an ama bunda benim de payım büyük olduğu için ses çıkarmıyorum tabii. Zodyaklı'yı arıyorum onun da telefonu kapalı, güya plan yaptık kız şarjsız telefonla çıkmış sokağa. On dakika falan oturdum oturmadım, zaten bir şey de konuşamadım. O da anladı, "Karşılaşınca büyü bozuldu di mi?" dedi, önce kalbini kırmak istemedim. Yani birine seni beğenmiyorum demek kadar korkunç aşağılık bir durum maalesef yok, başkasının kalbini kırmak hiç bana göre değil. Hele de o kadar şeyi paylaştık bir noktada, gecelerce kim için uykusuz kalabilir ki ben ama yani o kaldığım kişi bu adam olamaz. O yüzden ona bunu tatlı dille anlatmam gerekirdi. Eğer ağzımdan çıkanlara hâkim olabilseydim... "İyi de sen amca çıktın, büyük ihtimal babamla aynı yaştasın. Hepsini bırak 24 saat MSN başında takılan birisin, yaşı yaşına huyu huyuna birini bul. Yaşıtların torun sahibi sen hâlâ millete titreşim göndereyim derdindesin. Ayıp" dedim, kalktım gittim. Sonra da listemden onu sildim, bir daha da böyle bir tecrübe yaşamamaya dikkat ettim.

Kezban'ım, mutluyum, gururluyum

Sanal aşkımdan da darbe yiyince, babam da sürekli olarak "geceleri sabahlara kadar net başındasın" diye bana kızınca yazlığa gitmeye karar verdim. Yazlık sanırım sadece ergenliğe giriş döneminde çok eğlenceli oluyor, o zaman yaşıtlarımızla toplanma olayımız daha basit, arkadaşlık kurmamız daha kolay çünkü. Şimdi mesela oradaki arkadaşlarımın çoğu ya yaz okulunda, ya sınavı kazanamadığı için cezalı ya da kendi arkadaşlarıyla güneyde eğleniyor. Bense eski yazlık günlerimi anarak evin bahçesinde kola içip çiğdem çitliyorum. Zodyaklı da beni sattı gelmedi, emekli öğretmenler gibi tatil yapıyorum burada resmen. İki paket ekstra tuzlu çiğdem yemekten dudaklarım banyo terliğiyle ağzına ağzına vurulmuş Aysu Kayacı gibi oldu. O kadar çok sıkıyorum ki erkek olsam pipimle oynamaktan kesin koparırdım o derece. Üçüncü paket çiğdeme geçmek için içeri giriyordum ki yan taraftaki komşudan ses geldi. Yaşlı bir çift oturuyordu orada akrabaları gelmiş, ben yaşlarda bir kızları varmış gezin tozun gibisinden bir şeyler söyledi. Zaten canım sıkılıyordu arkadaş fena olmaz dedim, kapının önüne çıktım kızı beklemeye başladım.

Kız bir çıktı, yok böyle bir güzellik! O iki pinponun nasıl akrabası olabilirsin sen diye içten içe tekbir çekmeye başladım. Bu kız halimle sarkacağım o derece taş. Arkadaşlık etmesi için bana ihtiyacı bile yok bence, bakkala gidip gelse bütün herkes arkasında olacak kızın. Tam kıç çizgisinin hizasında bir şort giymiş, şortun altına da ince topuklu bir ayakkabı, gömlek giymiş bir tane oradan bağlamış, saçları da açık bırakmış. Ben ise şort tişört sandalet şeklindeyim. Yani en fazla sahilde yürürüz diye düşünmüştüm ama kızın daha gece takılırız modunda olduğunu anlayınca, 15 dakika izin ver hemen giyinip geliyorum dedim.

Ondan daha güzel olabilmek için değil 15 dakika, 335 seneye ihtiyacım vardı ama en azından yanında da çantacısı gibi durmayayım diyerek üstümü başımı düzeltip topuklularımı da giyip çıktım dışarı. Yazlıkta topuklu giymek kadar kekomançilik olmasa da bunu yapmak zorundaydım. Önce bir yerlerde bir şeyler içelim sonra eğlenmeye gideriz dedim, kızı neticede hiç tanımıyorum hoppidi hoppidi bir yere gittiğimizde iki mal kalabiliriz diye düşündüm.

Kızın da ağzından lafları kerpetenle alıyorum resmen, hiç konuşmuyor anca sırıtıyor, kanında Rus'luk mu var ne bilemedim ama biblo bebeği gibi öylece duruyor. Oyuncu olmak istiyormuş, fotomodellik yapıyormuş, aslında manken olmak istiyor ama boyunu kısa bulmuşlar buna çok üzülmüş bilmem ne de bilmem ne. Kızın dertleri böyle saçma sapan bir şeylermiş işte. Gerçi o bunları anlatınca bana benim sorunlarım biraz keko gözüktü o yüzden halimden durumumdan memnunmuşum gibi davrandım.

Biz böyle içip onun güzelliğinin başına getirdiği belalardan konuşurken her yaz grupça eğlendiğimiz ama birebir iken tek kelime konuşmadığımız iki çocuk geldi. Benden de büyükler üniversiteyi bitirmiş askerliğini bekleyen baba parası yiyen tiplerden. Bunu görünce tabii konuşmak için yanımıza geldiler, sonra da masadan kalkmak bilmediler. O benim yanımda duta dönen kız iki tane çocuğu görünce bülbül gibi şakımaya başladı. Çocuklara devamlı mankenlik piyasasında dönen dolapları anlatıyor. Ki büyük ihtimalle bence sadece cast için bir ajansa gitti başka da bir şey yapmadı.

Sonra, sanırım ilgi benim üzerimde olmayınca yani napayım sadece kızın güzelliğinden bahsediliyordu, Allah beni böyle yaratmış, içimden fesatlık pislik geçmeden "hadi biz gidiyoruz" dedim, bizim kız da gideceğimiz yere bunları da çağırdı. İki kız iki erkek şeklinde takılıyoruz. Bir tanesi kızı kafalamayı başardı, diğer sünepede kaderine razı olur gibi bana götüm götüm yanaşmaya başladı. "Dur, sen radarları aç, başkasına git yani" derken derken gece bitti, herkes evlere olayına girdik. İşte bu noktadan sonra olay koptu.

Ben sarhoş değildim, diğer üçü gözlerinin önünü görecek durumda değildi. Kız tutturdu bize gelin diye çocuklara. Kıza diyorum ki bak nenen deden falan var, bunlarla gitme eve ayıp olur. Yok ille gelin deyip duruyor. Bendeki arkadaş ailesi bahtsızlığını da biliyorum şimdi, kızları çocukları türlü orospuluk, pislik yapar ama bir şekilde olay benim başıma patlar. Sonra da anası babası kızlarını benden uzak tutar.

Lisede bir gün pikniğe gitmiştik, kızın biri de pikniğe gidiyorum deyip manitasıyla gezmeye gitmiş. Bu olayı da annesi öğrenmiş, ne çocuğu tanıyorum, ne kızla arkadaşım ve ben piknikte gayet domates doğruyor halde olmama rağmen, gelip okul müdürüne "PuCCa yüzünden bu kızlar böyle oluyor, kızım PuCCa ile olduğunu söylemişti bana. Burası Türkiye, onun anası babası midesiz olabilir ama ben çocuğumu çöpten bulmadım" demişti. Oysa ailem beni serbest bile bırakmıyor, lan üç tane halam var Terminatör gibi ne serbestliğinden bahsediyorsunuz? İki üç konsere, tiyatroya izin verdi diye bir anda babam gavat, biz de laçka yetişmiş pis kızlar olmuştuk. Şimdi de kesin öyle olacaktı, bu kız benden önce normal bir genç kızdı, şimdi beni gördü diye oğlanlarla içip içip eve gelen birine dönüştü. O değil bizim evde de babaannem var, yani sesi duyup pencereden baktığı an bittiğimin resmi. O yüzden kızı bu sevdasından vazgeçirmeye çalışıyorum ama yok, bizimkiler bir şey demez deyip duruyor. "İyi" dedim, ben eve doğru gittim, bunlar ne yaparlarsa yapsınlar.

Eve gittim, pijamalarımı giydim yatağa yatmak üzereydim ki dışardan "PuCCaaaaa" diye bağırmalarını duydum, keşke sadece ben duysam babaannem de duydu. Odama gelip "Seni çağırıyolar, iniyor musun napıyorsan yap" diye bir de üstüne bana bağırdı. Tıpış tıpış gittim yanlarına, eve girmemişler de işte bahçede takılın demişler. Masada beraber sessiz sessiz konuşmaya başladık. Sonra bir tanesi "Hadi esrar içelim" dedi. Ardından bizim kız, "Evet yaa içelim, bizim camiada çok içiyorlar ama ben hiç denemedim, denemem lazım" dedi. Birincisi senin yalanını sikeyim ben, sizin camia ne manyağın evladı? İkincisi şimdi şurada mı deniyesin tuttu, yani günler çuvala girdi de ilk kez tanıştığın adamlarla akrabanın evinin bahçesinde mi? Var gücümle tabii ki karşı çıktım, babaannem bir görse ya da kızın akrabası; hayatım boyunca uyuşturucu bağımlısı biri olarak her yerde beni tanıyacaklar. O kadar bahtsızım ki bu konuda ya da halamlardan öylesine korkuyorum ki ellerine koz geçerse diye yüreğim oynuyor.

Ben karşı çıktıkça bunlar daha bir azdı, sonra çocuklar "senin eski sevgilin de içiyordu, hadi ya" dedi, işte bu noktada anladım ki sevgiliniz ne boksa siz de insanların gözünde aynısınız. Adam götünü siktirse benim de öyle olduğum düşünülecek demek ki. Ben yok dedikçe bunlar beni eğlenmeyi bilmeyen insan olarak tanımladılar. Sonra da sen yapmazsan yapma biz yaparız diye çıkardılar ellerindekileri, saracak kâğıt bulamayınca ohh dedim, yırttık. Eve de gidemiyorum, PuCCaaa diye yırtınacaklar, sonra babaannem inecek bunların yanına. Çocuk kâğıda ihtiyaç yok bana beş litrelik su kabı bir de pet şişe lazım dedi. Kız getirdi ne istiyorsa, aldı çocuk bunlardan garip bir şey yaptı sonra da içine dumanı doldurup hoop güm diye içti. Ardından diğer çocuk ve bizim kız. Sıra bana geldi...

Eski sevgilim sürekli içiyordu, öyle geri zekâlı oluyordu ki dünyanın en gereksiz şeyi gibi geliyordu bana o hareketleri. İnsanın kendini bu kadar kaybetmesinden aldığı zevki sevmiyordum. Yani zaten hep "ya yanlış bir şey dersem, ya yanlış bir hareket yaparsam" diye tedirginlikle yaşadığımız şu dünyada kendini kaybedip saçmalamak nasıl bir mutluluk verebilir ki diye düşünüyordum. Bir de yani pet şişenin içinden falan daha korkunç bir görüntü olamaz, bildiğin birazdan tenekeleri çıkarıp para toplayacakmışız gibi duruyor. O yüzden bütün olgunluğumla "hayır" dedim. Onlar da bana Kezban, uyuz, mal, hanım evladı gibi şeyler söylediler. Valla sikimde de olmadığı için onların ne dediği umursamadım. Babaannem yukarıdan bir baksa kabak gibi görecek beni, Kezban ne demek hem, bendeki gibi halalar olsaydı onları da görürdüm. Bir de anlamıyorum ya kendi tercihine kalan şeylerde olumsuz yana seçim yapıyorsan ve bu tercihler toplum kurallarına uygun oluyorsa insanlar sana "köylü, varoş" yakıştırmalarını yapma hakkını kendilerinde görüyorlar. Babaannemin bahçesinde ot içmemem, varsın Kezban'lık olsun. Çocuk yapmak için evlenmek istemem de Kezban'lık olsun, hoşlandığım çocukla ilgili yatmadan önce hayal kurmam da olsun, bunlarsa bunun kıstası, bunda kötülük görmüyorum ben. Ama nasıl aç gözlü, özenti ve sadece insanlara hakaret edince kendini yücelteceğini sanan bir toplumsak, bu hareketler direk aşağılama oluyor. Dikkat edin etrafınızda sürekli birilerini aşağılayan, sizin kabul görmediğiniz kurallarla dalga geçen tip varsa sonradan medeniyet denilen şeyi görmüştür. Gerçekten ciddiyim bu konuda, adamlar topluma ayak uyduramayınca etrafındaki insanlara hakaret ederek bir basamak ilerleyeceğini zanneder. Kendimden de biliyorum, ne zaman birilerini aşağılamaya başlasam farkında olmadan bilinçaltımda olan ezikliğimi duyuyorum.

Aman neyse işte bunlar bir tane daha yapıp oturdular. Önce normallerdi, sonra ne söylediklerini unutmaya başladılar. Hiçbir şey konuşmadıkları halde devamlı olarak "Ne dedim ben az önce? Hıh? Bir şey mi dedin, biz neyden bahsediyorduk? Ne oldu, en son ne dedik?" falan bozuk plak gibi bunu söylüyorlar. Sonra gülmeye başladılar, ben de "sessiz gülün polis molis geziniyor bu saatte" dedim. Hay demez olaydım, Allah'ım bir tribe bağladılar, polisler gelip onları yakalayacak diye. Sürekli, "arkamızdalar, bizi takip ettiler, aha geliyorlar" diye, ayy ben daraldım onların tribinden. Sonra da bana ne amına koyayım ya milletin şeyinden deyip yatmak için yol aldım ki hobaaa kızın akrabası çıktı bahçeye çok ses çıkarıyoruz diye. Onu görünce bunlar çığlık atmaya başladı, ben susturmak için uğraştım ama olmadı. Çocuklar bastı gitti hemen vınnn diye arkalarına bile bakmadılar. Kız, ben bir de akrabası kaldık öyle. Kadında oturdu yanımıza, bir şeyler konuşuyor ama ödüm bokuma karışıyor kızı anlayacak diye, sonra kocası uyandı o da geldi oturdu yanımıza. Kız hiç konuşmuyor sadece kıkırdıyor. Ondan daha çok ben korkuyorum, sonra babaannem geldi uyandı oturdu yanımıza. Ardından sesimize diğer taraftakiler uyanmış, onlar geldi iki üç kişi. Kadın kahve yapmaya gitti bir de üstüne, kıza hadi git yat bak bugün kötü oldum diyorum. "Odamda polisler var" diyor. Lan burası polislerden beter bütün millet toplandı, anladıkları an ölüm fermanım imzalanır benim. Yapacak bir şey yok diyerek, orta birli kız mantığıyla "Teyzeciğim biz bugün beraber yatabilir miyiz, çok sevdik de birbirimizi, bize gidelim" dedim. Dünya üzerinde yeni tanışmış iki kız için kurulabilecek daha saçma bir şey olamazdı sanırım. Kızı zorla odama götürdüm, kafasını koyar koymaz yattı uyudu ayı. Sonra da bir daha hiç görmedim, taaa geçen yıl bir dizinin başrolünde olduğunu görünceye kadar...

Kelimeler sadece dudaklarında güzel duruyor

Sonunda beklediğim mesaj Ankaralı'dan gelebildi. Günlerdir içimin içini yediği, acaba ne yazacak diye kudurduğum, kendi kendime olmayan ilişkim üzerinden vicdan yaptığım bebe bana sadece "Napıyorsun?" yazdı. Şu bir kelimecik soruya vereceğim cevabı düşünmem ise saatlerimi aldı. "Napıyorsun"muş, mal ya!

Önce sıradan, o gece beni odaya çekip hoşlandığını söyleme olayını umursamamış gibi bir şey yazmak istedim: "Ne olsun işte öyle iş güç, sen napıyorsun?" Ama bu biraz fazla normaldi, yani en azından kırıldığımı anlaması, yaptığının hata olduğunu bilmesi gerekliydi. "Oo küçük bey siz mesaj atar mıydınız, asıl sizi sormalı." Yok bu biraz şey oldu, fazla trip, daha kısa kesmem lazım: "Hiç." Bu da fazla hödükçe oldu. Biraz daha samimi olmalı: “Tam da aklımdan geçiyordun.” Bunda da fazla asılmaca var sanki. Belki de dürüst olmalıyım, o bana dürüst oldu neticede: “Sevgilinden ayrılamadın değil mi? Allah senin belanı versin ya, ayrılma gerçi daha iyi, zaten ben sana karşı bir şey de hissetmiyorum. Hem Sarı’ya da umut verip duruyorsun, bence sen orospu çocuğunun tekisin, umarım sikin taşağın birbirine yapışır, Allah senin belanı versin. Yanlış anlama bunları sinirle yazmıyorum sadece sence de biraz ayıp etmedin mi? Haa bizim burada kurallar böyle işler diyorsan sen bilirsin ama umarım geberip gidersin cesedini de bir daha bulmazlar.” Evet bence de bu biraz fazla oldu. En iyisi normal şekilde yazayım: “İyi, sen?” Kısa, öz, içinde trip, hoşlanma, beklenti, sorgu her şey var.

Sonradan gelen mesaj: “Erkek arkadaşın yanındaysa rahatsız etmedim umarım.” Ne erkek arkadaşı lan, acaba bu başkasına mı yazdı mesajı yanlışlıkla bana mı geldi? Aynen ona da sordum ne erkek arkadaşı diye sonra aramak aklına geldi paşanın. Ben ona meğerse erkek arkadaşım var demişim, artık neyin havasını atıyorsam, o günden sonra da benden haber beklemiş, benden ses çıkmayınca sevgilimleyim diye düşünmüş. Bunları anlatırken benden tek kelime ses çıkmıyor, yani ödüm patlıyor peki sen sevgilinden ayrıldın mı demeye, evet derse ne bok yerim bilmiyorum çünkü. Bir de bir anda biz nasıl bu duruma geldik onu da bilmiyorum, yani hem bir tarafım olsun istiyor, diğer tarafımda “hayır, asla” diyor. O yüzden soramadım, o söyledi, “ben o gün bitirdim” dedi. Gene benden ses yok, bir şey söylemeyecek misin deyince artık bende gerçek bir geri zekâlı gibi MSN’de konuşalım mı dedim. Telefonda ağzımdan direk saçma sapan şeyler çıkabilir ama yazarken öyle değil, on kez düşünüp yazıyorsun neticede yazmak daha kolay benim için.

Online oldu, yazmaya başladım:

"Açıkçası ne hissetmem gerektiğini bilmiyorum, bir anda pat diye oldu bu. Sana karşı bir şey hissediyorum diyemem, hissetmiyorum da demek istemiyorum. Zamana bırakmak en mantıklısı ki birlikte olma olasılığımız çok çok düşük seviyede bunu da bilmeni isterim."

"Ok."

Ok ne lan, ok ne göt lalesi! Sana mantıklı bir sürü şey söyledim de söylediğin tek şey Ok mu? Ok sensin pislik! Ya saçmalama, bu ilişki olmalı falan diye diretsene, bana yalvarsana, ağlasana köpek! Ok ne?

"Yani arkadaşız değil mi?"

"Evet ;)))"

Iyyy göz kırpma işareti, Allah kahretsin bir adama yakışmayan en korkunç şey klavyeden ;) şu işareti yapması bence. Şirinliğe vurdurmaya çalıştım biraz konuşalım diye, adam hiçbir şey konuşmuyor. Tek kelimeyle cevap veriyor. Ne desem, "tmm, ok, olur, iyi, evet, bilmiyorum" arada geç yazarsam titreşim ve o iğrenç bir anda ortaya çıkan dondurmalı çocuk var ya, hani bir de gitarı parçalayan onu gönderiyor. Yani adamla tek kelime yazışamıyorum, telefonda konuşurken nefes alamadığım adam MSN başına geçince idiota döndü. Bir de bundan önce olan sanal aşk deneyimim de var ya taze taze, zannettim ki bununla da böyle olacağız, işte hatta kafamdan hemen hangi şarkıları yollasam diye düşünüyordum ama yok bu adam şarkıdan falan anlamaz, yani demek ki bazı insanlar yazarken iyi bazıları ise konuşurken. On beş dakika tahammül edemedim yemin ederim, kapattım sayfasını. Dedim, iyi bir şey bu, bundan soğumam kolay olacak.

En çabuk söylediğin yalan unutulurmuş Seni o yüzden bu kadar çabuk unutmuşum

Yazlığa bizim arkadaşlardan birkaç tanesi gelince, buralarda durmayalım Ege'yi turlayalım dedik. Aynı plan bir önceki sene benim için hayalken şu an her şeyi yapabilecekmişim gibi geliyor, yani hadi uzaya gidelim deseler, uçacağım o derece. Tabii babamın böyle bir planımdan haberi yok, "babaannem beni bunaltıyor, başka arkadaşımda kalacağım" diye ergenlik krizlerime girdim, o da ne yapsın kabul etti. Şimdi tek korkum, bir anda oraya gelip "ben geldim benim dombili prensesim nerede" demesi. Bu arada dombililikten bahsetmişken, kendime yemin olsun ki kızlarımı, şişkom, çirkinim diye sevmeyeceğim. 48 kilo bir kızım ama kendimi babamın devamlı "beni tombulum, dombik, patatesim, oyy oy yanaklara bak, Afrika'daki açlığı bitirir" diye sevmesinden dolayı hep şişman hissediyorum. Evet kafam bedenimden biraz fazlaca büyük, yanaklarımdan da iki insan kafası çıkabilir ama olsun. (Sonra o 48 kilo 68 e kadar çıktı. Babam mutlu olmuştur artık lakaplarına yaraşır bir kız olduğum için.)

Arkadaşlardan birisinin arabası vardı, ona atladık üç kız iki erkek olarak yola çıktık. Arkada üçlü koltuğun ortasında embesil gibi gitmem hariç baya bir eğleniyorduk. Kızlardan biri çocuklardan birine asılıyor, bir diğeri gideceğimiz yerde hayatının aşkını bulmayı planlıyor yani gayet eğlenceli bir gruptuk. Ta ki geceye kadar...

İlk durağımız Kuşadası oldu, barlar sokağına çıktık hadi bakalım özgür oluşumun ilk yazı diyerek bütün leş mekânlara girdik. Bir tane bira içtim, sanırım mola yerinde yediğim tandır yüzünden midem bozulmuştu onu da kustum. Evet, o sıcakta tandır yedim, evet ben bir geri zekâlıyım ama çok lezzetli görünüyordu. İçki içmeye halim kalmadı, ağzıma ne koysam kusuyorum. Millet fink fink eğleniyor bense turistlerin arasında tuvalet sırası bekliyorum.

Mekân tuvaletlerindeki kadınların birbirine olan gereksiz samimiyeti de bir garip, yani incelenmesi gereken bir durum. İçeride kıskançlıktan geberecek hatta eline verseler bir kaşık suda boğacak gibi baktığın kızı tuvalet sırasında görünce otomatik olarak bir sevgi doğuyor. Yani sen istemesen de kıza sürekli iltifatlar etmek zorunda gibi hissediyorsun kendini. Oradan öyle sağlam arkadaşlıklar çıkar ki; sıra emekli maaş kuyruğu gibi uzun olsa, kadın düşmanlığı diye bir şey kalmaz, herkes dost, arkadaş; sevgi, barış, iyilik ve refah gelir güzel ülkeme. Ama kader kısmet bu işler...

Ben böyle tuvalette kolonya dökme vazifeme tam erişmişken, bizimkiler hadi gidiyoruz dedi. Bir tane otel ayarlamışlar, ucuz diye taa ebesinin yumurtalıklarında. Arabanın olduğu yere kadar gittik, onlar nasıl eğlendiklerinden bahsediyor, bense haminne gibi, yok şöyle kustum, ayy buram ağrıdı, ayy hiç dans edemedim, vayy mekân bok gibiydi diye söyleniyorum. Bu arada en nefret ettiğim insan özelliklerinden bir tanesi bu! Her ne kadar ben bu olayı çok fazla yapmış olsam da başkası yaptığı zaman ağzına iki tane çakasım geliyor. Grupça eğlenmeye gidersin, herkesin ağzı kulaklarında, herkes halinden memnun; bir o pezevenk mutsuz. Sürekli söylenir, kendi rahatsızlığını geneller, hepiniz dert çekiyormuş gibi anlatır, her şeyi ama her şeyi boklar. Lanet pislik, gereksizin tekidir. Zaten toplasan üç kere çıkarsın onunla, dördüncüye çağırmazsın. Beni artık dört defa insanlar çağırmayınca o gruba giren meymenetsizlerden olduğumu fark ettim.

İşte böyle insanların gecesini burunlarından getirmeye devam ederken, çocuk anahtarı bana attı. Anlamadım öyle bakakaldım suratına, "ben sana tarif ederim yolu" dedi. Şimdi şöyle bir gerçekle karşı karşıyayım, birincisi annem ve babamın cahilleri, iki tane tabela okudum diye beni dört buçuk yaşında kreş yerine okula göndermişler. Çünkü kreş paralı, devlet okulu bedavaymış. Derslerden kalırsa da kalır ne olacak demişler ama ben bir türlü sınıfta kalamamışım. O yüzden hep benden büyük çocuklarla aynı sınıfta okudum, herkes zeki olduğum konusunda oy verdi ama beni daha yakından tanıyanlar bilirler ki beyni süngerle dolu biriyim. Kendimden büyüklerle okumanın en kötü yanı, onlara sürekli olarak bir birey olduğumu ispatlamak zorundayım. Memelerim bile hepsinden sonra çıktı daha korkunç ne olabilir düşün işte. Bu ispatlama süresince insanlara bazı yalanlar söyledim. Annemin Sezen Aksu olma ihtimali, babamın MİT ajanı olduğu, eğer tarih dersinden kalırsam ailemin beni Suriye'ye yollayacağı, bıyıklarımı asla ama asla almadığımı ve okula giderken kirpiklerime şeffaf rimel sürmediğim, onların doğal hali olduğu, bunlar bir kısmıydı sadece. Bir de bunların arasında kimsenin sorgulamak aklına gelmediği ehliyetim vardı. Evet, insanlara ehliyetim var diye yalan atmıştım. Bir insan neden böyle bir yalan atar ki! Şimdi karşımda dört sarhoş beni evlerine götürmem için bekliyor. Oturup "Arkadaşlar ben size yalan attım ehehe nasıl şakamı beğendiniz mi?" yapacak pozisyonum da pek yok, o yüzden yalanı yalanla kapatmak daha mantıklı geldi.

"Hasstirrr, ehliyetim evde kalmış!"

"Ya sen kullan, alkol yok zaten sende, çevirme olursa açıklarsın kızsın zaten bir şey yapmazlar."

"Ben sanki içtim ya, hooh hooh ayy nefesime bak leş gibi kokuyor! Ufff küfelik olmuşum ben, ayy başım dönüyor."

"Bir bira içtin onu da kustun zaten hadi binelim gidelim."

Evet, yalancı insanların yalan söylerken verdiği hazzı çok iyi biliyorum. Garip bir şekilde kendini karşı taraftan daha üstün görüyorsun. Yani etrafınızda size sürekli yalan atan birileri varsa ona kızmak yerine acıyabilirsiniz. Böyle yapmasının tek nedeni, kendisinin asla yeterli olmadığını düşünmesi. Şimdi de yalan yakalanırkenki adrenalini yaşıyordum ve bu his hiç hoşuma gitmedi. Deli gibi bir utanç var içimde, ben size şaka yaptım ya ehehe demek gururuma dokunuyor. Ya Allah dedim, bindim arabaya. Yarın Ege'nin bütün gazetelerinde çıkarız sanırım, hiç alkol içmeden de ölümüm sarhoşlukla anılacak, çılgın gençlerin acı sonu diye de başlık atacaklar. Hayır, kendimle beraber bu kadar insanın da hayatıyla oynayacağım.

Mesut'un ne hayalleri vardı kim bilir, makine mühendisliğinde okuyordu. Okulu bitince askere gidecek, temiz bir kız bulup evlenecekti. Tek suçu yalancı bir orospu olan bana inanmaktı. Peki ya Aysu? Gözleri hüzünlü bakan Aysu, bu sene bilemedin öbür sene zengin bir koca bulacaktı kesin. Jeep'iyle AVM AVM dolaşacak kocası elden gitmesin diye hemen çocuk yapacaktı. Sercan, yakışıklı, boylu poslu, kendinden emin duruşlu Sercan, beden eğitimi hocası olacaktı. Lisede her kızın âşık olduğu eşofmanlı adam olamadan gözlerini yumacak şimdi. Zavallı Burcu, Sercan'a olan aşkı yüzünden o da gitti, son nefesini verirken bile Sercan diyordu. Ya da Allah belanı versin PuCCa'da diyor olabilir ama sanmam.

Bu kadar insanın hayatı şu an benim ellerimde, belki de başarabilirim belki de bu zorlu görevin üstesinden gelebilirim. Onları gidecekleri yere kadar rahatça bırakabilirim. Kurtuluş Savaşı bile nasıl oldu hatırlamıyor musun? İçimdeki güç ve cesaret her şeye yeter, evet ben bu çocukları geleceklerine götürmeliyim. Bunu ülkem için, onların aileleri için yapmalıyım. Gözlerimin içine bakıp benden yarını isteyen bu çocuklara istediklerini vermeliyim.

"E hadi o zaman. Kaç saat daha burada böyle kalacağız?"

Sanırım yapamayacağım ya, aşağıda iki tane şey var onlardan hangisine basacağımı bile bilmiyorum. Lan bir saniye üç tane varmış. Vites ne işe yarar hayatım boyunca hiç merak etmedim, yani şoförün yanında oturmak varken neden bir insan şoför olmak ister ki çok saçma safi amelelik. Valla ben bunu yapamayacağım, bir de hepsi ölür mölür ben kalırım sonra hayat boyu işin yoksa vicdan azabı çek, haftada bir ailelerini ziyaret et falan filan. O yüzden aklıma gelen ilk şeyi yaptım. Direksiyona kafamı koydum ve hüngür hüngür ağlamaya başladım. Önce bir afalladılar, sonra birinin aklına ne olduğunu sormak geldi. Gözlerimi sildim, "Dedem öldü bugün. O yüzden içemedim, sizin eğlencenizi de bozmak istemedim. Ama şimdi tutamadım kendimi, kendimi güçlü biri sanıyordum ama değilmişim. Dedemle balığa gitmiştik geçen sene böyle arabada uyumuştuk. Aklıma o geldi, evde olmam gerekirken buradayım, kendimden utanıyorum resmen ya" diye ciğerlerim delinene kadar ağladım. Sonra da "Ben kullanamayacağım arkadaşlar, ufak çaplı bir sinir krizi geçiriyorum sanırım" dedim. Onlar da anlayışla karşıladılar, sabaha kadar arabanın içinde durduk, sabah olunca evimize doğru yola çıktık.

Dedem zaten ben küçükken öldüğü için onu böyle pis bir olaya alet etmememde sakınca yoktu sanırım. Yani umarım yoktur, öbür dünyada beni terlikle bekliyorsa benim için biraz zor olacak.

Paranoyak olmam öldürülmeyeceğim anlamına gelmiyor

Sonunda lanet olasıca yaz bitiyor ve okula geri dönüyorum, resmen zil takıp oynayacağım o derece. Sarı ile beraber konuştuk, iki hafta öncesinden gidelim, hasret giderelim dedik. Kalktım gittim işte ben evimize, valizi falan yerleştirdim. Sarı'yı beklemeye başladım, otobüsü benden üç saat sonra falan gelecekti, film falan aldım beraber güzel güzel dedikodu yaparız muhabbet ederiz diye. Ama üç saat geçti kız yok, dört saat geçti kız yok, beş saat ıı ıh! Aradım, ağzını yaya yaya açtı telefonu, neredesin diye carladım. "Antalya'dayım. Yarın gelmiyor muyuz? Öyle konuşmadık mı bileti yarına aldım" dedi. Şimdi konuşma geçmişimizi gayet net hatırlıyorum bugün için orada olacaktık, yani erken gelip aptal olan ben değilim. Ama yine de kereste gibi burada olan benim.

Bir şeyler yedim, film izlemeye başladım. Sonra kapı çaldı, hadii Sarı geldi meğer şaka yapmış dedim ama kapı deliğinden baktığımda kimseyi göremedim. Bu arada en büyük korkularımdan biri kapı deliğinden bakarken gözüme şiş sokacaklar ya da kapının arkasından tarayacaklar. Aşağıdan mı çaldılar diye düşündüm ama aşağıdaki zil bozuk, biraz daha bekledim. Yine kapı çaldı, yine kapının önünde kimse yok. Otomata bastım, bekliyorum öyle, yukarı çıkan var mı diye, ayakkabı seslerini de duyuyorum. Herhalde yanlış bastılar dedim, yerime oturdum. Kapı bir daha çaldı, haydiii yapılır mı lan benim gibi kıza bu, kapının oraya gidemiyorum. Kesinlikle kapının arkasında biri var, elinde de taramalı tüfek beni bekliyor. Ya da akıl hastanesinden kaçmış biri baltasıyla orada, ben kapıyı açar açmaz kafamı kesecek. Acaba apartmandan biri mi sapıktı? Olur ya, adam bugün yalnız olduğumu anladı, bari ona çıldırmış gibi tecavüz edeyim dedi. Ya bütün apartman birlikteyse bu işte? Ya hepsi tecavüzcüyse, bugün onlar için bulunmaz fırsatsa? Cesedimi köylerine bile götürürler kimse de benden haber alamaz, yıllarca kaybolduğumu zannederler. Hatta halamlar kaçtığımı orospu olduğumu düşünür, bizimkileri de inandırırlar, beni aramaktan vazgeçerler. Cesedimi de börtü böcek yer, yıllar boyunca bana ne olduğunu hiç kimse bilmez! Gerçi hoş, bütün apartmanın bu işte olması biraz saçma, onların da çoluğu çocuğu var, neden beni kessinler? Aa bir dakika, Allah kahretsin ya otogarda beni biri takip etti. Başka bir açıklaması olamaz bu işin, yalnız olduğumu da öğrendi, şimdi beni öldürecek.

Kapı bir daha çaldı, bir daha, bir daha, bir daha... Art arda çalıyor resmen açayım diye, birazdan yumruklayacaklar ve apartmandan da erkek sesleri geliyor, üç beş kişiler bunlar. Allah'ım yaptığım her şey için özür dilerim, eğer beni bu korkunç tecavüzlü cinayetten kurtarırsan yemin ederim ki bir daha hiç kimseyi üzemeyeceğim. Babama karşı hep saygılı olacağım, ona yalan atıp paralarını almak için çıprınmayacağım. Kardeşimin saçları benden uzun diye geceleri bir daha asla ama asla gıdım gıdım kesmeyeceğim. Karşı komşunun kızının düğününde polisi aradığım için de özür dilerim, bir daha kimsenin düğününü sabote etmeyeceğim. Güzel kızlarla ilgili orospuymuş o dedikodusunu yaymaktan da vazgeçeceğim. İnsanların hayatlarına burnumu sokmayacağım, hatta karıştırmayacağım. Birinin evinde kalırken bir daha çekmecelerini kurcalamayacağım, çalıştığım yerlerden kalem çalmayacağım, derslerime çalışıp iyi bir televizyoncu olacağım. Hatta istersen TRT'de eğitim programlarından birinde bile çalışabilirim, neticede televizyon işte kötü pis ya hani ben bunu iyiye de kullanabilirim. Ne olursun sana yalvarıyorum kurtar beni, bir şey yap, adamlara başka bir kızı göster onun peşine gitsinler. Ayy bu olmadı, off içinde kötülük barındırıyor ama o arkasından gideceği kız kötü bir insanmış masuscuktan, annesine babasına karşı geliyormuş, uyuşturucu kullanıyormuş, hatta çocukken kardeşini boğup öldürmüş. Herkese kötülük yapan biriymiş, onun arkasından gitsinler lütfen. Eğer bunu da kabul etmezsen, üst katlardan biri polis olsun. AA polis! Evet lan, polis, polisi niye aramıyorum ki ben. Aklımı zekâmı çok seviyorum ya!

Aradım polisi, sessiz sessiz konuştum, böyle böyle dedim, dışarıda birileri var, saklanıyorlar. Birazcık da beni ciddiye alıp hemen gelsinler diye ufacık abarttım olayı. Takip edildiğimi, yolda bana bıçak gösterdiklerini şimdi de aynı adamların kapıya geldiklerini söyledim.

Tam 10 dakika sonra polis geldi, zil çaldı bu kez kapının deliğinden baktım orada biri normal kıyafetli, diğeri polis kıyafetiyle iki adam karşımda duruyor. Büyük bir sevinçle kapıyı açacaktım ki, bir anda içimden bir ses "yapma" dedi. Ya aşağıda polisi öldürmüşlerse ve adamın kıyafetini giymişse? Ben yutar mıyım bu numarayı, yutmam ama on dakika içinde adamı öldürüp kıyafetlerini almaları zor. O değil de ya polis işin içindeyse? Evet ya, kesinlikle polis işin içinde, biliyorlardı orayı arayacağımı devriye arabası da bekliyordu şimdi beni kesecekler. Bir daha çaldılar kapıyı, dedim, kaderine razı ol kızım... Açtım kapıyı, böyle suratımın azcığını göstererek. Adam,

"Aşağıda otomatı tamir için iki kişi var, apartmandakiler de doğruladı, dünden beri zilleri tamir ediyorlarmış. Sizin evde kimse yok zannettikleri için orada deneme yapıyorlarmış. Sizi takip edenler onlar mı bir bakabilir miyiz beraber aşağıya inip" dedi. İnmeme gerek yoktu, beni takip eden biri olmadığı için adamlar tabii ki doğru söylüyordu. O kadar çok zilin çalmasının nedeni de buydu ama ayıp olmasın diye indim, bir de adamlardan özür diledim yukarıya çıktım. İyi biri olmamla ilgili verdiğim sözü de tutmama gerek kalmadı, neticede adamlar sapık değilmiş.

Bir sırrımız var
birbirimizle paylaşmaya bile korktuğumuz

Sarı geldi, Sarı ile beraber Ankaralı da bizim eve geldi. Gelmese şaşırırdım zaten, neymiş Sarı çağırmış bu da kıramamış. Ben kafamı sikeyim, yaz boyunca bu dangozdan mesaj beklemişim de benden hoşlandığına inanmışım da bilmem ne. Adam resmen oyun oynamış, önüme kim gelirse sikerim derdinde. Hiç utanma, korku yok. Sarı'ya gidip söyleyeceğimi düşünmüyor bile umurunda değil ki neden düşünsün. Suratına işemek istiyordum resmen. Nasıl karşıma geçmiş oturabiliyor ya sinirden karnım kasılıyor, ondan ölesiye nefret ediyorum. İnşallah ölür, umuyorum çok pis şekilde ölür ve ölürken aklına gelen yüz benim yüzüm olur. Suratına kusmak istiyorum, bütün yediklerimi burun deliklerine kadar sokmak istiyorum. Geberse yemin ederim dönüp bakmam bir de üstüne tekme atarım.

Karşımda yazın neler yaptıklarını anlatıyor, su kaydırağından kayarken belini incitmiş, bir hafta ayağa kalkamamış, kopsaydı keşke! Omurilik soğanını bir yerine soktuğumun piçi! Sarı da yavşak yavşak o ne dese kıkırdıyor, onu da tokatlamak istiyorum, çocuk komik bir şey söylemedi kendine gel, adam ol, bu çocuk sikici team, bu çocuk tam bir orospu çocuğu demek istiyorum. Tabii bunları diyemediğim için karşılarında üç kilo turşuyu yemişim de su bulamamışım gibi oturuyorum. Ben çıkıyorum dedim, arkadaşımla buluşacağım. Ben bunu deyince Sarı'nın gözlerinin içi güldü, adeta mutluluktan havalara uçtu. Kim Beş Yüz Milyar İster'e katılmış da son soru İstanbul'un fethi ne zaman oldu çıkmış gibi heyecanlandı. Birazdan büyük ödülü alacaktı, Ankaralı sonsuza kadar onun olacaktı.

Çıktım kendi kendime dolaşmaya başladım, bir taraftan da düşünüyorum. Bunlar şimdi evlenirse aramızda o gece olan şey bir daha hiç konuşulacak mı? Evlendikleri gün mesela gidip kıza anlatsam belki nikâhları bozulurdu. Ya da çocukları oldu diyelim, onların oğlu olmuş masuscuktan benim kızım. İşte biz hâlâ görüşüyoruz bunlarla sonra çocuklarımızın arasında da bir şeyler olmaya başladı, ben hemen kızımı uyarırım, o adamın oğluna güvenme, zamanında babası... derim cümlenin devamını getiremem. Büyük ihtimal benim kızım da benim gibi ağzı boş, zevzek bir şey olacağı için ortalık karışabilir. Böyle aile yemeklerinde bir araya geldiğimizde bakışır mıyız acaba? Ya ben de sanki o gece bir şey oldu, adamla manyaklar gibi hatta tavşanlar gibi seviştik böyle kendime bunu sır edindim. Alt tarafı benden hoşlandığını söyledi, ki dalga bile geçmiş olabilir. Ben de amma büyüttüm bu olayı. Ben kendi yoluma bakayım en güzeli, o ikisi mutlu mesut yaşasınlar, hayatları güzel geçsin. Allah onları mutlu etsin, benden de uzak tutsun. Ne diyeyim başka...

Telefona mesaj geldi, "Neredesin?" Ankaralı'dan. Bir şey yazmadım, kesin ikisi bir yerlere gidecekler ayıp olmasın diye beni de çağırıyorlar. Sonra aradı. "Neredesin, evden çıktım ben konuşmamız lazım" dedi. Ne konuşacağız yani, ne konuşabiliriz allasen? Evde Sarı'ya yavşa evden çıkınca beni ara, amacın ne senin puşt! Böyle iç sesim biraz atarlı ama dış sesimin açıkçası atar yapmaya götü yemedi. Yani böyle bir şeyden alındığımı düşünmesi beni biraz küçük düşürürdü açıkçası, ayıp olurdu. O yüzden normal normal nerede olduğumu söyledim, o da geldi.

Yalnız o gelene kadar içimde olan fırtınaları, kalbimin göğüs kafesinden çıkmasını, aldığım nefesin sanki boğazımı tırmalamasını, midemdeki garip kıpırtıları anlatmamın imkânı yok. Bir nefret ediyorum, bir taraftan gelsin istiyorum. Kapıdan göründü, dünyanın en çirkin çocuğu nasıl olur da şu an gözüme böylesine yakışıklı gelir anlamıyorum. Garip bir çekim var bebede, meğerse benim içimde bir Deli Yürek fanatiği yaşıyormuş. Diziyi de Allah biliyor bir defa izlemedim, silah, mafya, kaba saba muhabbetler, bayık aşk acıları, sevmediğim ne varsa toplanmıştı dizide. Yahu fragmanı bile kanlı kırmızı gül ve silah, daha korkunç ne olabilir sonuçta! Ama işte Allah sevmediğin ne varsa sana zorla sevdirtiyormuş. Karşımda Kurtlar Vadisi'ne 3. sezonda katılmış, ikinci bölümde ölecek olan esas adamın sağındaki koruması gibi bir herif var ve ben bu herif için kafamı allak bullak ediyorum.

Oturdu, kendine çay söyledi ve sustu. Bir beş dakika hiçbir şey konuşmadı, susmaya mı geldin pezevengin oğlu, söylesene derdin ne demeye de benim dilim varmadı. Elime telefonu aldım, eski mesajlarıma baka baka öylesine vakit geçirmeye çalıştım. Çayı geldi, bir yudum içti sonra konuşmaya başladı.

"Bak, ben enine boyuna her şeyi düşündüm. Ben zor bir adamım. (Adam mı? Ulan daha baba parasıyla okulda okuyan birisin ne adamı?) Benim asla değiştiremediğim kurallarım var, herkes gibi biri değilim ben. (Allah'ım şu kelimelerden sonra hâlâ bu çocuk için bir şey hissettirme bana olur mu? Bu bir hanzo!) Biriyle beraber olmak onu himayeme almak demek benim lugatımda. (Çok affedersin de senin lugatını sikeyim ben). Öyle hadi gezelim tozalım kafasında biri değilim. Bir defa yalandan hiç hoşlanmam. (Ayy ben çok hoşlanırım, bayılırım yalana. İnsanlar bana yalan söylesin diye kıçımı yırtarım hatta.) Ne olursa olsun ben hep dürüst davranırım, karşımdaki insanı kaybedeceğimi bilsem bile. Ben senin o tanıdığın İzmir bebelerinden değilim, ben rahat değilim öyle. (Şimdi şiir girecek sanırım buraya.) Bir yola gireceksem karşımdakini sonuna kadar sırtlayacağımı bilmek isterim, karşımdakinden de onu beklerim. (Hobaa kadın programlarına katılan 70'lik amcalar gibi konuşmaya başladı.) Yani demem odur ki, ben seninle her şeye varım, eğer sen de varsan kurallarımı bilmen lazım."

Ya Allah aşkına ne kuralı, alt tarafı olacaksa bir ilişki olacaktı. Yani bunu senet imzalama olayına getirecek ne olabilir? Ve sen kimsin ki ben o kurallarına uyayım senin. Çok uyman lazımsa sen benimkilere uy. Limitsiz kredi kartı, her gün evden alınıp okula bırakma, ayakkabı bağcıklarımı bağlama, günde yedi kez seni seviyorum ve rehberden bütün kızların ismini silmece? Götün yiyorsa sen bana ayak uydur dingil! Ben de onun bana yaptığı gibi bir konuşma yaptım.

"Bak, ben de enine boyuna her şeyi düşündüm. Maalesef senin gibi biriyle ancak arkadaş kalabilirim. Yani cebinden sözleşme çıkarıp imzalayacak gibi duruyorsun. O yüzden, bu söylediğin şey her neyse onu da anlamadım ama ben yokum."

Bunları dedim, o da bunu kabul etti. Israr edecek diye ödüm patladı. Hatta "Onca laf söyledin de orospunun çocuğu Sarı ile fingirdemeye gelince delikanlılığını unuttun mu?" diyecektim, tartışmanın âlemi yoktu, saçmaydı da zaten. Benim, kendini böylesine üstün gören bir adamla işim olmaz, olsa da artık olmaz yani. Bu sayfayı daha başlamadan kapattığım için çok mutluyum. Ama hâlâ evlenirlerse kızımı onun pis oğlundan uzak tutacağım!

Çakma çanta gibisin sevgilim sahtelikte sınır tanımıyorsun

Okulun başlamasıyla beraber, babamdan artık daha fazla para almayayım, hem de şu mezun olunca beş senelik deneyim isteyen yerlere kabak gibi referanslarımı göstereyim diye bir TV kanalında part time olarak işe başladım. O kadar az bir para ile başladım ki iyi ki mezun olmayı beklememişim, yoksa ek iş olarak akşamları otobana çıkabilirmişim. İlk iş günüm saçma sapan geçti, bir defa kimse kimseyle konuşmuyor. Yani kanalda öyle dolanıyorum ama bir Allah'ın kulu da gelip bana "Hayırdır kardeş, senin burada ne işin var?" demedi. Öyle kendi kendime gezindim durdum, kantinde kahve içtim, yakışıklı çocuk var mı diye baktım, kızlar ne giymiş diye inceledim. İkinci gün oldu, ilk gün milleti tanı et diye serbest bırakmışlardı ama ikinci gün görevimin başına geldim. Montajda olduğum için odanın içinde sabırsızlıkla bana haber montajlatacak bir muhabir bekledim. Kızın biri geldi, beni gördü. "Sen yeni misin?" dedi, ağzımı kocaman açarak "evettt" dedim. "Off ya başkası yok mu? Sen şimdi uyuz uyuz yaparsın benim acelem var, yemeğe çıkacağım" dedi. Birincisi küçük hanım, uyuz uyuz yaparsın ne demek, ne ayıp, size hiç mi terbiye öğretmediler acaba işyerinde arkadaşlarınıza nasıl davranmanız gerekli diye. İkincisi bu sorduğun şeye nasıl cevap vereyim? Evet uyuz uyuz yaparım git başkasını bul desem bir dert, ya saçmalama gel gel otur desem bir dert. Büyük ihtimalle yavaş yapacağım çünkü montajı kendi kendime evde öğrendim. Kız gitti bir iki tur attı baktı bulamadı kimseyi geldi oturdu yanıma. Verdi kaseti yapmaya başladık. Benim elim ayağım nasıl titriyor ama anlatamam, ufacık bir hata yapacağım da kız beni mahvedecek diye. Baktı ki zaten ben hızlanamıyorum, yemeğini odaya istetti. Ben yaparken yedi. Sonra da dedikodu yapmak için bütün programcı kızlar bizim odaya toplandı.

Ben bir taraftan iş yapıyorum diğer taraftan da girmek istediğim dünyanın nasıl bir yer olduğunu anlamak için onları dinliyorum. Ana haber spikeri perfore okumak için sese gidiyordu bunu gördüler önce selam verdiler sonra da arkasından konuşmaya başladılar.

"Yok yani kızın içinde yok, hangi köyden geldiyse hâlâ adam edemediler."

"Geçen günde bir bluz giymiş göğüsleri tamamen ortada."

"Eee zaten o yüzden orada, başka da becerebildiği bir şey yok."

Şimdi hakaret ettikleri kız bana göre dünya tatlısı bir şeydi. Bir de bunlar ne biçim kızlar böyle, lisenin kötü kalpli kaşarları gibi. Bu arada tiplerini de görseniz o spiker kızın yanında sünepe gibi kalırlar. Sonra kızın biri masama oturdu, arkasında da benim çantam vardı, onu itekleyecekti, sonra eline geçince baktı bir çantama. "Ayy bunları da Kızılay dağıtıyor, nerede varoş varsa hepsinde bunlardan" dedi. Gözlerim anime karakterleri gibi oldu, doldu doldu doldu böyle. Ellerim titremeye başladı, burnumun direği sızladı cümlesini o an anladım. Ağlamamak için kendini sıktığın zaman burnun acıyor, öylesine acıyor ki o acıya ağlamak zorunda kalıyorsun. Bir de bir şeyler demek istedim, yapamadım. Daha yeniydim, ne diyeceğimi bilemedim. Bir de atarlansam ağlamaya başlamaktan korktum. Sinirlenince hemen ağlamaya başlıyorum, bu sinir de değil üstelik ağlamak saçma olabilirdi.

Eve gittim, evdeki çantalarımın hepsine baktım. Hiçbirini pazardan almama rağmen sıradan normal herhangi bir markanın çantasıydı. Sarı geldi, ona olayı anlattım, işte o da sosyalist ruhuyla paranın bizi nasıl köleleştirdiğini, sınıflara ayırdığını ve ikiye böldüğünü anlattı. Ama kalbimde açılan derin yara için, emperyalizme açılan bu eşsiz dava hiçbir işe yaramamıştı açıkçası. Sonra Ankaralı geldi bize, bu da bizim evden çıkmamaya başladı o ayrı mevzu, ona da Sarı anlattı bu olayı. Ki üstelik az önce buna üzüldüğüm için benim ağzıma sıçan liberal bir hayvan olduğumu vurgulayan kız, bebeye anlatırken benimle dalga geçti. O da hani hoşlandığı adamın yanında etraftaki herkesi harcayıp kendini yüceltmek isteyen tipler olur ya onlardandı. Yani Sarı'yı tanıdım tanıyalı, birine kafayı takıyorsa muhakkak yanında beni harcar. Artık alıştığım için ciddiye bile almıyorum, alsam da bir şey fark etmeyecek çünkü.

Ankaralı, yine her zamanki gibi bu zor durumdan beni çıkarmak için bir plan yaptı. Çok iyi bildiği taklit çanta yapan bir yer varmış. Bu çocuk nasıl oluyor bu kadar illegal şeyi bilebiliyor anlamıyorum ama bazen işe yarıyor. Çantanın etiketine kadar o kadar iyi basıyorlarmış ki marka sahipleri bile anlamıyorlarmış. Orijinallerinden hiçbir farkları yokmuş, üç bin TL'lik çantaları gözlerimizin önüne sereceklermiş, "götür" dedim beni bu eşsiz yere!

Hep beraber gittik, gerçekten orijinallerinden hiçbir farkı olmayan çantalar pırıl pırıl gözlerimin önünde parlıyordu. Ama içimden "Sahte çanta takmak kadar kıroluk olamaz. Korsan kitap almak gibi bir şey bu" diyordum. Bu arada eğer bu kitabı korsan halinde okuyorsan, ne kadar ayıp. Yakışıyor mu hiç senin gibi birine! Sosyal mesajımı da verdim, neyse konuya devam ediyorum. Sahteliğe karşı olduğum halde o büyüden vazgeçemedim. Öyle sahtesi herkesin kolunda olanlardan değil de Türkiye'de öyle deli divane bilinmeyen, Cadde'de çok az rastlanacak çantalardan seçtim, kenara koydum fiyatlarını sorup üçer beşer alıp bu olayı kapatmayı düşünüyordum ki fiyatları bir söyledi.

Anasının! Hatta anneannesinin, atasının, ilk atom parçasının! Lan sen sahte çanta değil miydin, ne ara götün kalktı da neredeyse orijinalinle aynı fiyata satılıyorsun? Üstüne üç beş bir şey koyar orijinalini alırım. Hem vicdanım rahat eder hem de böyle sahte çanta alan kız pozisyonumdan kurtulurum dedim. Ama yapamadım, aralarından en ucuzunu aldım ve çıktım.

Ertesi gün işe geldim kolumdan çantam, kimsenin umurunda olmadı. Yemeğe çıktım yine çantamı göstere göstere yine kimse öyle dönüp bakmadı. Kantinde onu masanın üzerine koydum ki görsünler, kimle dans ettiklerini bilsinler diye ama ıı ıh bir Allah'ın kulu da gelip "ayy ne güzelmiş" demedi. Tuvalette bile, gösterebilmek için götüm çıktı resmen. Lan ben buna o kadar para verdim, baksanıza hayvan oğlu hayvanlar diye kendimi yırttım ama yok, yok yok!

Erkeklerin zaten umurunda değil yani o kadar saçma ki, hiçbir erkeğin, kızın çantası ne güzelmiş diye peşinde dolandığını görmedim. Çanta sadece kadınların birbirlerine dürtüp gösterebilecekleri şeyken ben okul harçlığımı buna nasıl verdim ona yanıyorum. Üstelik fark etmiyorlar bile. Allah'ın kekoları daha dün bir tomar laf söylüyordunuz, gelsenize diye çıldıracağım.

Baktım olmuyor bunlar yine montaj odasına gelip onun bunun arkasından konuşurken olayı alışverişe getirdim, sonra da sanki çantayı yurtdışından aldırtmışım, keşke Türkiye'de de şubeleri olsa. O çantamı alıp arkaya midesi bulanır gibi atan kız baktı bir daha çantaya, "Ay ben hayatta bir çantaya o kadar para vermem, tam bir kerizlik" dedi. İşte o an ben çıldırdım, yanımdaki bilgisayar monitörünü kafasına geçirecektim. Lan sen benden ne istiyorsun, daha dün senin yüzünden hayatımı vermedim mi ben buna? Bir karar ver artık diyecektim. Onu demek biraz ayıp kaçabilir diye, "Ben de altındaki pantolonu bedava verseler giymem şahsen. Ki büyük ihtimalle bedavaya aldın, başka türlüsünü düşünmek bile istemiyorum" dedim. "Valla o senin zevksizliğin, gayet güzel bir pantolon" dedi ve gitti. Orospu.

İçinde yaşattığın fasulyeye talibim

Uykumun büyük ihtimalle en güzel yerinde birinin beni sarsmasıyla uyandım. Çapaktan birbirine yapışmış gözlerimi açamadan, duyduğum sesleni tanımaya çalışıyordum. Sarı ağlıyordu, hem de sanırım böğüre böğüre ağlıyordu. İşte şimdi bunun neresi paylaşımcı arkadaşlık anlamıyorum. Gecenin bir yarısı insan uykudan uyandırılıp kıçına kızgın mil sokuyorlarmışcasına karşısında ağlanır mı? İnşallah ayağını falan bir yere vurmuştur ona ağlıyordur. Şimdi bir de oturup dert anlatırsa hiç dinleyemeyecekmişim gibi geliyor. "Sana bir şey anlatmam lazım" dedi, kalktık mutfağa oturduk. O kendine kahve yaptı bense uykum daha da kaçmasın diye ayran koydum. O kadar anlatmamasını istiyorum ve merak etmiyorum ki, suratındaki acıyı görmüyorum bile. Kız ağlamaktan kahveyi her yere saçtı, ben hâlâ içimden "umarım benim dedikoducu bir pislik olduğumu düşünüyordur da bana anlatmaktan vazgeçer, derdi neyse nasılsa yarın gün ışığında salağın birinden duyarım" diyorum. Bir süre daha ağlama krizlerine girdi, ardından da anlatmaya başladı. Daha doğrusu ben bir hikâye anlatacak diye beklerken, bu "Hamileyim" dedi. O ayran mideme inemeden bütün masaya boşaldı.

İnanamıyorum, ev arkadaşım hamile! Yazın bir çocukla tanışmış, işte çocukla sadece yatış kalkış olayları olmuş geçen günlerde de eve gittiğinde yine aralarında bir şeyler olmuş şimdi de ne yapması gerektiğini bilmiyormuş. Şimdi kız daha okuyor, çocuk sevgilisi bile değil, hepsini bırak yaşları küçük yani bu işin en mantıklısı kürtaj gibi gözüküyor. Ve benim de görevim hem yakın hem de ev arkadaşı olarak onu kürtaja ikna etmek. Şu an korkuyor, ne yapması gerektiğini bilmiyor ve utanıyor, ona destek olmam ve bu durumu az da olsa sıradanlaştırmam lazım. İyi arkadaşlar böyle yapar çünkü. Peki ben ne yaptım?

Kız hamile olduğunu söylediği an çığlıklar attım, tebrik ettim, karnını sevdim. "Eğer o çocuğu aldırmayı düşünürsen seni öldürürüm" dedim. Ona internette dolanan kürtajla alınmış minik bebek fotoğrafları gösterdim, karma felsefesini anlattım, bir bebeğin canını alıyorsun ileride neler başına gelecek bir düşün diye korkuttum. Sonra küçük odayı nasıl süsleyeceğimizi söyledim. En sonunda da ona sarılıp "yeni bebişimiz" için tebrik ettim. Ardından da odama gidip mışıl mışıl uyudum...

Sabah uyandığımda Sarı'yı aynı yerinde oturmuş beklerken gördüm, hatta aynı pozisyonda; sadece gözleri kıpkırmızı bir şekilde. Beni görünce "İzmir'e gidelim mi? Hem sen sizinkileri gör hem de ben bu işi halledeyim. Var mı hiç tanıdığın orada bu işi yapan?" dedi. Hıı var etrafım kadın doğum uzmanlarıyla dolu, her hafta iki doğum, yedi kürtaj gönderiyorum adama komisyon alıyorum... Ulan mal, nereden tanıdığım olsun, kuruyemişçi tanıdığım bile yok doktoru ne yapayım yani. Bir de hâlâ aldırmayı düşünüyor, dün onca ettiğim lafı hiç dinlememiş. O çocuk alınmayacak, bu evin neşesi olacak, iki kadın bir çocuk olarak yaşayacağız. Hatta o doğursun ben bakarım ne olacak, adı ne olsa acaba, ayy biyolojik olmasa da kızım oluyor ya da oğlum bilmiyorum ama bir çocuğum oluyor çok heyecanlıyım. Hemen alışveriş yapmam lazım, odaya beşik mi alsak acaba? El âlemi bize toplayıp sabahlara kadar içmeceler sona erdi, gece hadi bir tantuni yiyelim sevdamız da sona erdi, mekânlara gidip eğlenmek sona erdi, evde küfürlü konuşmak yasak, bütün cipsleri ve zararlı şeyleri atıp meyve sebze alma günleri hoş geldi...

Evet, ben anne olmaya hazırım diye dikildim kızın karşısına ama ne desem saçmalık diyor. Sanki ben yattım kalktım da yumurtalığına ben yerleştirdim o bebeği gibi bir de acısını benden çıkarmaya çalışıyor. Ben de onu psikolojik olarak yıkıp kendi düşüncemin doğruluğunu kanıtlamak istedim. O yüzden İzel'den bebek şarkısını açtım. Baktım ki fazla hareketli bir işe yaramadı, hemen Kızımız Olacaktı'yı açtım; acı her zaman istediğin her şeyi yaptırmaya yeterli bir durum çünkü. Her tarafa bebiş fotoğrafları koydum, iki kadının büyüttüğü çocuk hikâyeleri anlattım. İş bölümü, dadı parası, oluşacak masraf ve isim seçimine kadar her şeyi kafamda tasarladım. Hatta öyle ki "sınıftaki herkes bir çeyrek taksa banka hesabına yatırırız o büyüyünce kullanır"a kadar vardırdım işi. Sanki tam ikna oluyor gibiydi ama "çocuklu kadın olarak bir daha kimseyle beraber olamazsam" dedi. Bu kez de değişen toplum kurallarını, erkeklerin artık dar görüşlü olmadığını, kendisi gibi bir sürü insanın varlığını söyledim. O da bana "O zaman bu çocuk senin çocuğun olsun mu? Sanki sen doğurmuşsun gibi gösteririz, herkese senin hamile olduğunu söyleyelim. Madem istiyorsun al senin olsun, ben teyzesi de olurum, hem seni yarı yolda bırakmam" dedi.

Hımm insanlara söyleme olayı pek hoşuma gitmedi, bir de bu olayı halamlara nasıl anlatacağım derdi var ki sanırım bu durum biraz beni zorlayacak. Bir de o yatıp kalkmış ben neden cezasını çekiyorum onu da anlamadım, benim ona destek olma fikrim mantıklıydı da bu biraz gerzekçe geldi. Düşünmem lazım deyip üstümü giyinmeye gittim, işe doğru yola çıkmak için.

Kanalda da bilgisayardan çocuk odalarına bakıp hayal kurmaya başladım. Hayatımıza sonunda heyecan geliyor diye de içten içe sevinç patlamaları yaşıyordum ki her güzel şey gibi bu da kursağımda kaldı. Sarı aradı, morali çok bozukmuş. Ankaralı'yı aramış "neyin var söyle" diye zorlamış bunu, bu da hem kamuoyu araştırması yapmak için hem de kendini hamileliğe hazırlamak için ufak bir yalan söylemiş. Bunu böyle söyleyince, o ufak yalanının "Meryem benmişim meğersem" olabileceğini düşünmüştüm ya da "Geçen gece beni uzaylılar kaçırdı, içime sperm koyup benle deney yaptılar" bile olabilirdi. Hatta öyle ki "Çileklerin içinde olan hormonlardan dolayı hamile kalmışım" bile diyebilirdi. Ama o yalanını "PuCCa hamile"den yana kullanmak istedi.

Çocuğa gitmiş, benim hamile olduğumu söylemiş. Önce çıldırmış gibi kükredim, ben kükreyince o da "Ne oldu, hani evli olmadığı halde hamile bir kadının toplumda yeri vardı, hani kimse bana kötü gözle bakmazdı, hani bu çok olağan bir şeydi de şimdi tepki verdin? Bak işte senin yaşadığın korkuyu ben her gün yaşayacağım" dedi.

Ulan manyak, yediğin boku ben yesem oturur kendimi en azından bu şekilde kandırmaya çalışırdım. Bir de Ankaralı'nın şu anda beni hamile bilmesi çok kötü. Yani başkasına söyleseydin ya, şöyle de bir durum var ki Ankaralı'ya karşı içimin oynaması yüzünden vicdanımla sürekli cebelleşiyorum. Yani şu olayı Ahmet'e Mehmet'e yapsa, anasını bile sikerdim de şimdi "Neden onun karşısında hamile görünmek istemiyorsun, anlayalım bir şey mi var?" diye her an sorabilir diye düşünüyorum. O yüzden az paylamayla telefonu kapattım, üstüne hemen Ankaralı'yı aradım.

"Sarı sanırım sana bir şeyler söylemiş, ya tamamen yalan öyle bir şey yok."

"Olabilir, sen iyi misin?"

"Evet, evet iyiyim. Ya gerçekten bu arada hamile falan değilim."

"Bana hayır demenin nedenini şimdi anlıyorum."

"Neyi anlıyorsun ya, sana öyle bir şey yok diyorum."

"Tamam ya, yok. Ne yapacaksın peki?"

"Valla billa yok, dün gece kıza şaka yaptım sabah unuttum söylemeyi."

"Neden arkadaşına böyle şakalar yapma ihtiyacı duyuyorsun? Bak kız nasıl ağlıyordu, sana dair en sevmediğim şey ne biliyor musun? Şuursuz çocuk hareketlerin, kız kafayı yemiş ağlayarak beni arıyor çözüm yolun için uğraşıyor orada, sen oturmuşsun şakaydı diyorsun."

"Ya ne bileyim ciddiye alacağını..."

Anaaa bir anda Sarı kıymetli oldu, o düzgün arkadaş, o bir efsane forvet oyuncusu, o bir harika insan, o dünyanın en anlayışlı dostu, üzülenle üzülen, sevinenle sevinen o bir Sarııı! Bense lanet kaşarın tekiyim, hamile olup olmadığım bile muallakta üstelik. Çocuğunu kaçırayım da görsün geri zekâlı.

Kürtaj masasına oturdun işte

Sarı'yı ikna edemedim, çocuğu aldıracak. Kendimi kürtaj yasası koyan devlet gibi hissettim biraz ama sanırım onun için mantıklı olan buydu. Bir yerde duygusallık iyi hoş güzel ama kediler köpekler bile yaşayamayacak olan bebeklerini kendileri boğuyorlar. Yani bizimkilere de bir baksana annemden ölümüne nefret ediyorum, karnımın içindeki yaraların haddi hesabı yok, bende yaşattığı şeyleri geri de getiremiyorum, o da ileride öyle olabilir.

Otobüsle Kızılay'dan geçerken jinekolog numarası almıştım bir tane, nasıl bir yer diye bilmeden kalktık gittik oraya. O kadar korkutucu bir sessizliği var ki odanın, insan öksürmeye bile çekiniyor. Masanın üzeri anne-bebek dergileriyle dolu, iki dergi sonra vazgeç evine dön diye yapılmış sanırım. Sonra içeriden bir çift çıktı, kadın hamile ve o kadar şirin giyinmiş ki, kocasıyla el ele tutuşuyorlar, doktor son kez uyarılarda bulunuyor. Kadın pür dikkat dinliyor ama adam ondan daha da hevesli, gözlerini bir an olsun kadından ayırmıyor. Saçlarını öpüyor, bir taraftan ellerini okşuyor. Öyle güzel bir görüntü ki o kadının yerinde olabilmek için neler vermezdim. Bu arada ben ağlıyorum, "ne yapıyorum, kıza destek olmam lazımken" diye Sarı'nın dikkatini başka yere çekeyim de onlara bakıp üzülmesin dedim, suratına bir baktım, ne ağlama ne de biraz hüzün var. Ben orada kendi kendime yırtınmakla meşgulmuşum yani. Sıra bize geldi, ben de az önceki adam gibi davranayım diye Sarı'nın ellerinden tuttum kaldırdım, o da bana sapıkmışım gibi baktı. "Aman PuCCa, içeri falan gelme sen beni çok darlıyorsun, bunaltıyorsun orada ağlayacaksın falan hiç çekemem, kal bekle" dedi, çantasını bırakıp içeri gitti. Öküz, duygusuz ruhsuz öküz!

O içeri girince çantasından mesaj sesi geldi, Ankaralı ile bu aralar muhabbetleri biraz fazla iyi, büyük ihtimalle mesaj ondan. Ama olmayabilir de, belki de çok önemli bir mevzu, ne bileyim annesinden babasından da olabilir. Evet, çok büyük olay olsa niye mesaj atsınlar telefon açarlar ben de biliyorum ama deprem olmuş olabilir, sığınakta sadece mesaj atabilecek şeye sahiplerdir. Ya da kardeşi kaçırılmıştır, telefonla gizli gizli nerede olduğunu yazıyordur. Ankaralı'yla ne konuşuyorlarmış merakımdan çok, acaba önemli bir şey mi oldu diye telefonu elime aldım, mesajlar kısmını açtım, bizim sınıftan salağın biriymiş notlar için yazmış. Sonra Ankaralı'nın mesajlarını aradım buldum, tahmin ettiğim gibi genelde bizim kız yazmış, çocuk kısa öz cevaplar vermiş. Yalnız birkaç mesajda adım geçiyordu, şöyle iyice bakayım dedim, Sarı benimle ilgili:

"PuCCa eve erkek attı gibi bir durum var, ders çalışamıyorum, yarın işin yoksa sabahtan kantinde buluşsak bana şu notları versen olur mu?"

"Yarın erken gelemem, dersten 15 dakika önce veririm ancak."

PuCCa eve erkek mi attı? O eve giren tek sevişebilme umudumun olduğu insan Dişçi idi, onda da sabahı halamlar bastı. Daha birkaç hafta önce yazmış hem de bunu. Sarı'nın hoşlandığı adam karşısında beni harcamasına artık alışmıştım. Kızmak yersiz geliyordu bana ama bu biraz hoş olmadı sanki. Önce hamile oldum, sonra bu; ilerdeki günler için bu duruma dur demek gerekli diye düşündüm. Ama nasıl söyleyeceğim ki, kız zaten acılı. Bir de "mesajlarını okudum" denmez sanırım, o biraz ayılık olabilir, evet.

Bir anda çığlık atarak Sarı çıktı, hamile değilmiş geri zekâlı çünkü hamilelik testi bile yapmamış sadece regl gecikince kesin hamileyim demiş. Bir de ben oturdum o kadar panik yaptım, keşke o testi yaptın mı diye sormak aklıma gelseydi. Yumurtalıklarında bir şeyler var mı diye bakacaklarmış şimdi, bana da doktor "Smear testi yapalım size de madem geldiniz buraya kadar, her kadın yılda en az iki kez yaptırmalı" dedi. Şimdi, hayatımda ilk defa bir jinekolog görüyorum, kadın canavara benziyor. O test ne işe yarar bilmiyorum, nasıl yapacaklarını da? Orada "Ay hayır, yaptırmam o ne bilmiyorum bile" dersem sanki cahil, bağnaz gibi duracağım. "Sanırım ben bakireyim içime bir şey sokacak mısınız?" desem de aynı olacak. Parasını mı sorsam? "Ayy bana fazla geldi" deyip gitsem mi diye de düşünmedim değil ama kendimi çatalın orada buldum.

Odaya girdim, kadın soyun geliyorum hemen dedi. Allah'tan ağdamı yaptırmıştım var ya yoksa bugün benim için nasıl zor olurdu düşünmek bile istemiyorum. Anadan doğma soyundum üstüme de ped gibi bir şey örttüm üşüye üşüye doktorun gelmesini bekledim. Kadın geldi beni öyle görünce bir kahkaha attı, ben de kendi halime bir acıdım. Acıdım ama geri zekâlılığıma da hayran kaldım doğrusu, vajina içiyle ilgilenen bir alan benim memelerimi ne yapsın ki.

Çatal gibi bir şeyin oraya beni oturttu bacaklarımı ikiye açıp onları oraya yerleştirdi. Kafamı da bir taraftan kaldırıyorum kadını görebilmek için, sanki ne yapacaksa orada, merak ediyorum bir de. Allah günah yazmasın ama kadının da suratı korkunç, korku filminde bir karaktermiş de emekli olunca jinekolog olmuş gibi duruyor. Hiçbir şey de konuşmuyor, ortam çok gergin, bir müzik falan açılsa daha güzel olacakmış, böyle biraz tedirgin edici.

Zaten vajinayla ilgili olan her şey bir gizemli sanki, oradan ürüyoruz, boşaltım yapıyoruz, zevk alıyorum. Bedenimizin dışarıyla olan bütün bağı orası aslında. Ve ben orayı hiç sevmiyorum, yapılan bir araştırmaya göre de vajinasını seven kadınlar hem iş hayatında hem aşkta çok daha başarılı oluyorlarmış. Ben de kendiminkinden nefret ediyorum, bir kere çirkin, karakteri bile yok ve sırf bana zulüm etmek için orada. Sistit, ağda, ped, regl, kızlık zarı yani bana sorun çıkaracak ne varsa hepsi oradan geliyor. Bir de bir vajina nasıl sevilebilir ki: "Oyy benim tutuşuma bak, gürül gürül işedin mi bakayım ha! Oyy oyy oy gül müsün sen, çiçek misin sen, kasımpatı mısın sen, ohh misler gibi de kokarmış." Yani vajina nasıl sevilir ki, saçmalık.

Kadın oradan bir örnek aldı, iki gün sonra sonucu alırsın dedi. O iki gün boyunca kendimi rahim ağzı kanseri olduğuma inandırdım. Öldüğüm zaman kıyafetlerimi kimler giyecek diye plan bile yaptım o derece. Ama sonuç çok iyi çıktı çok şükür. O günden beri de zaten en azından her yıl gidip baktırıyorum, sonucu alana kadar da her sene geleneksel evde ölüme yaklaştım siz kendinizi kurtarın alıştırmaları yapıyorum.

Orospu çocuğu olmak meziyet ister

Dünya üzerinde olan her şeyle dalga geçebilirim sanırım, öyle ki bu durumda en çok kendimi harcıyorum, eş dost muhabbetlerinde bile millet ona buna giydirirken ben habire kendime sallıyorum. Hatta bazen kendi söylediğim kelimeler yüzünden halime acıdığım bile oluyor. Bizim kanalda bir çocuk var, bana göre beyinsizin önde gidenlerinden birisi, kimilerine göre de acayip eğlenceli, matrak bir tip.

Adamın tek eğlencesi karşısına çıkan her canlıya ağız dolusu saymak, bunu da özellikle insanlar ortasında yapıyor ki millet karşı tarafın o ezilmiş haline gülerken, bunu herkese parmakla gösterip söyleyen bu dallamanın zekâsına alkış tutsunlar diye. Yaptığı hiçbir espriyi komik bulmuyorum, söylediği tek bir cümlenin bende hiçbir anlamı olmuyor ama acayip derecede korkuyorum çocuktan. Bir gün bana da bir şeyler söyleyecek karşısında dut yemiş gibi kalacağım diye. Öyle bir şey ki cevap versen "bunu ciddiye neden aldın, şaka yapıyor sen de abartıyorsun" olacak. Almasan karşısında nasıl davranacaksın? Pişmiş kelle gibi sırıtacak mısın, kendinle sen de mi dalga geçeceksin yani böyle dandun insanlara karşı ne yapabilirsin ki kaçmaktan başka.

Yine böyle bir gün yemekhanedeyiz, bunlar bir masada oturuyor. Masalarından kahkahalar yükseliyor, belli ki birini ablukaya almış üstüne oynadıkça oynuyor. Yemekleri aldım, kendime masa aramaya başladım her tarafta dolu, o masaya yakın bile oturmak istemiyorum o derece kaldıramıyorum adamın muhabbetini. Mehmet Ali Erbil'in Çarkıfelek'te yaptıklarını onla çarpın öyle bir şey işte. Masada kızlardan birisi varmış, beni görünce "gelseneee yaa" yaptı. Ben de "kurbanını bulmuş, benle nasıl olsa uğraşmaz" dedim, geçtim oturdum yanlarına.

Yeni stajyer kızlardan birisi var, habire ona oynayıp duruyor. Kızın yüzünde sivilceler var belli ki o da bunu dert etmiş, yüzündeki kızarıklardan anladığım kadarıyla da ilaç tedavisi görüyor şu an. Bu pezevenk de "Yukarıdan şikâyet geldi, asansöre binmen yasaklanmış. Sen ne zaman binsen ayna sapsarı oluyormuş. Sevgilin seni nasıl seviyor ya, yüzüne dokunduğum an patlayacaksın gibi duruyor. Buzdolapları, cam eşyalar kırılmasın diye hani bir şeyle kaplarlar ya, seni görünce aklıma hep o geliyor pıt pıt patlatılacak" bunun gibi bir sürü şeyi ardı ardına, hiç soluk almadan tekrarlıyor böyle. Masadaki herkes deli gibi gülüyor, çocuk ne dese ellerini dizlerine vura vura gülüyorlar resmen. Bir tek o kız, gözündeki o "sus artık" bakışı, çatalı ileri geri oynatması, dudaklarının her an ağlayacak gibi durması, o kadar iyi biliyorum ki bu hissi.

Akrabalarının yanında babasından azar işiten çocuk gibi, ne yapman gerektiğini bilmiyorsun. Bir, iki, üç, dört ardı ardına kızın sivilceleriyle ilgili muhabetleri atıp tutuyor; o attıkça millet daha fazlasını istiyor, o da her seferinde daha da acımasızlaşıyor. Sonra tam kalkacakken, o da kızın o durumunu gördü sanırım ki yoksa hiç ona uygun bir davranış değildi "yaa alınmıyorsun di mi, takılıyorum öyle" dedi. Kız da ıhh mıhh yok falan derken ben tutamadım yine kendimi, mırıldanarak "orospu çocuğu" dedim. Öyle bir mırıldanmıştım ki kimse duymaz zannediyordum ama o an bütün çatal bıçak sesleri kesildi. İnsanlar sustu, sessizlik öyle korkunçtu ki tam karşımda "Ne dedin sen?" diye bekleyen espri makinesi duruyordu. Bir şeyler yapmam lazımdı, orospu çocuğunu ya şakaya vuracaktım, ya başka şeye dedim diye atacaktım.

Ya meydan okuyacaktım ya da ona aynen onun davrandığı gibi davranacaktım, onun zayıf yönleriyle insanlar içinde dalga geçerek ona ders verecektim.

Sondakini yapmayı çok isterdim ama maalesef ben onun gibi kötü kalpli biri değildim. Şaka şaka, sadece o an ne diyeceğimi bulamadım. Çok heyecanlandım sözlüde sıra bana gelen çocuk gibi her şeyi unuttum valla o an bir bok diyemedim. Onun yerine ona yaptığının yanlış olduğunu söyleyen kelimeleri söylemeyi tercih ettim..

"Sen orospu çocuğunun tekisin. Her önüne gelene dilediğini söyleyemezsin. Söylerim diyorsan da orospu çocuğusun."

Allah'ım orospu çocuğuna neden taktım ki bu kadar, söyleyecek lafım yok diye "bir orospu çocuğu bir orospu çocuğuna gel beraber orospusistanda bir orospu çocuğu yapalım demiş"e kadar vardıracağım işi. Bu arada da beynim benle dalga geçeceği bölgeleri bana gösterip savunma yapmam için beni hızlı hızlı hazırlıyor. "Kesin dişlerine diyecek PuCCa, at falan diyebilir, sen de hemen sikinden taşağından vur onu. Bir erkeğe yapacağın en büyük hakaret ona otuzbirci demendir. Bir kadınla yatamamak onların o küçücük dünyasına göre acizlik çünkü. Bedenlerinde en zayıf noktaları orası, oradan her türlü vurabilirsin. Zaten küfrederek olaya bel altı başladın bari sonuna kadar git, en aşağılık sen ol, ağlat onu. Çocuk yapmayı düşünüyorlardı karısıyla, geçen onu duymuştun oradan vur PuCCa, 'Allah sana bilerek çocuk vermiyor kim bilir nasıl pislik bir insansın, üreme zincirindeki zayıf halkasın, ailenin bile yüz karasısındır eminim. Çocuk için yardım istersen buradan işçi yollarız yengeye.'"

İşte benim beynim böyle pislik, böyle haysiyetsiz karaktersiz bir şey, ne zaman sinirle hareket edecek olsam aynen bunun gibi dünyanın en iğrenç şeylerini gözlerimin önüne önüne getirip dilimden çıkarmaya çalışıyor. Bu sefer de aynısını yapınca, dedim yoo dostum yoo ben bu kadar düşmedim ama bir şeyler söylemem lazım sanırım insanlar bana bakıyor. O yüzden aklıma gelen ilk şeyi söyledim: "Orospu çocuğu."

Sonrasında kendimi savunmamı yazarken buldum. Göt, önüne gelen herkese istediğini söyleme hakkına sahip dallama ona orospu çocuğu dedim diye gitti beni şikâyet etti. Hayvan ilkokuldayız ya, şikâyetle aklı çalışıyor. Tabii milletin de "PuCCa da abarttı yani, çocuk şaka yapıyordu" demelerini hiç saymıyorum bile. Oturdum ben de adama neden küfrettiğimi yazmaya başladım. Bana göre savunma tarihi boyunca olabilecek en iyi savunmaydı.

Orospu çocuğu bir küfür değil!

Biri size orospu çocuğu derse sinirlenirsiniz, ki bu en büyük hakkınız. Sinirlendiğiniz şey, annenize bu kadar ağır bir küfrü söylemesidir büyük ihtimalle. Ama orospu çocuğu aslında küfürden öte bir grup insanın takındığı tavır dolayısıyla onlara yakıştırılmış bir durumdur. İyi-kötü hepimiz mahalle kültüründe yetişmiş insanlarız, mahalleye ahlak kurallarımız dışında bir aile taşındığı zaman takındığımız tavrı hatırlarsınız. Ailelerimiz o aile ile konuşmaz, selam vermez hatta gördükleri yerde yollarını değiştirirler, biz çocuklar ise o çocukla en acımasız şekilde dalga geçeriz. Ailemizin akşam yemeklerinde bizim duymadığımızı sandığı konuşmaları onun suratına vurmaktan çekinmeyiz, ona en acımasızca olan şeyleri söyleriz, onu yanımıza almayız, oyunlara sokmayız. O bizim için yoktur, olmayacaktır, onunla samimi olanlar ise onun gibidir. Çocukluk zordur ve kuralları bilmen, iyi oynaman gerekir.

İşte bu ezilmişlikle büyüyen çocuklar ileride onlara yapılan eziyeti başkasından çıkarma yoluna girerler. İnsan içinde sürekli dalga geçecekleri birini bulurlar, aynı kendi çocukluklarına benzer insanlardan seçerler bunu. Karşı gelmeyecek, silik, az konuşan insanlar... Onların üzerlerine oynadıkça geçmişten intikamlarını alırlar, diğerleri yaptığı bu iğrençliği alkışladıkça o ezilmişlik üzerlerinden gider zannederler.

Orospu çocuğu bir küfür değildir, çocukken ezilen insanların büyüyünce bunun acısını başkalarından çıkarma zevkinin adıdır bu. Kötü bir şeydir hatta çok kötüdür ama asla küfür değildir.

Aynen bunu yazdım hatta bunun daha daha uzununu. Savunmam büyük ihtimalle bütün kanalda dolaşacak herkes yaptığım benzetmeden bahsedecek, genel müdür gözleri yaşlı okuyacak ve alnımdan öpecek zannediyordum. Ama öyle bir şey olmadı, kimsenin sikinde de olmadı, paşalar gibi yedim cezamı. Bir kişi de gelip "bacım buralara bir şeyler yazmışsın ama anlamadık biz" bile demedi. Demedikleri yetmiyor bir de ben suçlu çıktım o bambaşka mevzu, orospu çocukları!

Gel sofraya koy bari ayı!

Sarı sonunda birini buldu kendine, Ankaralı'dan vazgeçti. Ben de öyle bir yükten kurtuldum ki anlatamam. Evet çocuktan hoşlanmıyorum ama aklımda öyle bir yeri var ki anlamıyorum. Bir gün o adamla ne işim olur diyorum, ertesi gün canını ver dese taksitle satarım diyorum. Belki de bilinçaltımda olan eski sevgilim arkadaşımla yattı ya onu açığa çıkarıyor olabilir. Ne bileyim yani yoksa başka türlü o adamdan hoşlanamam. Gerçi bu kez sorunum Ankaralı değil.

Geçen gün uyandım, uyandığım gibi banyoya tuvaletimi yapmak için dan diye girdim. Kapıyı açtığım gibi karşımda kıllı bir göt duruyor, o kapıyı nasıl kapadım arkama bakmadan nasıl yatağa attım kendimi hiç bilmiyorum. Sakın ola ki aklına duş ahizesini kaslı bedenine tutup akan su çipil çipil her yerine dağıtan Murat Boz gibi bir şey gelmesin. Mahmut

Tuncer'i düşün orada, kazana sıcak su doldurmuş kırmızı maşrapayla onu almaya çalışan bir Mahmut Tuncer, işte böyle bir şey...

Bu durumu Sarı'ya anlatsam mı anlatmasam mı diye düşünürken Sarı da tuttu bana "Ayy PuCCa hayatımda bu kadar büyüğünü görmemiştim. Boyut gerçekten de önemliymiş" dedi. Hoppala götü zaten hafızama kazınmışken şimdi istem dışı sikini taşağını düşünüyorum. Salonda oturuyoruz, o da anam babam giymiş gri eşofman açmış bacaklarını alın taşaklarıma bakın der gibi sergiliyor. Gram güzel bir görüntü değil, seksi değil, çekici değil aksine korkutucu ve mide bulandırıcı. Gözümü çeksem kafamın içinde yankılanıyor görüntüsü. Keşke o manzarayı görmeseydim ya, benim için götten ileri gidemiyor çünkü çocuk. Bir şeylerden bahsediyor, savaş mı ne olacakmış; konuya o kadar hâkim değilim ki sadece "göt, göt, göt, göt" deyip duruyor gibi geliyor bana. Ve her muhabbetin sonu bir götle bitiyor, bu beni daha da tedirgin ediyor.

Tabii tek sorunum kıçı başı değil, artık üç kişi yaşıyoruz ve çocuk kira da vermiyor, temizliğe de yardım etmiyor. Anca yiyip içip yatıyor. Eskiden ağda partilerimiz olurdu, kızları bize çağırıp kim kimle dedikodusu gecelerimiz olurdu, geceleri dışarı çıktığımız zamanlar olurdu, film izlerdik. Sonra ne bileyim zaman güzel geçiyordu sanki. Şimdi her şey bozulmuş gibi geliyor, o hep onunla takılıyor, takıldığı yetmiyor evden de dışarı bırakmıyor çocuğu. Evimde rahat değilim, kıza bir şey anlatabilmek için randevu almam lazım gibi bir durum var ortada. Evin her tarafı küçük kıllarla dolu, tuvaletin üzerine işemiyor eritiyor o plastiği, pezevengin çişinde tuz ruhu mu var artık neyse? Kirli çamaşırlarımın arasında her seferinde donunu buluyorum adamın, hele de yanlışlıkla elime değmişse çamaşır suyuna batırıyorum resmen ellerimi. Bir de Sarı ile eski arkadaşlık günlerimizde de değiliz artık, içim biraz o yüzden de buruk sanırım, en iyi arkadaşımı kaybediyorum. Yalnız bendeki orospuluğa da arada sırada hayran olmuyor değilim. En iyi arkadaşımmış, ulan karının göz koyduğu adamdan hoşlanıyorum daha ne kadar bozmuş olabilirim bu kuralı, utanmadan bir de "eve sevgilisini getirdi goygoy yaptılar, beni aralarına almadılar ühühü" diye ağlayacağım utanmasam. Allah'ım sana yalvarıyorum karşıma kendim gibi iki yüzlü kafası karışık birini yollama.

Yapacak bir şey yok, Sarı'ya anlatmam lazım bu durumu, yani senelerce beraber yaşayacağız ve artık bazı kurallar koyma zamanı geldi sanki. En azından sevgilin banyoyu kendi evinde yapsın demeliyim. Banyoya girmeden 40 metre geriden bağırmaya başlıyorum, kapıyı 22 kez tıklatıp sonra ne olur ne olmaz diye gözlerimi kapatıp içeri giriyorum. Ama ne diyeceğim ki kıza, "seninkinin kara kıllı götünü gördüm, bana bir haller oldu". Yanlış anlayacak bu işe başka bir kulp bulmam gerek, kimseyi kırmadan, bozmadan etmeden. Ev arkadaşlığına uygun bir şekilde kibarca hatta laf sokarak bile olabilir. O yüzden ilk iş olarak, lafı ortaya atarım isteyen istediğini alır giyer diye başladım duruma.

"Yaa bir arkadaşım evi kız arkadaşıyla tutmuş ama arkadaşının erkek arkadaşı evden çıkmıyor yapıştı diye evden ayrılacakmış şimdi, bence haklı sanki.. Sence?"

"Duydun mu? Kızın birisi varmış, adamın birine çok ama çok âşık olmuş böyle bizim gibi öğrenci evinde yaşıyorlarmış. Çocuk ilk günler çok iyiymiş, diğer kız tabii dayanamamış evde paso bir erkek olmasına çekmiş gitmiş. Kızla sevgilisi aynı evde kalmışlar ama dünyanın en tatlı çiftiymiş. Ama meğerse işler öyle değilmiş, çocuk şizofrenmiş! Kız uyurken boynunu kırttt diye kesmiş gitmiş. Aman Allah korusun inşallah başımıza böle bir şey gelmez."

Böyle böyle sinsice kafasının içine girmeye çalıştım ama arkadaşım bir geri zekâlı olduğu için anlamadı, yine o çocuk bizdeydi yine bizdeydi. Ayrılmalarını da istemiyorum, zaten o biraz ayıp olur sanki ben rahatsız oldum diye çocukla ayrılmaları için uğraşmak. Kara Melek'i o kadar çok izlediğim için hep bunlar beynimde dönüyor sanırım.

Bazen beynimin böyle çalıştığına inanıyorum, içeride bir şey var: "Ne, kardeşin sana istediğin kahveyi yapmadı mı? Gece yatarken üzerine kaynar su dök, bir daha sana kahve yapmamak ne demek öğrensin pislik. Hoca istediğin notu vermiyor mu? Hemen saçlarından bir tutam koy ceketinin üstüne karısı görsün ve adamı boşasın. Demek ev sahibi öğrenci olduğunuz için çıkın dedi, internetten araştır bakalım dinamiti nereden alabilirmişiz. Bakıyorum eski sevgilin ünlü bir mankenle beraber, yapman gereken çok basit, kız adına sahte AIDS raporu düzenleyip basına ver."

İşte böyle çalışıyor, ortada bir sorun varsa hemen aklıma önce pislik yapacağım şeyler geliyor, ardından yavaş yavaş yumuşaya yumuşaya sorun çözme odaklı fikirlere gelebiliyorum. O yüzden şimdi de durup dururken kızı sevgilisinden ayıracak değilim. Hem ayrılsın da benim mi başıma kalsın, Allah korusun, böylesi daha iyi. Ben sadece adamın götünü nasıl bir daha görmem diye düşünüyorum. Oysa ki tek yapmam gereken gidip hoşlanmadığım ne varsa söylemek. Ama işte bunu yapmadığımdan bin tane oyuna ihtiyaç duyduğum için sanırım burnum boktan çıkmıyor. O yüzden bu kez akşam konuşup bu işi çözeceğim, en azından banyo kullanma olayını.

Akşam geldi, ben bütün gücümü kuvvetimi toplayıp karşısına geçtim, tam konuşacaktım ki

"Yaa Selim senden rahatsız oluyormuş, bakışların falan bir korkutuyormuş çocuğu. Ben artık onlarda takılacağım, seni de evde yalnız bırakmamak için bize getiriyordum çocuğu ama her gün işkenceye getiriyormuşum gibi davranıyor artık bana" dedi. Anaaa göte bak, benden rahatsız oluyormuş lan dangalak burası zaten benim evim. Bir de ben konuşacaktım ama yine ezik olan ben oldum Allah aşkına. Sanki o benim götümü gördü de korktu, lan asıl ben senden korktum su samuru! Ayı...

Neyse en azından artık çocuk bizde kalmayacak bunun hallolması da iyi bir şey sanki, değil mi?

Birinin canını acıtmak öyle basit ki hep kolay yolu seçiyorsun

Bugün evimde erkeksiz ilk günüm, göt görme korkusu yok, aman üstümü başımı sıkı sıkı giyineyim de oramı buramı görmesin derdi yok, yerlerden küçük kıllar toplama derdi de bitti. Ohh çok şükür koca salon bana kaldı ne güzel bir şeymiş sessizlik meğerse.

Dedikten yarım saat sonra evde canımın sıkıntısından öldüm. Kendimi bir o koltuğa bir bu koltuğa attım, internette gereksiz gereksiz dolaştım, buzdolabının kapağını açıp karşısında kaç kez öyle dikildiğimi hatırlamıyorum bile. Uyumaya çalıştım uyku tutmadı, çoraplarımın hepsini çiftleştirdim, defterlerimi düzenledim, bulaşıkları bile yıkadım ama bir türlü sıkıntım gitmedi. Aynanın karşısına geçip "Nee Oscar ödülünü bana mı veriyorsunuz, o kadar beklemiyordum ki konuşma bile hazırlamamıştım kendime" diye Oscar hayali kurdum, ıı ıh olmadı. Ardından şarkıcılık hayali kurayım dedim, hoop bir popçu klibi çekmeye başladım. Banyo aynasının karşısında garip figürler yaparak MTV müzik ödüllerinde ödülümü de aldım. Hatta yetmedi bana film yönetmeni olayım dedim, bir de onun için ödül aldım. Sonra bilimle irfanla mı uğraşsam dedim, tek bir ilaçla 25 dakikada 5 kilo zayıflamayı buldum, ödüllere doyamadım. Ama yine de can sıkıntım geçmedi...

Aslında sıkıntımın nedenini ben de çok iyi biliyorum, Ankaralı ile konuşmuyoruz artık ama sanki konuşmamız lazım gibi. Sonuçta Sarı'nın çok iyi bir ilişkisi var, yani bu durumum şerefsizlik sayılmıyor. Yaa yine sayılıyor da onun bir gıdım üstü diyelim.

Şimdi Ankaralı'ya "selam bize gelsene" demem hele de şu saatte, açtım memelerimi gel de yala demekle aynı şey. Bir de konuşmama kararı aldığımız için tabii bu daha zor. Bir de o kadar afra tafra yaptık çocuğa gel demek olmaz sanki. Evde sesler mi duydum desem acaba, ya o da çok mu belli ne. Beynimin yine plan yapan tarafı çalışıyor hiç o tarafı dinlemek istemiyorum ama Ankaralı'yı da görmek istiyorum bir taraftan.

Allah'ım aşk dediğin şey nasıl zor bir şey böyle içim içimi yiyor resmen. Keşke telefon falan icat edilmemiş olsaydı o zaman daha güzel olurdu sanki her şey. Bu kadar kolay ulaşılabilirlik biraz korkutuyor açıkçası, yani her an elinin altında olma hissi, bence ileride büyük ihtimal ben öldükten sonra ilişkilerin en büyük sorunu bu olacak. Bir kadınla bir erkek birlikte olmaya başlayınca kim kime teslim oluyorsa sonrasında en çok üzülen de o oluyor. Avcunun içine almak diye bir olay var ya aha işte bu durum o. Yani adam sana her türlü her alandan ulaşmaya hazır, uğraşmasına gerek yok. Bir tuşa basmak yetiyor sesini duyabilmesi için, aşk için çırpınmak, seni geri kazanmak için uğraşmak hep geride kalıyor böylelikle.

Kalktım, bir güzel giyindim, makyajımı yaptım. Sonra da bütün etrafı dağıttım, sanki bir şeyler arıyormuş gibi yaptım. Sonra da Ankaralı'yı ağlayarak aradım. "Eve hırsız girmiş, Sarı'yı korkutmak istemedim, polis geldi tutanak falan tuttu ama şimdi yalnızım çok korkuyorum" dedim. On beş dakika sonra kapı çaldı, hemen kaşımı gözümü düzelttim, ayakkabılarımı bile çıkarmadım ki ne kadar tedirgin olduğumu görsün. Bir de kendisinden vazgeçtiğimi düşünmesi için yani daha doğrusu o benden vazgeçtiyse altta kalmamak için sanki biriyle buluşuyormuşum da oradan çıkıp gelmişim gibi davranmak üzere kapıyı bir açtım, karşımda bir sürü ayı kılıklı adam. Çocuğa eve hırsız girdi deyince toplamış mahalleliyi gelmiş, mal.

Hepsi "selamünaleyküm bacım" diye içeri girdi, etrafı kolaçan etmeye başladılar, tek tek bir de soru soruyorlar. "Kapıyı zorlamış mı? Polis ne dedi, birini neden bırakmadılar? Nereden kaçmış? Camdan atlamış olması imkânsız, diğer evlere girmiş mi? Uyuyor muydun? Çalınan bir şey var mı iyice baksana, acaba sana zarar vermek için mi girdi?" Aynı anda bir sürü soru soruldu ve ben bunların hiçbirine verecek cevabımı önceden düşünmemiştim. Öyle saçma sapan şeyler söylüyorum ki yalan attığımın kokusu komşu ülkelere kadar gitmiştir. "Yaa işte bir anda girdim dağınık, polis de bir şey olmaz dedi, zaten çalacak bir şey bulamamış." Ben böyle böyle olayı kapatmaya çalışırken adamlar CIA ajanı çıktı, gelenleri utanmasalar Rus istihbarat örgütünden falan sanacaklar. Ulan alt tarafı mahalle arkadaşlarısınız size ne olaydan bu kadar?

"Geçmiş olsun bacım, aman dikkat et, bizim üst kata geldiler bir gün, kızı öldürmüşler" falan gibi en korku dolu hikâyeleri anlatsanıza parmak izi alacak gibi durup katil kim diye sorgulayacağınıza...

Yalanım ortaya çıkmadan çekip gittiler de Allah'tan daha fazla uğraşmadım. Ankaralı ile yalnız kaldık, boş ev ikimiz, gizli aşk, buram buram tedirginlik kokuyor ortalık yani. Arkadaşlarını yolladı, sonra şöyle bir bakındı, "Ben de gideyim, bir şey olursa ararsın" dedi, gitme demem lazım ama nasıl söyleyeceğim. Ya bu hoşlandığımı anlamasın mevzusu da ne iğrençtir Allah'ım, gereksiz gurur ve kibirden başka işe de yaramıyor zaten. İçimden dualar ediyorum, Allah'ım gitmesin, ne olursunnn gitmesin. Babası falan arasın, "annen öldü gelme eve anahtar bende" falan desin. Ya dur, annesi ölürse kalkar gider bu saçma oldu, ya sen Allah'sın insan yarattın, atom yarattın, şu çocuğun gitmemesini mi sağlayamayacaksın? Bence yaparsın, hatta işine karışmak gibi olmasın kapının önünde tıkırtılar duyulsa, ne bileyim içeride sanki birileri var gibi olsa, çocuk da kızı bırakıp gitmeyeyim dese... Nasıl fikir? Ya da ulvi şeylerle içine "Gitmeee, kızın evinde yaşa, gitmeee" gibi yankılı sesler versen, bir de ardından 3-5-8 gibi rakamları da koydun mu sayısal zanneder o mal, daha inandırıcı olur. Hadi ne olur gitmesin, lütfen.

Sonuç; onca dua işe yaradı ağzımı açmama gerek bile kalmadan, "Eğer korkuyorsan salonda yatarım ben" dedi. Salonda yer hazırladım ona, bu arada tek kelime konuşmuyoruz, gittim odama yattım bende. Yattım ama aklım içeride, ki büyük ihtimalle onun da bende. Kesin şu an aynen benim gibi yorganın altında gözleri fıldır fıldır açık, "İnşallah PuCCa'yı uyku tutmaz" diyordur. Sağa dönüyorum yok, sola dönüyorum yok uyuyamıyorum. Bari bu kez büyüklük bende kalsın dedim, film izleriz ayağına salona doğru seyittim. Konuşmalarımı da hazırlıyorum tabii, "Ya ben öğlen camış gibi yatmıştım. Sesini duydum da yoksa uykun film izleyelim istersen" ya da "Bir şey mi oldu sesini duydum da aa uykun kaçmış film izleyelim mi?". Sevişmeye geldim gibi bir şey oldu bence bu, "Yaa çok özür dilerim sesini duyunca geldim. Sabah kahvaltı bile etmemiştim, çok açım açık bir yerlerden bir şeyler söylesek yesek olmaz mı?" Evet, bu süper. Açlık bu yani ne yapayım odada öleyim mi ha öleyim mi?

Tıp tıp tıp salona girdim, karanlık ya, ışığı yaksam mı yoksa böyle mi yorganını kaldırsam dedim ama karanlıkta beni görürse korkabilir. Hoş, kazma dişlerim adeta bir gece lambası gibi ama olsun. Işığı açtım, birkaç kez öksürdüm, ses çıkmayınca yorganı hafif kaldırdım ve ayı oğlu ayının uyuduğunu gördüm. Lan daha yeni yattın da ne ara uyudun, sen nasıl bir ayısın Allah bilir. Bu arada sadece görmekle de kalsam iyi horlamalarını da duydum. Yine de sanki onu uyanık zannetmişim gibi ismini söyledim, bir daha söyledim. Azıcık dürttüm, salladım, yorganı üstünden attım en son artık dayanamadım koluna bir tane vurdum. Gözlerini açtı, ayağa kalktı. Beni gördü ama önce anlamadı dikkatlice baktı, sonra yavaş yavaş kendine geldi.

"İçim geçmiş ya, bir şey mi oldu, ne oldu?"

"Sesini duydum da uyumuyorsun sanmıştım. Açım midem gurulduyor."

"Yok uyuyorum ben, hadi iyi geceler sana."

Hassiktir, adam gerçekten ayı çıktı, uyuyorum ben dedi ya, bir daha söylesem mi acaba? Çok mu üstüne düşüyorum ki amaan ne olacak şimdi, buraya kadar gelmişiz de...

"Sen bir şeyler yer misin?"
"Yok sağ ol."
"Ya da hiç dışarıdan falan söylemeyeyim, evde ekmek falan vardı tost yaparım."
"Afiyet olsun sana, ışığı da kapatır mısın?"
"Tost yer misin?"
"Sağ ol yok."
"Domatesli beyaz peynirli yaparım kendime, aa çikolata var yer misin? Babam Amerika'dan geçen hafta döndü, bana bunları yollamış. Amerika nasıl bir memleket di mi? Sen tut Avrupa'nın bütün hırsızlarını topla o kıtaya at, adamlar nasıl bir yer yaptı. Demek ki üçkâğıtçılar, dolandırıcılar iyi bir şey. Yani dünyanın merkezi yaptılar o salak yeri."
"Gerçekten şu an sen bana Amerika'yı mı anlatıyorsun?"
"Aa pardon uyuyacaktın sen, ne bileyim hiç uykun var gibi durmuyorsun da belki de yoktur, yok mudur?"
"Vardı da gitti. Bana da yapar mısın ya zahmet olmazsa?"
"Tabii ki."

Oleyy be oleyy, PuCCa 1 - Ankaralı 0. İşte böyle oğlummm uyutmazlar seni, yalnız evde tost ekmeği yok, ekmek yok hatta peynir bile yok, domatesi neremden attım bilmiyorum. O yüzden mutfaktan çikolataları bir de uyuyamasın diye zift karası kahveleri aldım geldim oraya. Bu arada uyur muyur diye de mutfaktan sürekli konuşmaya çalışıyorum.

Geçtim, DVD'ye *My Sassy Girl* filmini koydum yorganının altına girdim, Ankaralı'nın yanına oturarak filmi izlemeye başladık. Ara ara da böyle dönüp bakıyorum uyuyor mu uyumuyor mu diye, baktım gözleri kapanıyor filmde böyle tam tokat sahnesine geldi.

"Hadi tokatlama oynayalım."

"NE?"

"Filmdeki gibi ya sorduğum şeyin cevabını bilemezsen şak geçiriyorum."

"Manyak mıyız?"

"Yaa lütfen..."

"Ee iyi madem dünya üzerinde olan bütün şehirleri say, sabah beni uyandırırsın bitince..."

Bu çocuk beni sevmiyor ya, dünyanın en romantik filmini izliyoruz, battaniye olmasa da yorgan altındayız, çikolata yiyoruz yani daha iyi bir ortam olabilir mi acaba? Hâlâ uyku da uyku, başka bir şey yapmıyor. Bir de sabaha kadar say ne ya, şu tavırları beni itmesi gerekirken daha da çekiyor. Bana yavşasa belki atacağım bile evden ama "sabaha kadar şehir say, ben yatıyorum" deyince sinir olmakla uyumaması lazım arasında gidip geliyorum.

"Cevaplar evet-hayır şeklinde olacak, uyuma ya filmi durduyorum. Başlıyorum, oummm Teoman'ın ilk klibi Papatya."

"Evet.. Bu evin her yerinde neden Marilyn Monroe var?"

"Evet- hayır diye nasıl cevap vereyim buna?"

"Yok bu normal soru, her tarafa koymuşsun, neden?"

"Seviyorum, her fotoğrafında çırpınışını görüyorum."

"Ve bundan zevk aldığın için duvarlara mı asıyorsun, maskelenmiş duygularını kapatmaya çalışan bir kadını izlemek hoşuna gidiyor yani."

"Ne alakası var, hakkında hiçbir şey bilmediğin birinden bahsediyorsun."

"Neden 60'lar ya da başka kadın niye değil? İntihar ederek öldüğü için mi, babasını bulamadığı için mi, annesinin akıl hastası olduğu için mi yoksa delirmekten korktuğu için mi?"

"Tamam hakkında bir şeyler biliyormuşsun aferin."

"Biri sana bunu sorduğunda 'hakkında hiçbir şey bilmediğin biri' demek için mi asıyorsun, seviyorsun idol olarak görüyorsun, ne yani?"

"Ya sen neden beni böyle aşağılayarak konuşuyorsun ki sana anlatmamın imkânı yok, bu şekilde sorgularsan beni babamı neden sevdiğimi bile anlatamam sana bu önyargınla."

"Ben sana anlatayım istersen, o da senin gibi ikiyüzlü, histerik, paranoyak olduğu için. O kadar kendine güvenmiyorsun, öyle korkuyorsun ki aklın sıra siper ediyorsun kafanda yarattığın idolünü. Kendince 'o başardı, beni de sevebilirler' diyorsun. Sevilmeme korkusu var sende, sürekli panik halindesin. Yalnız bile kalamıyorsun o kadar kendini sevmiyorsun. Tek başına kaldığında tahammül edemiyorsun o yüzden her tarafa bu saçma fotoğrafları asıyorsun. Suratında gördüğün o kırgınlık o bilmem ne sırf numara, sırf daha fazla gizemli daha entelektüel görünmek için. İnsanların sana 'aynen senin gibi sen de hislerini saklıyorsun yüzünün arkasında hüzün bla bla bla' demesi için, acınmayı seviyorsun sen. İnsanlar senden bahsederken acısın istiyorsun. Halanlar geldiğinde bile nasıl kıyamet koptu, yok okuldan alacaklar bilmem ne diye, sonra bugün polisler gelmiş işte niye etrafı ayağa kaldırıyorsun ki? Tek senin evine girmiyor hırsız. Annen baban başında, paranı yolluyorlar, daha kaç yaşındasın ki en fazla lisede bir ergene âşık olmuşsundur, karşısında sivilcen patlamıştır. Ne acısı çektiğini görmelerini istiyorsun. Senin suratına bakınca sadece şımarık, ilgi budalası bir çocuk görüyorum. Burada kimse annen değil senin, her burnun boka battığında herkes seferber olamaz sana. Ne zannediyorsun ki sen kendini, çok güzel değilsin, çok zeki değilsin, çokla başlayan özelliğin bile yok. Bunun o kadar farkındasın ki arkana acı çekmiş bir kadın portresini koyuyorsun. Hayatında acı nedir bilmiyorsun sen, ananın babanın parasıyla burada millete caka satıyorsun işte. Babası Amerika'dan çikolata getirmiş, burada kalkmış hüzün, yüz, acı gizlemekten bahsediyor bana. Türklerden sevdiğin kim, dur tahmin edeyim, Sezen Aksu.. Aman aman çok şaşırdım, İzmirli, bir şeyler başarmış o da böyle acıyı şarkılarına koymuş. Kendini şarkılarında görüyorsun değil mi, *Adı Bende Saklı*'da ne hissediyorsun mesela, annenin akşam sana yaptığı güzel yemekleri özlediğini mi? Bu yalnız, sevgi yetmeyen, sorunlu, histerik, etrafındaki herkese zarar veren, kendilerini kapatan, saçmalayan kadınların arkasına saklanıp kendini onlarla kıyaslaman nedir? Üzülmek nedir bilmeyen kadınların sadece toplumda ilgi görsün diye bu tiplerin peşinde sürüklenmesi saçmalık, çocukluk, hatta cahillik. Önce adam gibi üzül, birileri seni üzsün. Babanın 'akşam konsere gidemezsin' demesine üzülmekten bahsetmiyorum..."

Daha fazlasını dinleyemedim, onu evden kovdum, umuyorum yarın bana ölüm haberi gelir, leş bir şekilde geberir bir daha suratını asla görmek zorunda kalmam.

Hep mi bir yerden alıp diğer yerden verirsin?

Kanalda bir şeyler yemek için kantinde oturuyordum, çocuğun biri geldi ama çocuk değil tanrının baş yapıtı gibi bir şey. Kendine çay alıyordu onu izliyordum ben de. Hiç ama hiç kusuru yoktu, sırtı, poposu, omuzları, saçları bile özenle yaratılmış gibiydi resmen. Nefes almadan izliyordum onu, masadaki kızlardan biri "Aaa Utkuu gelmiş" deyip onu yanımıza çağırınca Allah'ımm sana geliyorum al beni kollarına diye dine imana döndüm. Geldi oturdu yanımıza gözlerinin rengi bile çok güzel ela ama nasıl bir ela anlatamam o içini. Öyle öküz gibi çocuğa bakınca tabii çocuk da bir afalladı önce, sonra selam verdi. Çocuk Amerika'ya mı ne gitmiş geçen günlerde yanımızdaki kız onu sorunca bu tatilini anlatmaya başladı. Yemin ederim hiç ama hiç abartmıyorum, aralarındaki konuşma şöyleydi:

"Zaten New York benim memleketim biliyorsun. Her yıl giderim oraya."
"Sen orada mı okumuştun ya?"
"Hayır, ama istesem okurdum istemedim. Orası örfüme adetime uygun değil, çok saçma yaşam standartları var. Türkiyem gibisi var mı?"
"Ya tabii canım Türkiye dünya üzerinde en güzel ülke."

Ney? Aynı ülkede mi yaşıyoruz acaba? Bu kadar çarpık kentleşmenin olduğu bir memleket mi güzel? Kendince güzel elbet ama dünyanın en güzel ülkesi demek biraz abartı değil mi? Bir de dünyada kaç ülke gördün onu da düşünmek lazım aslında.

"Fuhuş almış başını yürümüş Avrupa'da. Amerika'da insanların midesi kalmamış. Bu arada ailemle bir yaz tatili 14, yaşımdaydım sanırım o zamanlar evet, evet 14. Berlin'deydim, oradaki arkadaşlarım mastürbasyonu yeni öğreniyorlar, herkes birbirine porno CD, dergi buluyor, herkesin tek konusu kadınlar."

Lan masada bizi fark etmedi mi acaba, otuzbir çekmekten falan mı bahsediyor yoksa ben mi yanlış duyuyorum? Mastır yapmak olabilir mi dediği şey, ama porno da dedi.

"Ben dedim ki sizin hayal ettiklerinizi ben yapacağım!"
"Ha ha yaptın mı peki?"
"Tabii ki onların hayallerine sahip oldum. O yüzden hep benden çekinirler, Türk olduğum için istediğim her şeyi alabileceğimi bilirler."

Şimdi bir saniye, bunlar az önce toplumsal çöküşten bahsederken bu adam 12 yaşında bir kadınla beraber olduğunu ve bunu Türk olduğu için yaptığını mı anlattı? Milliyetçilikle alakası ne bilmiyorum ama bu durum biraz midemi bulandırdı benim.

"Bir kız arkadaşım vardı, Hırvat bir kız, çok güzeldi, su gibiydi resmen. Ondan ayrıldığım zaman senden sonra artık hep Türklerle beraber olacağım demişti."

"Aa ne güzelmiş."

"Ee sen neler yaptın anlat bakalım, ufaklık nasıl?"

"Evde ağlayıp duruyor, annemler bakıyor. Ya çocuk bakı..."

"Ya onu bunu boşver de geçen spordayım koşu bandındayım, kızın biri geldi saatlerdir koşuyorsunuz yer kalmadı biraz da biz kullansak makineleri dedi, ne yaptım biliyor musun?"

"Makineyi mi kırdın?"

"Hayır, hepsini o gece tek tek kiralamak için yönetimle konuştum."

"Yapmazlar ki onun yerine evine yaptırsana."

Kızın söylediğini dinlemedi bile ayı! Konuşurken de sürekli zaten memelerini okşuyor. Ara ara sesini duymadan tipini izleyeyim diyorum ama yok, adamın öyle kötü bir muhabbeti var ki güzelim çocuk gözümde Nihat Doğan gibi bir şeye dönüşüyor.

"Bir gün bize yemeğe gelsenize kocam da gelmiyorlar deyip duruyor."

"Bakarım ya, sana ben şeyi anlatmış mıydım askerde komutanın seks çığlıklarını dinlediğimi."

"Hıı anlatmıştın."

"Adam bir üst katımda, askerim ama kimse bana bir şey yapamaz. Komutan bile benim önümde ceketini ilikler. Er gazinosunda askerliğimi yaptım. Otelde alt kattayız biz de odaları falan kurcalıyoruz. Yukarıdan bir ses geldi ahh uhh diye komutan karıyı almış ağzına yüzüne 4 saat boyunca verdi de verdi, altta da onla beraber biz verdik. Sonra ne oldu biliyor musun, o kadınla yattım ben."

Allah senin belanı versin, beyinsiz ayı. O kadınla yatmışmış, karşısındaki kadıncağız da al al oldu resmen. Bir de anlattın dediği halde neyine devam ediyorsa öküz. Sikinin taşağının reklamını yapıyor resmen, kendisininki olsa iyi bir de komutanınkini yapıyor. Daha bunun gibi ve daha iğrenç muhabbetleri yaptı ardından da telefonu çalınca "Ben iniyorum geliyormuş" dedi ve gitti.

Ben önce sesimi çıkarmadım, yanımda ki kız "Bu da var ya ayının teki, nereden gördüm de selam verdim. Her seferinde aynı şeyleri anlatıyor bir de çocukken yaptığı şeyden bile gurur duyuyor terbiyesiz" dedi. O arkadaşı olarak onu söyleyince benim de bir şeyler söylemeye hakkım var diyerek açtım ağzımı, o sırada bizim katta bir kız vardı, o çıkıyordu bizi görünce bir selam vermek için geldi masaya, ben de susmadım devam ettim.

"Ayı ya, Allah her şeyi tam takır vermiş ama akıl yok. Şurada gördüm dedim ne güzel çocuk ilik gibi yanımıza geldi ayy sapık mı, sünepe mi ne bok anlamadım."

"Kim, Utku'dan mı bahsediyorsunuz siz?"

"Hıı o sanırım, güzelce bir çocuk ama beyinsiz. 10 milyon pıtırcığım olsa birini vermem, adamın tek muhabbeti yattığı kadınlar. Tipinden utan be adam."

"Utku benim kocam oluyor."

Dedi ve gitti. Kendimi yer altında buldum ben de utançtan ve yaptığım gaf yüzünden hatta magmaya kadar indim, yeni metro istasyonları açacak kadar aşağıda kaldım desem yeridir. Kocasıymış, Allah yardım etsin bari kadına ne diyeyim.

Memelerimi ellemeseydin iyiydi be hacı!

Bugün derste stüdyoda haber sunma tekniklerini öğreniyoruz, herkes kamera karşısına geçiyor spiker gibi bir şeyler bir şeyler işte. Baya bir eğlendik derste sonra hoca anahtarı bana verdi, ders çıkışında kilitleyip yarın ona teslim edeyim diye. Sarı'nın sevgilisi geldi gitti, ben de milleti gönderdim, kameraları falan kilitledim, kimse kalmayınca da çıkacaktım. Tam eşyalarımı alıyordum ki aşağıdan ses geldi, bir baktım Ankaralı. Ayı, derse gelmemişti bugün not falan almaya geldi kesin. Onla hiç karşılaşmamak için direk önümdeki sandalyenin altına saklandım. Ayak seslerini duyuyorum bu arada dolanıyor içeride. Kimsenin olmadığını görünce gider dedim, sonra bu bana seslendi, orada olduğumu bilmesi ancak sınıftan çıkan birilerine sormuşsa olmuştur, gittiğimi düşünür diye iyice pıstım. Bir de o gün bana söylediklerinden sonra o suratını görmek bile istemiyorum onun.

Bu bir daha seslendi, bir daha bir daha derken:

"PuCCa burada olduğunu biliyorum, telefonunun masanın üzerinde."

Siktir, onu unuttum. Ya ayrıca tuvalette olabilirim ya da çıkıp gitmiş olabilirim onu orada bırakmışımdır ne var yani.

"O gün için özür dilerim, yüzüne bakamayacağım için gelemedim bile sınıfa."

İyi yaptın aşağılık köpek, o kadar lafı yutar mıyım ben acaba?

"Çok sinirliydim sana, ne bileyim gereksiz bir sinir ama ne olur çık konuşalım."

Çıkmayacağım, siktirsin gitsin ayı, konuşacak bir şey falan kalmadı onunla.

"Sürekli sevgili değiştirip suratıma beni istemediğini söyleyip sonra yine böyle saçma sapan umut vermen. Ya da benim umutlanmam senin de bir suçun yok."

Saklandığım yerden fırladım, demirlere doğru geçtim ona doğru baktım.

"Sürekli sevgili nerede değiştirdim ben? Kimi gördün yanımda, ayrıca değiştirsem de sana ne Allah aşkına sana ne yani? Sen kimsin bana gelip burada bunu diyorsun. Şimdi de namus konuşması mı yapacaksın?"

"Yanlış anlıyorsun işte başkasıyla beraberken gece beni evine çağırırsan ben de ağzıma geleni sayarım tabii."

"Kimle beraberim bana bir onu söyle önce, kim yani? Ayrıca seni evime gel goy goy yapalım diye mi çağırdım terbiyesiz! Hırsız girmişti."

"Ya hırsız mı girmişti, PuCCa bari hâlâ yalan atma."

"Girmişti tabii."

"Adam gibi seni istediğim için çağırdım bile diyemiyorsun."

Ya gerçekten ağzını burnunu kırmak istiyorum bu geri zekâlının. Evime çağırdım diye bana istediğini söyleme hakkı var sanki! Aşağıya indim, eşyaları aldım, telefonumu da aldım.

"Seninle artık muhatap bile olmak istemiyorum. Birazcık erkeksen bir daha suratıma bakmazsın. Şimdi çık dışarı kapıyı kilitlemem lazım."

Bunları söyledim ve çıkmasını bekledim.

"Bu durumu halledene kadar çıkmayacağım. O gün o söylediklerim sadece kırıl diyeydi, ne bileyim işte özür dilerim. Yine konuşma benimle ama özür dilerim işte."

"İyi çık şimdi."

Çıkmak için hamle yaptı, ben de kapının kulpunu tutuyordum, çıktı ama kapının hâlâ dibinde bir döndü, sonra bir hışımla içeri girdi kapıyı kapattı anahtarı elimden aldı. Anahtarı almak için uğraştım biraz vermedi.

"Versene şunu, çocuk musun nesin?"

"Affettim de veririm."
"Affettim ver, kilitlemem lazım burayı."
"Bu inandırıcı değil."

Anahtarı elinden almak için daha da yaklaşmam gerekecek ama o da bildiğin öpüşmeden önceki 5 saniye olayı, o yüzden yaklaşmak istemiyorum. Biraz daha ileriden kendimce bağırıyorum. Baktım vermeyecek, bana ne ulan dedim, kapıyı çekip çıkacaktım, kapıyı da açmıyor ama yavşak yavşak karşımda sırıtıyor.

"Seni seviyorum de, sana köpek gibi âşığım de, derste seni kesiyorum de."
"Derste seni mi kesiyorum?"
"O buz gibi soğuk havada camı açıp tam benim sıraya doğru, yansımamı izlediğini görmüyorum değil mi?"
"Sapık mısın nesin ya bunu mu çıkardın buradan? (Haklıydı aynen öyle yapıyordum.) Sen söyle madem, götümden ayrılmayan sensin. Sen söyle."
"Ben zaten söylemiştim sana."
"Ayy canım ya, söylediğin şeyler beni senden soğutan şeylerdi zaten."
"Evde yorgan altında film izlerken hiç soğumuş gibi durmuyordun."

Vurdum, çok hızlı bir şekilde hem de. Böyle şeyleri hep filmlerde görüyordum, cevap verecek bir şeyi kalmayınca kız şak tokat atıyordu. Ama filmlerde erkekte kıza tokat atmıyordu. Çocuk da bana vurdu üstelik ayının eli de nasıl ağırdı. Öyle bir şok oldum ki hiç beklemiyordum tokat atmasını. Kadına tokat atılır mı lan? Oturdum ağlamaya başladım o da yanıma geldi oturdu."

"Ya öyle bir anda tokat atınca refleks oldu, canını yaktım özür dilerim."

"Tamam hadi gidelim."

Sonra yemin ederim nasıl olduğuna dair hiçbir fikrim yok ama çocuğun dili ağzımdaydı ve ben de gayet halimden memnun bir şekilde karşılık veriyordum. Sonra ne yapıyorum ben diye bir ayağa kalktım, bu da benle beraber kalktı. Bir daha tuttu yine öptü, ben de artık iş işten geçti diye kapadım gözlerimi saldım kendimi. Gözümü açtığımda bir şeyi fark ettim sadece eli mememdeydi, mont ve destekli sutyenim yüzünden mememin orada bir şey hissetmemiştim ama gayet çocuk mıncır mıncır mınvcırıyormuş.

İlk öpüşme de meme mi ellenir, acaba bu gerçekten beni herkesle yattı kalktı mı sanıyor? Sarı yüzünden ben de sikeyim bari mi dedi. Şuna baksana ekmek hamuru gibi yoğurdu da yoğurdu mememi. Tokat mı atsam, ama o zaman gene bana karşılığında tokat atabilir. Ya resmen kaşar gibi gördü de stüdyoda yalnızken işini bitireyim dedi, Allah belanı versin senin.

Hiçbir şey demeden bir hışımla kapıdan çıktım ve koşarak resmen kaçtım. Bu arkamdan geliyordu ama yetişemedi. Sonra telefon açtı, mesaj attı ama ne diyeceğim? "Beni sikmek için böyle yapıyorsun" desem tabii ki hayır diyecek. "Ya beni büyük yükten kurtardın, senden hoşlanıyormuşum gibi yapmak çok zorluyordu beni zaten. Memelerinin arasına boşalmak, kıçını başını okşamak, boş kaldığım vakitler de seni düdüklemek istiyorum." Bunu mu diyecek? Tabii ki "saçmalama" diyecek.

Bütün gece boyunca hem utandım hem heyecandan kalbim yerinden çıkıyordu. Hem onu düşünmeden edemedim hem de ne yapacağımı bilemedim. Ertesi gün oldu, okula gidiyorum ama ayaklarım geri geri gidiyor resmen. Bunu gördüm, görmemezlikten geldim kafamı eğdim. Sırama oturdum, Sarı ile beraber kitapta bir şeylere bakmaya başladık. Bu geldi başımıza, "Bir gelsene PuCCa bir şey diyeceğim" dedi, ben de kafamı hiç kaldırmadan "Ders çalışıyorum" dedim, "önemli mi?" Sarı da bir yandan dürtüyor beni git git diye. "Önemli gel istersen, burada arıza çıkmasın" dedi, kalktım sınıfın önüne gittik kapının orada konuşmaya başladık.

"Ya ben senin dengesizliğinle ne yapmam gerekli? Gene ne oldu?"

"Bir şey olmadı."

"O zaman niye kaçıyorsun, bir gün çağırıyorsun ertesi gün bilmem ne, yani derdin ne senin?"

"Mememi elledin."

"Ne?"

"Sevgili bile olup olmadığımız belli değil yani öyle canın istediği zaman gelip memelerimi elleyemezsin."

"Ellerim."

Elimi tuttu, aşağıdan sınıfa doğru sürüklüyordu.

"Sevgilimsin, paranoyaklıklarını at artık seni kullanmak falan istemiyorum ben senle beraber olmak istiyorum."

Sarı'ya baktım sıradan bizi izliyordu elimi çektim korkudan içime sıça sıça "Sarı bakıyor, o olayı halledelim sonra sevgili mi ne oluyorsak olalım. O zamana kadar da sakin duralım" dedim.

İçeri girdik, Sarı hemen çekti beni ne dedi diye.

"Senin erkek arkadaşını sordu ya, ciddiler mi falan diye."
"Ee sen ne dedin?"
"Ona sor dedim ya ben bilemem ciddi olup olmadıklarını..."
"Ya köpek gibi geldi baksana kapıma, öyle gözlerini belerte belerte onu mu söyledin ona, keşke ciddi değiller deseydin."

Sarı'ya da nasıl söyleyeceğim hiç bilmiyorum, hatta sanırım işleri daha da beter ediyorum.

Seks
insanın kendine yakışana dokunmasıdır

Acaba cinselliği konuşmak daha rahat olsaydı, her şey hepimiz için kolay olur muydu diye düşünüyorum. Yani evet, zaten cinsellik hepimizin bir şekilde muhabbetini açtığımız mevzu ama "sevişirsem ölürüm" korkusu ya da erkeklerin "o da istiyor" yanlış empatisi yüzünden çok içine kapandığı gibi bu konu, belki daha rahat olabilirdi insanlar. "Bunu sadece denizde giyebilirsin" diye dolabın kenarından duran açık saçık kıyafetler gibi işte. Denizde herkes çıplak olunca sorun yok ama millet kapalı sen açık olunca sanki sorun varmış gibi görünüyor. Yani olay tamamen toplu bir şekilde kabullenmeden geçiyor. Gerçi hoş, biz onun da bokunu çıkarırdık herkes herkesi acelece siksin pozisyonunda bulurduk kendimizi...

Bu aralar ister istemez cinsel hayat, sevişme, seks pozisyonları, eşin dostun arasında sevişen insanın yeri, zamanlama, gereklilik gibi şeyleri düşünüyorum. Bir sevgilim var zamanı geldi mi gelmedi mi bilmiyorum, daha doğrusu izlediğim yabancı dizilere, filmlere, okuduğum kitaplara göre geç bile kaldım. Ama etrafımdakilere göre acaba erken mi, her hıyarım var diyene tuzlukla koşmak gibi mi duruyor acaba? İnsanın kendisini görememesi ne büyük bir talihsizlik, kendim hakkında kararları verirken o yüzden hiç objektif olamıyorum. Şey de çok çirkin, vajinama bu kadar değer bindirip, adama sevgimi sevişip sevişmeyeceğimle göstermek. Yani bu olay benim hayatımın en büyük olaylarından birisi olarak hafızamda yer edinecek, hiçbir zaman unutmayacağım hatta öyle ki eğer kötü geçerse bu bütün yaşantımı ve geleceğimi etkileyecek. Allah'ım neden böyle zorlu bir görev verdin ki sen? Yemek yemek, içmek ve sıçmak gibi gerekli olan bu olayı öyle gözümüze soktun ki insanlar korkudan kızlık zarını bile yenileyebiliyor.

Bu aralar sürekli ne yapacağımı düşündüğüm için sanırım emmeli gömmeli muhabbetler olduğu zaman gözlerimi mon-çiçi gibi açıp dikkat kesiliyorum, belki birkaç şey öğrenirim umuduyla. Geçen gün bütün kızlar bizim evde, yine öylesine siktiri boktan bir şeyi tartışıyoruz. Kızlardan biri üst sınıflarda gerçekten yakışıklı bir bebe vardı onla takılıyordu. Yani iletişim fakültesi, tarihi boyunca görebileceği en yakışıklı öğrenciyi bizim üst sınıfa koymuştu. Onu ilk gördüğüm zaman ağzımın suyu akmıştı akmasına ama "Akıl var mantık var, bu çocuk sana bakmaz" diye kendimi çekmiştim. Yani onun yerinde olsam, otuzbir bile çekmezdim ellerime yazık diye o derece tatlı. Bu kızla da son iki haftadır böyle gayet samimiler, bir ödev vardı da onu halledelim ayağıyla. Kız da bu arada su gibi bir şey, yani onu çatır çatır yemeye hakkı var helal olsun!

İşte biz alakasız bir şekilde bambaşka şeylerden bahsederken kızın artık içinde nasıl kaldıysa "Size bir şey anlatacağım ama bu evden dışarı asla çıkmayacak! Birinden duyarsam sizden bilirim" dedi. Hassiktir, işte şimdi boku yedim. Bir sürü kişiyiz, biri mutlaka başkasına söyleyecek sonra da benden bilecek bu hatun. Aha kalbim sıkışmaya başladı bile. Canan da yanımızda üstelik, sınıfın en boş karısı, hayatımda bunun kadar boşunu görmedim desem yeridir. Karının tek hayatı el âlemin yediği haltlar. Yemin ederim ama bütün gün hiçbir şey yapmadan insanlar neler yapıyor diye araştırıyor. O kesin birilerine anlatacak, başında bize böyle bir misyon yüklemeyeydi iyiydi aslında, şimdi kendimi vatanını kurtarmak için susmak zorunda olan eski Vietnam gazisi gibi hissediyorum. Kız bir şeyler anlatıyor ama benim tek düşündüğüm şey, bu evdeki kızlardan kim kime anlatır ve olay çok büyür, iç savaşa kadar ulaşır. Ben bunlarla cebelleşirken bir anda "mavi don" diye bir şey duydum, işte o an kızın dudak kıvrımlarından bile kopmadan dinlemem gereken bir hikâye olduğunu kavradım.

Üst sınıftaki çocukla bir gece evde oturuyorlarmış, işte müzik falan derken çocuğun eli bizim kızın omuzuna gelmiş, ardından beline, ardından hafif hafif okşamalar. Sonra tam o olaya girilecekken adamın mavi bir külotu olduğunu görmüş. Ve inatla o külotu çıkarmıyormuş kıro, bir de külotun üzerinde pis pis sarımsı artık yeşile dönen lekeler varmış... Bunu söylemesiyle hepimizin aynı anda "Örrkkk" demesi bir oldu. Ardından başka bir kız başka bir hikâye anlattı aynı çocukla ilgili. Eski sevgilisi yine bizim üst sınıflardan bir kızmış, bunların ayrılma nedeni ise çocuğun dört beş gün değiştirmediği iç çamaşırlarıymış, bu herkesçe bilinen bir durummuş yani. Biz çocuktan iğrenmeye devam ederken bu kez millet absürt, komik başlarına gelen yataktaki kötü erkek görüntülerini anlattılar. İşte çorabını çıkarmadan yatakta kalanlar, etek giymek isteyenler, çığlık atarken annesinin adını söyleyenler gibi korkunç ötesi şeyler hafızama girdi. Zaten bu olay benim için son zamanlarda hayli karışık bir durumdu, şimdi hiç işin içinden çıkamaz hale geldim. Herkes bir şeyler anlatırken ben tabii ağzım gergedan gibi açık bir şekilde ne deseler he he diye sırıttığım için "hadi sıra sana geldi" dediler, işte şimdi boku yedim. Aslında bir bok yediğim yok ama "sevgilim benle yatmak isteyince evine taş attım" diyemeyecek kadar büyüdüm. Ne anlatmam gerektiğini de bilmiyorum, bir şey anlatmak zorunda mıyım onu hiç bilmiyorum. O yüzden ben de hem merak ettiğim bir şeyin cevabını versinler, başlarına gelenleri anlatsınlar ki ben de bir şeyler öğreneyim birinci ağızdan diye "ilkinde çok korkmuştum" gibisinden bir şey söyledim, daha benim cümlem bitmeden kızların yüzleri düştü, hepsi sırayla "Ayy ben bakireyim, ilk nasıl olacak acaba?" demeye başladılar.

Lan! Daha az önce penis damarından bahsetmiyor muydunuz, biriniz adamı donla ortada bırakmamış mıydı da şimdi ne oldu? Beni mi beklediniz namusunuza çekilmek için. Hoppala şimdi orospu oldum bir anda, suratlarının aldığı şekilden bile öyle belli ki yalan attıkları da, beni mi beklediniz yahu? Sonra bir de utanmadan, "Ya tamam ya, çay falan koyalım mı sıktı bu muhabbet" dediler. Yani olay bende patladı, bir anda onlar ahlak ceo'su, ben ise seks işçisi oldum. Ben de geri zekâlı gibi yanlarında bir şey bilmeyen salak gibi durmayayım demiştim güya. Konu değişti, üstüne iki öğün yemek yedik, uyuduk falan ama ben hâlâ "Yaa o gün şaka yapmıştım, ilkinde falan korkmadım. Yani korkmadım derken, alışık olduğumdan değil tabii daha ilki olmadı. Ben gülün diye söyledim" diyemem, biraz zavallıca olur.

Kendimi, bedenimi keşfetmeye hazır mıyım diye düşünmeye odaklanmışken bu hiç güzel olmadı, üstelik göz zevkimin tek mimarı adamı ne zaman görsem sadece mavi ve ortası sidikli kokuş kokuş donunu düşünüyorum...

Yaptığım hataların sonucu hep mi bok olur?

Bugün sınıfta Sarı derse gelmeyince Ankaralı ile beraber oturuyorduk, kakara kikiri muhabbet ediyorduk. Hoca önce bizi bir uyardı biz anlamadık devam ettik, ardından da "İlişkinizi okul dışında yaşayın, burası sevgililerin takıldığı bar değil, okul" dedi. O öyle deyince otomatik olarak savunmaya geçtim "Biz sevgili değiliz ya" diye. Hoca da tabii "Neyseniz nesiniz sessiz olun" deyince bu ayağa kalktı tuttu elimden, ne yapıyorsun lan falan dedim ama aldı beni "Madem öyle kız arkadaşımla bara giderim" dedi, çıktık sınıftan. Sen ne yaptın diye bir carladım.

"O da adam olsun, herkesin ortasında laga luga yapamaz öyle."

"Lan herkesin ortasında dediğin yer sınıf, öğretmenden bahsediyorsun adam olsun diye."

"Bana ne ya..."

"Sarı kapının önündeymiş, gördü çıkarken."

"Ondan da banane ya, bu ne sanki evli kadınla beraberim gizli saklı."

"Daha beraber falan değiliz düşüneceğiz demiştik."

"Düşünmesi falan bitti bu işin. Beraberiz artık ona göre işte düşünürsün. Artık benim kız arkadaşımsın bu kadar."

Allah'ım şu an heyecandan ölüyorum, adamın ayılıkları hoşuma gidiyor. Meğer içimde öküz seven biri varmış, öyle kolumdan çekip sınıftan çıkarmalar falan kızmam lazımken ağzım kulaklarımda. Bir taraftan da tabii Sarı var, ona bunu açıklamam da lazım. Eve gideyim de bari kıza anlatayım durumu. Artık kızacağını sanmıyorum kızın sevgilisi var zaten, bir de Ankaralı mı kaldı yani bence gayet alttan alacaktır. Umuyorum, belki biraz bozulur küser ama.

Eve doğru gittim, ona söyleyeceğim şeyleri düşünerek bizim apartmanın oraya geldim yerde bir sürü şey gördüm, kıyafetler yatak televizyon biri herhalde yolun kenarına koydu ihtiyacı olan alsın diye tinercilerde dağıttı sandım. Ama şöyle kıyafetlere bakınca biraz da yaklaşınca onların bana ait olduğunu anladım. Lan!

Koşarak eve gittim, Sarı evde neyim var neyim yoksa atmış, anahtarla kapıyı açtığım gibi bana bağırması aynı anda oldu. Çıldırmış, ev harabe olmuş, nasıl bağırıyor bana nasıl.

"Orospusun sen orospu, arkadaşına yapar mı insan sen nasıl bir fahişesin? Aramızı yaparken kendin ayarttın di mi geber artık. Bu eve sakın ama sakın girme, aklın varsa okula bile gelme senden nefret ediyorum."

Tabii ki korkudan içime sıçtığım için götüm götüm kapıyı kapatıp anahtarı da ona bırakıp dışarı çıktım. Eşyalara baktım, bilgisayarım parçalanmış, DVD, televizyon, yatağın süngerini bile atmış, takılarım, makyaj malzemelerim Orkid'lerimi bile fırlatmış. Ağlayarak toplamaya çalışıyorum en azından kıyafetleri toplayayım dedim ama çok zor. Bu kez bir de Sarı balkona çıktı oradan bana bağırmaya başladı, neler neler söylüyor nasıl küfürler ediyor. Herkes çıktı bizi izliyor. Elim kolum öyle bağlı ki ne yapacağımı da bilemedim, Ankaralı'yı aradım, ben eşyaları toplarken o da iki üç arkadaşıyla gelmiş. Ayy bunun da her yere kavgaya eleman götürüyor gibi adam toplaması ayrı sorun. Neyse eşyaları görünce o da önce bir şaşırdı, sonra yanındaki çocuklara bir kaş işareti yaptı, sadece kaşını hafif kaldırdı ve onlar geldi eşyaları elimden alıp kenara yerleştirmeye başladı. Adam da nasıl bir iletişim kuvveti varsa tek kaşı yetti yemin ederim. Yani bana onu yapsa anlamam ki onları toplamam gerektiğini, "Noldu ya tik mi geldi" falan diye sorarım.

Bu apartmana doğru gitti, ben de arkasından gittim, eliyle durdurdu beni.

"Merak etme hayatımda hiçbir kadına tokat atmam ben, öyle aciz değilim ama seni nasıl zor durumda bıraktıysa o evi paramparça edeceğim."

"Geçen bana attın ama."

"O ayrı, sen sakın karışma."

Gitti kapıyı çaldı, açmadı. Yumruklamaya başladı içeriden sesi geldi bu kez. "O orospunu da al siktir git, tam yanına yakışmış İzmir orospusu işte." Bu kapıya daha da vurmaya başladı, ben de biraz sinirlendim. Neyse kapıyı açsın da o evi dağıtırken ben de belki kızı döverim diye düşünüp ben de yumruklamaya başladım. Kapı kırıldı kırılacak ama komşular da çıktı bir de üstüne Ankaralı da "Sakın ola bu iş bitti sanma, sakın ola" dedi, beraber çıktık gittik. O gece onun bir arkadaşında kaldık. Eşyalarımı çocuğun evine koyduk artık bir sevgilim vardı ama evim yoktu. Bakalım bundan sonra hayatım daha nasıl boka batacaktı.

Sanırım bir şeyler oluyor

İki üç gün okula gitmedim, özel yurtlara baktım nerede kalabilirim diye. Ankaralı'ya da sinir oldum ne benle yurt aramaya geldi, ne bir şey yaptı adam resmen kayboldu. Arkadaşının evinde kaldığımız için sadece gece giderken beraberdik. Resmen gündüzleri ortada yoktu, destek bile olmadı bana. Yani ben onun yüzünden evden atıldım, bir sürü rezil oldum, en azından ayıp olmasın diye benle yurt bakmaya gel değil mi? Bir de her zaman zırt dedin mi kıyametleri kopartan adam şimdi "Bir şey olmaz bir şey olmaz" deyip duruyor. Okula bile Sarı beni dövecek diye gidemiyorum, resmen o bile umurunda değil adamın. Demek ki böyle oluyor, elde edene kadar her şeyini ben yaparım, elde edince canın ne isterse onu yap.

Gece böyle odada oturuyoruz işte suratım da asık hani ona tavır yaptığımı bilsin diye ama yok anlamıyor adam. Artık dayanamadım açtım ağzımı yumdum gözümü neler neler söylüyorum ama ne karaktersizliğini bıraktım ne başka bir şeyini hakaret üzerine hakaret ettim. Hiçbir şey söylemedi önce ben saydıkça sustu sustu, yine kolumdan tuttu, "Utanacaksın" dedi, dışarı çıkardı.

Evet belki bir şeyler yapmıştır ama umuyorum o bir şeyler Sarı ile ilgili değildir. Kızın evini yıkmamıştır ya da sevgilisiyle kavga etmemiştir. Allah'ım umuyorum öldürmemiştir kızı günlerdir sınıfta da yokum kime ne oldu bilmiyorum, belki de kız öldü kim bilir. Arabadayız ama baya da uzun yol gibi, git git bitmiyor. Ağzından da tek kelime çıkmıyor. Kesin Sarı'yı öldürdü ve onu attı bir yere, gömdü ya da. Ya benim için bir şey yap olayını böyle anlamışsa ne bok yerim ki. Benim alakam yok gerçi nasıl olsun ki ben yurt arıyordum. Bir şey olursa aman suçu paylaşayım falan yapmayayım, Allah korusun genç yaşımda cinayet planlamaktan hapse düşerim sonra. Ya bir de şimdi ceset gösterecek ya bana o da beni biraz fena eder, psikolojimi de bozar, polisi mi arasam? Hem bu sayede de benim suç ortağı olmadığım ortaya çıkar. Yani yoksa niye arayayım değil mi? Bir katille beraberim sanırım, beni de öldürür mü acaba, hii o kadar hakaret ettim ya sinirlenmişse şimdi beni de kıtır kıtır kesecekse? Sanmıyorum o kadarını da yapmaz. Bir işaretinden bütün eşyaları toplayan arkadaşlarını düşün, kaldığımız evde kimse bizi rahatsız etmiyor, herkes çocuğa kral muamelesi yapıyor. Lan acaba katil mi gerçekten? Hassiktir ya çok kötü oldu bu, sevgilisi öldürdü diye yazacaklar gazetelerde sonra da herkes "ne işi varmış o saatte o adamla orada" diyecek. Çünkü beyinsizlere göre seni kocan hariç başkası öldürüyorsa katil değil, o saatte yanında olduğun için sen suçlusun. Gençliğimin baharında yeni sevgilisi tarafından öldürülen kız olacağım, biri bekaretime bakmayı akıl eder de en azından halamlar "Falliklik yaparken ölmüş" diye benden sonraki nesillere beni ders niteliğinde anlatmaz.

Sonunda arabayı durdurdu. Büyük büyük apartmanların olduğu bir yere geldik, içeri girdik beraber asansöre bindik. Soruyorum bu arada hâlâ bana cevap vermiyor, indik asansörden kapıyı açtı; normal, eşyaları az olan bir ev.

"Biraz sabretseydin yarın seni buraya getirecektim. Burası artık bizim evimiz, okula uzak ama işine yakın. Güvenlikli üstelik."

"Eşyalar peki?"

"Biraz borca battım eşyalar yüzünden ama olsun."

Ev güzeldi, eşyalar çok güzel değildi ama bizim evimizdi. Bizim evimiz olayı biraz fazla emrivaki olmuştu gerçi. Yani ben daha hazır mıyım bilmiyordum ama şimdi adam bunca şey yapmış, "Beraber yaşamak için düşünelim mi?" diye sormak biraz saçmalık olacak sanki. O yüzden yeni evimize alışmaya çalışacağım.

Ha bir de dip not: O çok korktuğum olayı evimizin ilk günü yaptık. Korkulacak bir şey yokmuş ve evet, herkesten kan gelmezmiş.

Parmağımda duran ağır sorumluluk

Sonunda bir cesaret okula gidebildim, ilk günler Sarı'dan dolu dolu küfürler yedim, biraz insanlar da tepki göstermedi desem yalan olur. Hatta biraz değil baya gösterdi ama arkamdan işte hep, suratıma gelince "Aman nikâhına mı almış adamı" oldu. O yüzden de çok umursamadım açıkçası. Ama yine de bazen Sarı'nın olduğu sıraya doğru bakıyorum da keşke bunu yapmasaymışım diyorum. Yani ne bileyim Ankaralı'dan ilk ben hoşlansaymışım, Dişçi'nin peşinde dolanıp duracağıma şimdi Sarı ile de aram kötü olmazdı, bazen özlüyorum çünkü onu, her ne kadar dengesiz bir şey olsa da seviyorum öyle sorunlu, garip insanları sanırım.

Ankaralı ile her şey sanki umduğumdan fazla güzel gidiyor. Beni işten alıyor, beraber okuldayız evde çok eğleniyoruz. Beraber yemek yapıyoruz, kadın programlarını izliyoruz, saçma sapan oyunlar oynuyoruz, uyuyoruz, uyanınca birbirimize sarılıyoruz, ev için yeni eşyalara para biriktiriyoruz. O bana oje sürüyor bense onun o iğrenç saçlarına jole. Evet, sevgiliyiz âşığım falan adamın her kusuru gözüme güzel görünmeye başladı da saçlar ve kaşlar fena oldu. O yüzden geçen gece aldım onu dizlerime kaşlarının ortasını muntazam bir şekilde cart cart yoldum. İlk defa aldırdığı için biraz belli oldu ama nasılsa zamanla alışır o da. Böylesi daha iyi oldu bana göre.

Bir tek sorunum var; beraber yatmaya alışmaya çalışıyorum ama maalesef olmuyor, uykuda bir yeri bir yerime değince ölesiye korkuyorum. Uykuya dalmak zaten ölüm gibi, gözlerim açık yatağın en ucunda "bana sarılmasın" diye dualar ediyorum. Bunu çocuğa da söylemem o kadar zor ki seviyorum, âşığım ama yatamıyorum. O da vantuz gibi yapışıyor bana anacım nefesini ensemde hissettikçe ağlıyorum resmen. Geçen gece yine böyle uyumaya çalışıyorum, sağa dönüyorum yok, sola dönüyorum yok uyuyamıyorum. O da nasıl horluyor, burnunda et değil resmen Toros Dağları var, o derece bir gürültü. Dayanamadım o uyurken yan taraftaki tekli koltuğa geçtim, bir tane de ne olur ne olmaz diye yanıma defter aldım, küçük ışığı da açtım. Uyanırsa ders çalışıyorum demek için sonra da o uyanmadan önce hemen yatağa geçtim.

Derken bu olay her gece olmaya başladı, uykuya daldığını anlayınca hop koltukta sızıyorum. Sızıyorum ama bir boynum ağrıyor, sırtımdan bahsetmek bile istemiyorum; bütün gün mal gibi dolaşmam da cabası. Yine böyle bir gün koltukta uyurken elime bir şey oldu gözlerimi bir açtım Ankaralı koltuğa dayanarak yere oturmuş, siktir yakalandık dedim hemen yanımdaki defteri aldım sanki ders çalışıyormuşum gibi de dalmışım gibi görünmek için. Bu önce bir şey söylemedi ama bakıyor avanak avanak bana.

"Bir şey mi oldu ya, çalışırken sızmışım."
"Parmağına baksana."

Parmağımda kocaman bir tek taş, gerçek mi, bu ne, bu neden bu, diye geveliyorum, daha afyonum bile patlamamışken.

"Her gün şu koltukta uyuyorsun, demek ki kırmaktan korkuyorsun beni. Kendinden fedakârlık yapıyorsun. Ben senin gibi birini ellerimden kaçırmak istemiyorum. Zamanımız daha çok var biliyorum, belki de her şey için çok erken, onu da biliyorum ama benimle evlenir misin?"

Evlenmek mi? Bir saniye ya yanında uyuyamamaktan buraya nasıl geldik, bir de neden evleniyoruz ki zaten aynı evde yaşıyoruz.

"Hamile miyim ben?"
"Bilmem öyle misin?"
"Öyle miyim, neden evlenmek istiyorsun ki yani böyle çok erken olmadı mı okul bitse sanki daha iyi."
"Zaten bu evde yaşıyoruz, ha evli olarak ha bekâr olarak. Karım olarak yanımda kal istiyorum, ailemden biri ol, canım ol bir yere gitme hep böyle kalalım."

Birincisi şoktayım, ikincisi evlilik için çok erken, üçüncüsü babama bunu kim açıklayacak? Ama yine de adamın suratına hayır da diyemem ki yüzüğe hakaret olur, baksana şunun güzelliğine. Yine de ciddi bir konu bu aslında mezun olunca İstanbul'da yaşamayı düşünüyorum, ne bileyim biraz daha iş odaklı hayallerim var benim. Genelde büyük kanallarda evli kadınlar tercih edilmiyor, bir de nasılsa evliyim diye çocuk yaparsam... Genç anne olmak iyi ama iş güç her şeyden vazgeçemem ki vazgeçmek zorunda mıyım onu da bilmiyorum. Evet dememeliyim ya, hayır demesem bile en azından düşünelim mi, evet bunu diyeyim. Hemen evlenmeyiz zaten gidip düğün yapacak değiliz şimdi. Umuyorum öyledir, içeride nikâh memuru beklemiyordur bizi. Daha dün adamın yanında nasıl yatacağım diye düşünürken bugün bir yüzükle uyandım.

"Bence bunu bir düşünelim, çok heyecanlıyım ama aileler de önemli."

Bir bozuldu önce, sonra o da hak verdi. Ardında da beraber parmağımda yüzüğümle okula gittik; tuvalette kız çığlıkları! Böyle başkalarının taktığı yüzüğe, evlenme kararına heyecanlanan kızları hiç anlamıyorum. Sanki kendi evleniyormuş gibi, yüzüğü bütün kızlar parmaklarına tek tek taktı çıkardı.

"Ya çok şanslısın bence, şunu takabilmek için kaç kız mundar oldu."

"Bence hemen evet de, hiç bekletme."

"Ne olacak ki aynı evde yaşıyorsunuz, bizim üst sınıftaki çift gibi işte çok tatlı."

"Çocuk için biraz bekleyin ama."

"Düğünü ne yapacaksınız, kır düğünü, kesin kır düğünü yapın."

"Gelinlik provasına hepimiz geliyoruz şampanya içeriz."

"Nedimeli mi yapsan acaba?"

"Kesin içkili yap nasıl güzel eğlenceli olacak."

"Ama burada yapın düğünü İzmir'de yapmayın."
"Yeni eşyalar alacak mısınız eve? Alın bence."

Bunlar gibi bir sürü şey. Düğün, yeni eşya, gelinlik başım dönüyor sanırım bunlar nasıl olacak? Bir taraftan da o kadar kızın ağzımın içime bakması da hoşuma gidiyor. Ama yine de hayır okul bitene kadar bekleyelim diyeceğim. Yok yani daha yeni beraberiz zaten, anlaşamadık diyelim ne olacak, bir de çocuk yaptım diyelim nasıl ayrılacağım sonra çocuğa yazık olmayacak mı? Kendime yazık olmayacak mı, niye gereksiz yere kendimi yıpratayım ki ortada hiçbir şey yokken daha, sırf gaza geldim diye. Evet, akşam konuşacağım onunla, güzel güzel okulu bitirmemiz gerektiğini anlatacağım.

Akşam oldu eve gittiğimde yatak odasında tekli koltuğu çıkarmış o tarafı boşaltarak bir tane tekli yatak koymuş. Sıkış tepiş duruyor, görüntü olarak korkunç ama adam ben yatamıyorum diye gitmiş bana yatak almış. Bütün o hayır diyorum düşüncelerimi unuttum. Boynuna atladım "evet" dedim.

Her ölüm yeni bir başlangıçtır

Bugün hayatımın en zor günlerinden biri olacak. Umuyorum biraz sonra ölürüm, bir araba beni ezer, parça dahi bırakmaz hatta üstüme gökdelenler düşer, fil de ezebilir sorun değil ama Ankaralı'nın annesiyle tanışmadan olursa sevinirim.

Günlerdir bizimkilerle tanışmadan nasıl evleneceğiz daraltmalarına boyun eğmek zorunda kaldım. Neticede çocuk haklıydı, sadece yarım saat bir "selam, ben oğlunuzun sevgilisiyim, iyi bir insanım" diyeceğim o kadar. Bunu bu kadar büyütüp olay haline getirmek saçmalık tabii. Yalnız gel sen onu benim içime söyle, öyle büyük bir korku var ki kesin beni beğenmeyecekler, kesin yani.

Evlerinin oraya geldik, korkudan ellerim ayaklarım titriyor. Bir taraftan da şey diye düşünüyorum ilk defa çocuğun yaşadığı evi göreceğim; onun alanı, onun geçmişi, nasıl bir yerde uyuyor, akşamları ben yanında yokken neler yiyor onların hepsini de delice merak ediyorum. Kapıyı çaldı, annesi açtı, bizi görünce bir şaşırdı sanki, yüzü de asıldı. Ankaralı söylemedi mi acaba geleceğimizi diye düşünürken ayakkabılık bana bütün gerçekleri çıplaklığıyla anlatmaya yetti.

Evlerinde soyadını alacağım adamın bütün akrabaları vardı. Teyzesi, halası, amcası, amcasının oğlu, yengesi, yengesinin kuzeni, anasının amına kadar herkes evlerinde. Salona girdiğim gibi kalp krizi geçirecektim. Herkes dip dibe oturmuş hatta çoğu yerde ve geri kalanlarda diğer odalara sıkıştırılmış bir şekilde duruyorlardı. İlk şokla Ankaralı'nın bana sürpriz yapıp sülalesiyle tanıştırıp her şeyi aradan çıkaracağını düşündüm. Sonraki şokla ise "lan acaba düğün mü yapacağız" dedim. Etrafıma avanak avanak bakarken Ankaralı'dan bir çığlık geldi, arka tarafımda yerlere atmış kendini bağırıyor. Ne oldu diye sormaya korkuyorum açıkçası beni beğenmediler demek ki diye düşünüyorum. Ankaralı kalktı yerden bana sarıldı ağlamaya başlamış, "ölmüş PuCCa, dedem ölmüş" diye...

Hoppala, yani tamam acı dolu bir olay evet biliyorum ama o da tam benim geleceğim zamanı mı buldu ölmek için? Ben nasıl seni teselli edeyim ki, ben ne yapabilirim? "Ölenle ölünmez" mi desem, yoksa adamı mı kötülesem, "gel canım dışarda duralım sakinleş mi" desem, hem bu sayede buradan kurtuluruz diye düşündüm. Sırtına pış pış yapıp "hadi çıkalım" diye fısıldadım o beni duymadı tabii. Babası geldi babasına sarıldı. Babası ağlıyor, o ağlıyor, annesi ağlıyor arka tarafta bütün sülalesi ağlıyor ben de beyin kanaması geçirip dedesinin yanına gitmeyi planlıyorum.

Bir iki saat geçti ben Ankaralı'yı bir daha görmedim. Salondaki ikili koltukta dört kişi oturuyorduk ben arada kaybolmuş halde kendimi kamufle etmeye çalışmakla meşguldüm. Her önümden geçen ağlayan gözle benim kim olduğumu soruyor, ben de her zamankinin aksine sanki acı çekiyormuşum gibi yaparak, çocuğun sevgilisi olduğumu anlatıyorum. En az 10 kişiye söylemişimdir sanırım. Bir taraftan da arkadaşlarıma akrabası ölen insan nasıl teselli edilir diye soruyorum mesajla. Ne yapacağımı hiç bilmiyorum çünkü, çocuğun peşinden gitsem nereye gidiyorum ki gözü beni görmüyor. Evden çıkıp gitsem ayıp olur mu bilmiyorum ezik gibi burada bekliyorum öyle. İnsanlarla samimi ol, sıcakkanlı davran diyorlar, iyi de ölü evi burası gülücükler saçmam biraz korkunç olmaz mı? Bari Ankaralı'nın odasına gideyim de en azından hani burada bu insanları rahatsız etmeyeyim dedim. Gittim bi rodaya, her taraf Fenerbahçe şeyleri ile süslenmiş, perdesinden yatak örtüsüne kadar her şey sarı lacivert. Yatağının üzerinde daha genç akrabaları oturuyor, büyük ihtimalle kuzen takımı. En azından içerideki curcunadan daha iyiler, selam verip tekli koltukta oturdum. Bunlar da benim gelmemden biraz rahatsız oldular, artık ne konuşuyorlarsa dedeleri ölmüş goy goy peşindeler. Bir de bana öyle tip tip kimsin gibi bakınca, Ankaralı'nın kız arkadaşıyım dedim.

"Aa o dışarıda okuyan kızsın, senden çok bahsetmişti teyzem çok memnun oldum."

"Yok o ben değilim."

"İstanbul'da okuyan değil misin? Hani böyle sürekli gidiyordu senin yanına."

"Hayır, değilim."

"Yaa hani şey değil..."

"HAYIR DEDİM, O DEĞİLİM!"

Mal ya beni zorla adamın eski sevgilisi yapacak. Teyzesi de ondan çok bahsetmiş, aman aman neyini bahsetmiş hamsi gibi ölü ölü bakıyordu öyle. Sonra tabii derin bir sessizlik oldu, onlar kendi aralarında birkaç fısıldama yaptılar ama öyle çok uzatmadılar. Ben de sinsi sinsi odasını izlemeye aldım, kitaplığına bakıyorum, kesin o kitapların çoğunu eski kız arkadaşları falan aldı. Garip garip biblolar var, bu mal ne anlar biblodan, kesin o da kızlardan. Kitaplığın orada camdan bir kapak var onun üzerine fotoğraflar yapıştırmış, oturduğum yerden bakıyorum ama göremiyorum fotolarda neler var diye. Ayağa kalksam ayıp olur mu onu da bilmiyorum. Yani neticede acı çekiyorlar orada fotolara bakmak biraz garip durabilir. O yüzden sırf fotolara bakabilmek su içmek bahanesiyle ayağa kalktım, kendime su aldım ve geçerken aa o da ne, gözüm takıldı, pıt pıt pıt fotodaki kızları hemen gözlerim ayıkladı ve hangisinin o benden önce olan kız olduğunu buldu! Kızla fotosu hâlâ orada duruyor, bir saniye ya sadece orada değil ki büfenin içinde bir bardak var ve bardak bunların ikisinin fotosu ile kaplanmış. Allah'ın kırosu! Lan o ne, en iyi erkek arkadaş ödülü diye bir şey var. Ayy Allah kahretmesin seni, sevgilimin eski sevgilisinin de birazcık vizyonlu olmasını beklerdim. Büfenin içi bir cennet, kızın bütün hatıraları orada, toka görüyorum bir tane, fotoğraflar içeride de var. Ohh kek adama bak ya, kızın bütün anılarına karşı uyuyormuş bir de. Sabahları uyandığı zaman bunları görüyormuş, atmaya kıyamamış, belki de hâlâ onu seviyor, o geri dönerse diye düşündüğü için atmamış. Şuna bak ya odasına bak, kim bilir kaç kez seviştiler, öyle öpmüştür bunu burada, beraber kahvaltı hazırlamışlardır. Allah belanızı versin sizin!

Ayrıca kuzeni denen dangalak, şu büfedeki fotoğraflara bakayım demek hiç mi aklına gelmedi de beni adamın eski manitası sandın. Allah senin de belanı versin! Şu hale bak ya, ben nereye geldim böyle, adamın hiç bana saygısı yok, terbiyesiz! Bari kızı eve getiriyorum, ailemle tanıştıracağım elbet bu benim odama girecektir, bunları görüp üzülecektir der değil mi? Ama nerede onda o düşünce, bencil hayvan! Allah'ım ben nasıl bir insanla beraberim, bir de evlilik falan diyorum ne evliliği ya, adam daha geçmişini silememiş, ne evliliği!

Ben kendi kendime sinir krizimi sessiz sakin geçirirken evde ölü mü ne varsa o olduğu aklıma geldi. Şimdi bunca kargaşalık içinde çocuğa da kızamam ya, sonra ben suçlu olurum. Kalkıp gideyim desem ayıp olur mu ki ya, bence olmaz. Çocuk beni bile görmüyor şu an. Hatta sanırım daha iyi olur, burada ayak bağı gibi bir şeyim.

Çıkmak için ayakkabılarımı arıyordum ki Ankaralı gördü beni, geldi, gene o ilk sarılmasını yaparak ağlamaya başladı, "Ne olur gitme yanımda kal" diyerek. Kaldığımda yapacak hiçbir şeyim yoktu, ona yardımcı olacağımı da zannetmiyordum çünkü ben kötü gün insanı değildim maalesef. Yani başkalarının acısına acıyıp buna üzüntü kılıfını uydurarak yapmacık davranamıyorum. Olur ki bir yerde karşılaşırsak, umuyorum bu cenaze olmaz. Sizi teselli etmek için yanınıza gelmiyorsam kızmayın, teselli hiçbir zaman başaramayacağım tek şey sanırım. Benim canım yanarken yanımda kimseyi istemem, herkesin de böyle olduğunu düşünerek kendimi yetiştirdiğim için nerede üzülen birini görsem ondan birkaç adım uzaklaşırım. İstesem de onu anlayamam, anlamış gibi de rol yapmam bu onun karnından vurmak demektir çünkü. İnsanların en savunmasız anı birilerini kaybettiği zamandır ve bununla oynamak benim gibi pislik birine bile yakışmaz.

O yüzden ben de bana yakışanı yaptım, onu öptüm akşam arayacağımı söyledim ve gittim. Zaten annesiyle tanışmaya diye gidip dedesinin cenazesini gören bir tek bahtsız benimdir sanırım. İlle ağlanacak biri varsa bence ben kendi halime de ağlayabilirim.

Deştikçe hazine değil bok buluyorsun

Cenaze, ağlamalar, benimkinin çocukluğuna dönüp dönüp gelmesinden sonra artık yine normal sevgili günlerimize döndük. Bir daha mümkünse onun hiçbir akrabası ölmesin diye dua edeceğim, ne kadar zor atlattı şu dönemi. Allah bir daha aynı acıyı yaşatmasın derken sıra geldi fasulyenin faydalarına. Beyefendinin eski sevgilisinin hatıralarıyla bezenmiş odası için onun ağzına sıçmaya. Yemin ederim günlerdir bu anı bekliyordum, artık kendine gelse de bir ağzına sıçsam, bir tokatlasam bir de ben çaksam diye...

Akşam yemekten sonra yürüyüşe çıkalım dedik, orada söyleyeyim dedim. Böyle çok üstüne gitmeden, sakince uyarımı yapayım en azından kırıldığımı fark etsin diye girdim konuya.

"Şu senin eski sevgilinle alakalı bazı şeyler beni rahatsız ediyor."

"Ya gerçekten bilmiyordum geleceğini."

"Ne?"

"Cenazede olacağını hiç düşünmemiştim bile, annemler söylemiş kalkıp gelmiş."

"Hı?"

"O gün arayınca beni, biraz moralim bozuktu, sonra annemle konuşmuş."

"Nasıl ya?"

"Bizde kalacağını bile bilmiyordum babam işte ya, zaten o gece uyumadık hepimiz çok kötüydük."

"Sizde mi kaldı?"

"E-evet. Bundan bahsetmiyor muydun, sana kim söyledi bunu?"

Hayatımda kıskançlık yüzünden ilk sinir krizim böyle başladı. Önce her yer karardı, boğazımda bir şeyler oldu, beynime kanın gitmediğini fark ediyordum. Vücudumda garip değişimler oluyordu, ellerim benden bağımsız olarak karşımdakine vurmak, suratını paramparça etmek, her yerini dağıtmak istiyordu, ayaklarım ise gitmiyordu. Yere yığılıp bağırmak istiyordum sadece, tırnaklarımı göğsüme geçirip, "bana bunu nasıl yaparsın" diye inlemek istiyordum. İçimde olanları anlatmamın imkânı yok. Bir taraftan neler olduğunu ayrıntılarıyla duymak istiyordum, diğer taraftan ise konuşmasın bilmeyeyim diyordum. Derin bir nefes aldım, sakince ona doğru döndüm ve çığlıklar atarak ağzıma geleni saydım,

"O karı seni nasıl arayabilir, aramasını geçtim nasıl senin evine girer ya nasıl buna izin verirsin! Ve benim bundan haberim nasıl olmaz, ben aradığımda yanında mıydı, yanında mıydı ha! Onun fotoğrafları boy boy her yerdeyken daha da umutlandı mı? Benden haberi var mı? Annen utanmadı kızı çağırırken, sen hiç mi korkmadın benden? O kızı bulup yerlerde süründürmezsem ne olayım, sen nasıl yaparsın ya, nasıl kalırsın aynı evde, nasıl bana söylemezsin?"

Sonraki kelimelerimin hiçbirini hatırlamıyorum, gözlerimi hastanede açtım çünkü. Ağzımdan köpükler çıkmak suretiyle baya yerden yere atmışım kendimi kasılıp kalmışım. Tahliller yapılması gerekliymiş, Epilepsi olabilirmişim. Her yerim ağrıyordu, sanki tekme tokat dayak yemişim gibi, çenem zonkluyor, ellerim acıyordu. Epilepsi teşhisi bana bundan önce de konmuştu ama bir daha hiç nöbet geçirmediğim için ne ilaçlarımı içtim ne bir şey yaptım. Çok önemsemedim, hatta sinirseldir diye bile düşünmüştük sülalecek. Şimdi de bir daha aynı testlerden geçmem lazım.

Eve döndük, Ankaralı'nın suratına bile bakmıyorum, birkaç arkadaşımız var yanımızda öyle onlarla muhabbet ediyorum ama sadece kibarlıktan. Ne zaman onunla göz göze gelsem midem bulanıyor. İşte yanımızdakiler de böyle hasta olan tanıdıklarının başlarına gelen şeyleri anlatıyorlar. Çok öenmliymiş gibi. Benimse tek istediğim şey, şunlar bir gitsin de ben bu adamdan ayrılayım. Ayrılacağım yani, eski sevgilisinin dedesinin cenazesinde ne işi olabilir? Bir de gece boyunca uyumamışlar, ne konuştular yani? Ben burada evde öyle kereste gibi adamı beklerken adam cenaze evinde işi pişiriyor düşünsene!

Çocukların da gideceği yok valla, amma bitmez tükenmez hasta akraba hikâyeniz varmış anacım. Tamam sonunda çoğu ölüyor işte, daha yaratıcı finaller yokken bunu bize dayatmasanıza. Ankaralı'yla bir daha göz göze geldik, "senin ananı öyle bir sikecem ki" der gibi kafamı iki yana salladım. O da bana sanki hiçbir şey yapmamış gibi "ne oldu yaaa" dedi. Şimdi yanımızdakilerin kavga etmemize şahit olmalarını istemiyorum. Gereksiz bir defa, yani amcasının oğlunun bademcik ameliyatını saatlerce anlatan insanlar bizim için kim bilir eşe dosta neler der, gerek yok. Bu da inatla bana "ne oldu ya" deyip duruyor. "Yok bir şey" dedikçe bir de onları muhabbete dahil etmeye çalışıyor. "Yaa bakın şimdi ben mi suçluyum" diye başladı olayı o kişilere anlatmaya.

Tabii ki onlar da bunun çok normal olduğunu söylediler. Bir kere bu durum normal falan değil, affedilecek yanı da yok. Onlardan bir tanesinin başına gelse neler neler yapardı kim bilir. Ama oturup başkasının derdi olunca istem dışı büyütme diyorsun. Yani şöyle bir gerçek var, gelip arkadaşım "Ya ben babamı kestim" diye bana anlatsa, "Canım ya bunda ne var, sinirlenmişsin" der, içerden gizlice polisi arardım. Arkadaşlar böyle geri zekâlılıklar içindir çünkü.

Mesela en son bir arkadaşımız çok kötü bir şekilde aldatıldı. Yani çocuğu mekânın birinde başka bir kızla yiyişirken gördük. Kimse kıza bir şey demedi önce, sonra bir tane boşboğaz gitti anlattı. Bu da bizden akıl almak, dertleşmek için ağlak ağlak konuşunca hepimiz "Canım ama o seni seviyor biliyorsun" gibi gerzek gerzek cümleler kullanmıştık. Bu durum da aynen böyle, bir de zaten hastaneden yeni çıkmışım oturup durum hakkında sayıp sayıştıracak halleri yok ya! O yüzden onların ne dediği umurumda bile değil, Ankaralı konusu benim için sonsuza dek kapandı, bir daha hiç açılmayacak sayfa niyetine.

Ve madem ki o insanların arasında açtı konuyu, o zaman bizim konumuz da onların yanında kapanacak demektir. Bir daha suratını görmek istemediğimi söyleyip onu herkesin içinde evden kovdum. Bir sonraki ilişkisinde eski sevgilisiyle görüşmemesi gerektiğini hem anlar, hem herkesin ortasında sorunlarını konuşmamayı öğrenir.

Benimse öğrendiğim tek bir şey var şu an, ben bir de bu denyoyla evlenecektim. Allah korumuş resmen beni.

Aldığım kararlar bana bir kere de hayır olarak dönsün

İnsan ayrılma kararı verdiğinde çok güçlü hissediyor kendini de aynı güç ertesi günde de kendini gösterse ya. Canım acıyor lan, bildiğin acıyor. Affedemeyeceğim bir adama âşığım, onu affetmemin imkânı yok. O kadar iyi biliyorum ki kendimi, affedersem hep kafamın bir yerinde o kız olacak. Hep ama hep, hiçbir zaman sorun bile olmayan kız şimdi benim ezeli düşmanım oldu. Bir de affettiğimde daha fazlasını yapar sorunu var ki, o daha kötü. Mesaj attığı zaman cevap vermemek için kendimi zor tutuyorum, aradığı zaman telefonu açıp hadi dön artık dememek için de. Ama yapamam bir defa önüme gelen herkese anlattım, yani gördüğüm, görmediğim, beş dakika yanına uğradıklarım bile eski orospu sevgilisinin adamın dedesinin ölümü üzerinden prim yaptığını biliyor. Dünyanın en büyük zevklerinden biri zaten erkek arkadaş hatasını kızlara anlatmak. Geri zekâlı değillerse adam ne yaparsa yapsın size hak veriyorlar, o zaman kendini bu ayrılığa daha hazır hissediyorsun. Bir de içten içten özlemlerini arkadaşların "oha artık bunu da yapmış olamaz ayı!" hakaretleriyle bastırmaya çalışıyor.

Bir de bizim şöyle kötü bir yanımız var ki, aynı evde yaşıyorduk. Ev sırf adamın eşyaları dolu, sağa dönüyorum oturduğu koltuğu görüyorum, sola dönüyorum izlediği televizyonu. Kıyafetlerinin hepsini çöpe attım, hepsini ama, ne var ne yoksa. Koltuk takımı, yatak odası takımı da ona ait ama onları çöpe atamam, o da ayı değil onları istemez. Gerçi isterse istesin, elim armut toplamıyor ya gider kendime en güzelinden alabilirim. En güzelinden olmasa bile İKEA'dan bir şeyler bulabilirim.

Ayrılık dönemimiz final haftasına denk geldiği için amı götü dağıtma durumum olmadı ama kendimi derslere de veremiyorum. Kızları bize topladım ders çalışalım ayağıyla sabahlara kadar onlara Ankaralı'yı anlatıyorum çok da sikimdelermiş gibi. Biz gene böyle ders çalışırken mesaj geldi Ankaralı'dan, eşyalarını almak için kapının önündeymiş. Kızlara dedim ki beş dakika içinde onu yollayacağım hiç merak etmeyin. Kapıyı bir açtım zil zurna sarhoş adam, alkol kokusu bile benim orada zehirlenmeme yeter o derece.

"Kıyafetlerini attım. Laptopun falan al şu çantanın içinde."

"Biraz konuşalım ne olur, bak yemin ederim ki o kızı ben çağırmadım."

"Hıı eminim öyledir, sapık ya o biri ölse de çocuğun evine gitsem diye tetikte bekliyordu."

"Hayır, ne alakası var dedemi de ailemi de tanıyordu."
"Şimdi bir de bana o orospuyu mu savunuyorsun?"

Sonrası baya ağır hakaretler, kavgalar hatta öyle ki apartmandakilerin uyarıları... Baya ağır bir kavga ettik diyebilirim. Adam uzlaşmaya varmak istedikçe ben daha çok küfür ediyorum, bir kadının asla etmemesi gereken küfürler ağzımdan lale bahçesi gibi çıkıyor. İçeride kızlar var, onların olmadığını bilsem saç baş dalacağım ama bu daha kötüye gidecek biliyorum. Ardından içeridekiler de artık dayanamadılar, kalkıp geldiler. "Hadi sen evine git, bu kızı rahat bırak" diye yolladılar çocuğu. Onu öyle görünce bir içim acıdı, bir üzüldüm. Yani böyle ne yapsa elinde kalan, en sevdiği oyuncağını mahallenin başka bebesi kapmış çocuk gibiydi. En son "Bu kadar mı nefret ediyorsun benden?" diye bağırıyordu.

Aslında nefret etmiyorum, hatta sinirim bile geçti ama affetmek o kadar ağır koyuyor ki bana. Affedersem kendimi aciz, zavallı ona muhtaç olan biri gibi hissedeceğimi biliyorum. Dünyadaki son kalan adam o değil, hayatımın başındayım, en önemlisi evlenmek için zaten çok erken, nasıl böyle bir gaza geldim bilmiyorum. Ailesini de sevmedim, gerçi sevecek bir pozisyonda da değildik. Kadının babası ölmüş oturup benle mi ilgilenecek? O yüzden böylesi daha iyi, hem daha ben neyim ki nereye ev kuruyorum?

Dedikten tam iki saat sonra; kızlar evlerine gitti, ben o evde yalnız kaldım. Az önce böylesi daha iyi olur diyen ben bu kez adam giderken akciğerimi koparmış gibi kendimi yerden yere atarak ağlamaya başladım. Sürekli olarak ise "Neden ben! Tanrımmm neden ben!" diye ağlıyordum. Bu da hep var ya yabancı film izlemenin sonuçları, bir defa acı çeken insan tanrım diye ağlamaz, ki ben hâlâ kimsenin olmadığı ağlamalarım da "Anneecimm ühühüh.. Ben kimseye bir şey yapmadımmm" diye ağlıyorum. Adamın suçu ne? Kız kalkmış gitmiş, çok ona meraklı olsaydı zaten onun peşinden giderdi, ne diye benle uğraşsın değil mi? O yüzden yapmam gerekeni yaptım, bu olayı "hadi gel barışalım" tadında değil de kavga dövüş moduna sokup sonra barışmaktan başka yapacağımız bir şey yok tadına çevirmeye karar verdim. Önce Ankaralı'yı aradım, "Bana o sürtüğün numarasını veriyorsun, kimse benim erkek arkadaşımın evine öyle elini kolunu sallayarak giremez. Haa sevgilim falan değilsin artık ama bu olayın aslını öğreneceğim" diye. O da on saat mırın kırın etti, yok bu saatte mi, yok bilmem ne diye. Ben tabii yine bütün çirkefliğimle "İkiniz bir oldunuz beni yok etmeye mi çalışıyorsunuz?" naraları atınca mecbur verdi telefonu. Yalnız ben de, sanki kurtuluş savaşındayız. İkisi bir olsa ne olur yani.

Hemen numarayı çevirdim, Dıııtt sesini duyunca ona ne söyleyeceğimi düşündüm, harbiden lan, kız oturup sevgilini seviyorum falan dese ne diyeceğim ki. Ki biliyorum kendimi, "Al canım ya senin olsun, zaten bana hiç yakışmıyordu" diyebilirim. Çocukken bile misafirliğe gelen çocuklara oyuncaklarımı verip gece yatakta usul usul ağlayan dangalak bir bebeydim. Telefonu açtı, karşımdaydı sesi. Orospunun yalnız sesi de güzelmiş. Sürekli aklımda acaba bu kızın neresine hayran oldu sorusu var. Ama kötü anlamda değil, meraktan Ankaralı neyi seviyor, nasıl seviyor, bununla nasıldı? Hep konuşuyorlar mıydı, çokça gülüyorlar mıydı? El ele tutuşurken gözlerini birbirilerinden ayırmıyorlar mıydı? Ne sözler verdi acaba buna, peşinde nasıl koştu, üzüldü mü hiç? Mutlu muydu bununla, seks nasıldı, benimle sarılıp uyuyamıyor ama bununla uyuyor muydu? Benden zeki miydi, ki benden güzel olduğunu biliyordum ama benden neşeli miydi, yoksa daha da psikopat mıydı? Acaba Ankaralı'yı bırakıp kıza mı hallensem, adam için bile bu kadar soruyu aynı anda hiç kafamdan geçirmemiştim.

Kendimi tanıttım, yalnız sanki kavga edecekmişim gibi atarla istedim telefonu ama konuşma tonumdan dantel oya örneği isteyecek gibi duruyordum. O da önce bir şaşırdı, sonra konuşmaya başladık. Ben cenazeye neden gittiğini, onun yaptığı bu düşüncesizlik yüzünden Ankaralı ile konuşmadığımı söyledim. O da hanımefendi gibi başladığı konuşmasına pavyondan emekli olmuş Leyla gibi devam etti.

"Bak canım, Ankaralı'nın ailesi benim ailem sayılır."

"Sayılır-dı."

"Neyse bazen ondan çok onun ailesini görüyordum. Ki vefat haberini bile annesi ağlaya ağlaya aradı anlattı bana. Dedesi benim için çok şeyler yapmıştı. Zaten bir erkek arkadaşım var, ki bu durum inan bana benim ilişkimde de zarar olarak geri döndü. Ama ne olursa olsun ben vazifemi yaptım, Hasan Amca'yı son yolculuğuna uğurladım. Ankaralı benim için sadece ve sadece nefret ettiğim bir isim olarak kaldı, kalmaya devam edecek."

"Hasta bir akrabası var mı sen şimdi listesini tutmuşsundur, sırada ölmek üzere olan varsa haber ver de en azından biz de hazırlıklı olalım."

Hasan Amca'sını son yolculuğuna uğurlamışmış, yalanını sikeyim ben senin. Ayrıca annesine ne demeli, evin içinde ben varken mi aradı kızı ne yaptı? Sonra aradım Ankaralı'yı bu muhabbetimizi biraz farklı bir şekilde anlattım. Daha doğrusu ağız birliği yapmışlarsa diyerek şüphelerimi sanki kız söylemiş gibi dedim. "Sen çağırmışsın onu" diye başladım muhabbete. Yalanladı, sinirlendi, kızın evini basacaktı, beraber gidelim yüzleşelim dedi. O kadar uğraşınca inandım ya da inanmak zorunda kaldım bilmiyorum.

Sonrasında etimi koparacak kadar acı çekeceğimi bilseydim sanırım inanmazdım...

Sevgiliyle yapılmaması gereken şeyler

Büyük ihtimalle bütün kadınlar bir erkekle aynı evde yaşamanın en kötü yanına işte pisliği, dağınıklığı diyeceklerdir. Ama benim için her sabah yatak toparlamak. Pezevenk hazretleri, o yatak toplanmadan okuluna gidemiyor. Hem çalışıyorum, hem okuyorum bir de eve gelip yatak topluyorum. Ama ne yemek yapıyorum ne de bulaşık, onların hepsi ona ait olduğu için şanslıyım. Gerçi hoş yemek yapma olayına o da hiç elini sürmüyor, başlarda bir hevesliydi de sonradan sürekli dışardan yemeye başladık. Onu da geçen gün pantolonumun içine sığmayınca fark ettim, üç kilo almışım.

Bu gidişe bir dur demek lazım, en baştan bunun kökünü kurutmak lazım diye artık evde yemek yemeye, dışarıda da sadece salataya abanmaya karar verdim. Bu arada ben üç kilo aldım ama Ankaralı sekiz kilo aldı, benden daha çok onun ihtiyacı var yani. Karşısına geçtim adeta bir diyet uzmanı, spor akademisi başkanı, hatta Ebru Şallı'nın uzaktan akrabası gibi konuşmaya başladım ve bir plan yaptım. Her sabah bir saat daha erken uyanıp yürüyüşe gidiyoruz, akşam ben olmadığım için çıkamıyoruz ama gece evde bazı hareketler yapıyoruz. TV karşısında yenilen cipsler, çerezler, pastalar, börekler hepsine elveda diyoruz. Artık sağlıklı yaşamaya başlıyoruz.

1. Gün

Sabah uyanamadım, o uyandı, kalkıp gidecek benden 200 gram daha fazla zayıflayacak diye onu da yollamadım. Kahvaltı yerine evde mısır gevreği yedik ama ben doymadım ondan gizli giderken poğaça aldım. Öğlen yemekhanede ne yemek varsa yedim, akşam ise bugün bir şey yemedik hadi ödül yapalım diye dadandık kebaba.

2. Gün

Ben yine kalkmıyordum ama adam beni sürükleyerek kaldırdı. Yolda kalp krizi geçirdiğime inandım ama geçirmiyormuşum. İlk üçüncü dakikada kimse öyle bir kriz geçirmezmiş. Simitçide çay simit yedim, o koşmaya devam etti.

3. Gün

Sabah yine kalktık, koşarken memelerim çok sallanıyor ve ağzıma ağzıma girip beni rahatsız ettiği için yürüyelim dedim. Tempolu şart dedi, temponu sikeyim dedim, o koşmaktan daha yorucuymuş. Yirmi dakika sonra aynı simitçide onun koşusunu bitirmesini bekledim.

4. Gün

Bu kez sabah uyanmadım, o kendi kendine gitti koştu. Gece de sabah koşuya çıkmadım diye bir daha beni çıkardı, biraz yürüdüm sonra canım profiterol istedi, bir yerde durup yedim. O onun yerine bir meyve yedi.

5. Gün
Sabah gitmemek için ağladım, o da bana acıdı, mısır gevreği beni hiç doyurmadı. Bence zaten onu yemeklerden önce falan yiyor olmalılar, keza karnın doymasının imkânı bile yok onda.

Hafta sonuna geldik, hadi kaç kilo verdik diye bakalım dedik, ben kendimi niyeyse vermişim gibi hissediyordum. Pratikte bir şey yapmıyor olsam bile teorisinden en az iki kilo gitti derken, iki kilo aldığımı fark ettim. Ankaralı ayısı ise dört kilo vermiş. Şu an ondan nefret ediyorum, elinde yediği yeşil elmadan da. İnşallah şişko bir ayı olur da onun benle dalga geçtiği gibi ben de onunla dalga geçerim. Umuyorum, işkembesi patlar. İnsan sevgilisine beddua eder mi hiç, insana zorla ettiriyorlar. Sen ayısın ya, senin neyine kilo vermek, öküz!

Karnımda kelebekler uçuyor sanıyordum meğer gazım varmış

Çocukken evlenmeye dair tek korkum, ya adamın yanında pırt yaparsam idi. Allah'a şükür bugüne kadar hiç ama hiç kendimi göstermedim. Gelir gelmez tuvalete gittim, dışardaysa öksürmekten ciğerlerimi çıkardım, koku duyduğum zaman "kanalizasyon mu patlamış" dedim. Ta ki geçen güne kadar, ders çalışıyorduk beraber ben böyle kitabı okumaya baya bir kaptırmıştım koltukta, bir an onun olduğunu unuttum. Sabah da hayvan gibi yumurtaya abanmıştım kitabı okurken gayriihtiyari kıçımı azıcık sağa doğru kaydırıp fıstt yaptım. Cidden fısst idi ama gerçek bir lady osuruğu şeklinde. Sonra onun odada olduğu aklıma geldi, Allah'tan sessiz oldu dedim kitaba devam etti. Bu arada osuruğumu anlatıyorum resmen, ben ne yapıyorum ya, ne iğrenç, pislik bir kızım. Okumak istemezsen anlarım bu arada, kırılmam darılmam merak etme.

Sonra bir daha geldi, bir öncekinin sessizliğinden cesaret alarak yine kıçımı kaydırdım ki Allah Allah bağırsağımın içinden bir trampet ordusu geçti, daradaradara öyle bir ses çıktı ki yok yani kıçım yırtıldı lan! Korku dolu gözlerle "İnşallah duymamıştır" diyerek kafamı ona doğru çevirdim ve o şaşkın gözlerini gördüm.

"Ohaaaa! Sen ne yaptın iç organların patladı sandım. Ciğerin çıktı içinden."
"Ben bir şey yapmadım ya koltuk şey oldu saçmalama."

Tabii ki inanmadı bu olaya, tam üç gün insanlara söylemekle tehdit etti beni. Bana yemek yaptırdı, bütün bulaşıkları bana yıkattı, stüdyoyu bana açtırdı, okulda ders notlarını onun yerine ben tuttum. İşkence gibi bir üç gündü, dünyanın en doğal, herkesin her zaman yaptığı şey benim utancım oldu. Tek umudum bir gün onun da yanımda yapıp bu olayı berabere skorlandırmaktı.

Derken bir gün okuldan eve doğru yürürken bir koku geldi burnuma, ara ara bu kokuyu duyuyordum zaten, çürümüş lahananın içinde bekletilmiş ölü fare gibi bir koku. Cidden yağmur sonrası şehrin yapısı yüzünden sanıyordum, dönüp belediyeye sayıp sayıştıracaktım ki suratında Melih Gökçek ifadesini gördüm. Ben bu ifadeyi bir yerden tanıyordum, etrafa kısa kısa bakışlar, bir taraftan gülümsemeye çalışan dudaklar, bakışlardaki nasıl da kandırdım geri zekâlıları, ya benden olduğu anlaşırsa cinlikle korku arasındaki panik, eli kolu nereye koyacağını bilememe ve yüksek sesle konuşarak olayı bastırma.

İşte şimdi boku yedin, artık senin kölen değilim Ankaralı! Beni daha fazla kullanamayacaksın, eşitlendik hürriyetimi geri aldım diye "O kokunun senden geldiğini biliyorum. Eve gidince yemek sana ait" dedim. Bir iki mırın kırın etti, "Bu olayı öyle bir efsaneleştirip anlatırım ki sen bile inanırsın, o yüzden kabul et ve bir daha hiç konusunu açmamak üzere kapat" dedim.

İşte bugünden sonra hiçbir şey aynı olmadı, bir defa daha yakaladım, bir kez bir kez daha derken sonra olay artık onun için çok olağan oldu. Adam nefes almak gibi yanımda zart zart gidiyordu. Ceset yemiş gibi kokuyordu ev resmen, kaç kez ağladığımı biliyorum sinirimden. Sarmaş dolaş yatıyoruz beraber, romantik kelimeler falan derken bunun götünden hop bir ses geliyor. Bir de öyle pişkin ki normal bir şekilde devam ediyor. Yapma dedikçe çocuk gibi daha fazlasını yapıyor. Gaz yapan yiyecekleri yedirmemek için uğraşıyorum ama yok adamın içinde bir bomba var. Nasıl bundan önce o kadar tutmuş anlamadım.

Bir de her seferinde "Ya başlarda sürekli odaya gitmekten yorulmuştum. Yanında o kadar rahatım ki" diyor. Canım ya, saygı diye bir şey var hani rahatlık bu olmasa gerek diyorum ama yok, adam ilişkimiz boyunca o götünü bir daha hiç tutmadı. Bu da bana çok iyi bir ders oldu, bir daha asla kimseye yanımda yapmasına izin vermedim. Tabii ben de yapmadım; kaçanlar hariç, onları da Allah affetsin artık.

Yalan söyleyeceksen en azından doğrusunu sen bile unut

İşten çıktım eve gelirken Ankaralı'ya sürpriz yapayım dedim, yiyecek bir şeyler aldım, şarap aldım, tatlı falan derken güzel bir akşam geçiririz diye düşündüm. Kapıyı anahtarla açtım, ayakkabılarımı çıkardım içeri doğru giriyordum ki bir çift bacak gördüm. Önce yanlış eve mi girdim diye baktım yok bizim ev burası, içeri bir hışımla girdim ve sutyen külotla masanın kenarında duran kızı gördüm.

İşte erkekler böyle domuzdu, böyle hayvanlardı, böyle götlerdi. Ben onun için bir şeyler yapayım derken adam eve kız atmış. Bizim yatağımızda yatmış, kız benim masama dokunuyor, külotla geziyor ya, benim eşyalarıma baka baka yapmış bu işi. Bu kızı nereden buldu, nasıl tavladı, eve nasıl getirdi, iş çıkışım olduğunu bile bile nasıl kaldılar, o kadar mı aşktan gözleri dönmüştü? Önce kızı mı dövsem, Ankaralı'yı mı öldürsem, ikisini de sandalyeye bağlayıp işkence mi etsem? Kafalarını birbirlerine vura vura mı gebertsem? Niye ikisini de yan yana koyuyorum ya, ayrı odalara götürüp birinin gözüne soktuğum mili diğerinin götünden çıkarabilirim. Suratlarına tuz ruhu atmak istiyorum. Ayy vizyonsuzluğumun da bu kadarı kezzap at bari geri zekâlı, ucuz diye tuz ruhunu düşünüyorum. Ne yapsam acaba şu an kıza nasıl saldırsam saldalyeyle üstüne mi yürüsem? Ankaralı nerede kesin yatakta yatıyordur, seks yapmışlardır bizimki uyumuştur tabii kız da bu yüzden gidememiştir. Üstelik kız küçük mü ne, Allah kahretsin seni Ankaralı, o sikini kesip Kızılay meydanına atmaz mıyım ben? Allahhhhhh!

Ama bedenim şoka girdiği için bir şey yapamıyor öyle çıplak kızın karşısında malak gibi kaldım, ağzımdan bir şey çıksa da gitsem dövsem diye kendimi bekliyorum resmen. Kız da korktu.

"Çok özür dilerim kimse yok sandım valizim salonda kalmış orada soyununca bu tarafa geçtim."

Valiz mi? Oha adam üstüme kuma getirmiş. Demek böyle oluyormuş adam bir anda başka kadını getiriyormuş. En azından bir gün önce falan haber ver ama değil mi, "sana kuma getireceğim yatak yapalım kıza" diye. Şimdi ayıp olacak, temizlik yapmıyorum diye mi getirdi lan? Ya ben ne diyorum hemen içime acılı Anadolu anası girdi yahu! Kadın programlarına katılan aldatılan eşlerin konuşmalarını yapıyorum. İkisini de öldüreceğim sanırım katil olmadan önce son saçmalamalarım oluyor bunlar da. Mahkemede önce kız bana saldırdı derim kendimi de iki üç yerden bıçaklayayım da bari az ceza alayım. Ya da ben niye kendimi ateşe atıyorum ki tutarım bir kiralık katil ikisini de çat çat öldürtürüm. Belki filmlerdeki gibi olur, katilim Leon gibi bir şey çıkar. Sonra onla beraber insan öldürme avına çıkarız, bira içeriz, kötü barlarda eğleniriz, sutyenimin içine silah saklarım, uyuşturucu kaçırırız, kötü, pis bir çift oluruz. Sonra da ikimizi vururlar, el ele kanlar içinde mutlu bir şekilde ölürüz. Bir saniye ama öncelikle şu karşımda duran sürtük için bir şeyler yapmalıyım.

"Sana söyleyemedi sanırım ama çok özür dilerim, hemen giyinip geliyorum."

"Neyi söyleyecekti yahu, ne biçim mideniz var sizin? Defol git üstünü falan giyme, bu şekilde çıkacaksın sokağa."

Kızı kolundan tuttuğum gibi dış kapıya doğru sürüklemeye başladım, bir şeyler diyor ama ne dediğini anlamıyorum bile. Gitsin sutyen külot dolansın sokaklarda, Ankaralı'nın da sikini taşağını kestim mi tamamdır.

"Abla valla billa yanlış anladın ben kuzeniyim."

"Ben bilirim kuzen muzen şeylerini."

"Yemin ederim kuzeniyim evden kaçtım valla billa bak, kimliğime bak. Salonda bırakınca valizi kimse yok diye koşarak gidip alacaktım. Ben daha 15 yaşındayım atma beni abla."

Şimdi ya kıza inanacağım, şu iğrenç durumdan sonra karşılıklı çay içip akraba muhabbeti yapacağız. (Onu nasıl yapacaksak?) Ya da inanmayacağım onu anadan doğma atacağım sokağa. Evet, kız küçük gösteriyor ama neden bizimki beni arayıp söylemedi ki. Kolunu bırakmadan Ankaralı'yı aradım, daha telefonu açar açmaz söyledi. "Amcamın kızı evden kaçmış geri zekâlı millet onu arıyordu, bana telefon açtı ben de bize gel dedim. Şimdi annesi babasıyla geliyoruz eve kızı almaya etrafta bir şeyler varsa toparlasana" dedi. Ben de sanki hiçbir şey olmamış gibi kıza sarıldım, "canımmm, demek kuzeni sensin, hadi git giyin gel" dedim.

Bunun da bu akraba manyaklığı beni sanki biraz zorlayacak gibi geldi, daha kaç gün oldu baksana hemen evden kaçan kuzenlerin toplaşma yeri gibi bir yer oldu. Annesi babası geldi kızın, biz de onlar baş başa konuşsunlar diye dışarı çıktık. Kızı kovmak üzere olduğumu, çıplak yakaladığımı falan hiç anlatmadım, nasılsa kız anlatacak kendimin yorulmasına gerek yok diye düşündüm. Kız da niye evden kaçtıysa mal mı ne? Gerçi öyle diyorum ama ben de bir gün evden kaçmıştım, hatta onun gibi aynı memlekette olan kuzenime gitmemiştim, Çeşme'de el âlemin yazlığının bahçesinde uyumuştum.

Lise birdeyim küçük halam niyeyse okuldan eve geldiğimde benle bir şey konuşacağını söyleyip mutfağa götürmüştü beni. Küçük halamda 26-27 yaşlarında bir şey.

"Okulundan aradılar bugün kavga etmişsin birileriyle."

"Ben etmedim ya sınıfta birileri etti herkes güme gitti. Ben o sırada bahçedeydim bile."

"Eğer bir daha okulundan ararlarsa seni yine annenin evine göndeririz. Oradan buraya geldiğinde nasıldın hatırlıyor musun, geri o eve dönmek istemiyorsan okuluna temiz temiz git gel."

"Babam bir daha yollamaz ki beni."

"O senin baban değil! Baban olsaydı kardeşlerin buradayken seni annenin evinde bırakmazdı. Neden önce seni yanına almadı diye hiç düşünmedin mi?"

"Sonra alacak diye bir de annem o diye..."

"Hayır canım, sen annenle baban evlenmeden önce doğdun, annenin eski nişanlısının çocuğusun sen, annen senle ortada kalınca baban acıdı evlendi. Boşanınca da seni hemen ona bıraktı. Sen bizim akrabamız değilsin, o yüzden akıllı ol, yoksa yine o eve gidersin."

Şimdi eşek kadar kızım yalan söylemiş olma ihtimali çok yüksek ama neden? Zaten asiyim, kendimi çılgın sanıyorum, her şey benim üzerime gelmiş gibi bu trajedi de neyin nesi? Bundan bir iki ay önce kardeşimi de kenara çekip çingeneler seni kapı önüne bıraktı demişti ama bana anlattığı hikâye sanki daha gerçekçiydi. Yani ayrıntılar falan, bir de annemle babamın evlenme hikâyeleri de çok karışık, her kafadan hep bir ses çıkıyor. Biri Yunanistan'da evlendiler diyor mesela, biri babam başkasıyla nişanlıyken annemle evlenmiş bir anda onu anlatıyor, biri annem hamile kalınca babamdan, anneannem de babam Rum değil diye evlenmelerine izin vermemiş. Annem de babama kaçmış, çocuk doğarken vefat etmiş, bizimkiler de ailesi affetsin diye katakulliyle, oyun bilmem ne ile çocuk var gibi davranmışlar. Sonra ben doğunca da onun kimliğini bana vermişler. Yani bu hikâye her seferinde değişiyor. Net olan bir şey annemin Rum olduğu için babamla evlenmesine izin vermemişler. Ama şimdi halam bana babamın başka birisi olduğunu söylüyor. Doğru da söylüyor olabilir, yoksa niye babam diğer kardeşlerimi alıp beni annemde bıraksın ki. En son artık okulumdaki hocalar devreye girip babamı aramasalardı yine de beni annemin evinden almayacaktı. Sevmiyor muydu acaba beni, niye sevsin ki çocuğu bile değilim. Ama diğerlerine davrandığı gibi davranıyordu sanki. Ya annemin evine bir daha beni yollarsa diye eşyalarımı bile toplamadan kardeşimin biriktirdiği parayı çalıp kaçtım.

Nereye gideceğimi bilmiyorum, nerede yatacağımı hiç bilmiyorum. Ama kendimce limonata yapar pazarlarda satarım diye düşünerek otogara gittim. Otobüs firmalarının önünde duruyorum hangi şehre gitsem diye ama bulamıyorum, sonra cebimde para yabancı bir şehirde kalmama izin vermez diye arkadaşımda kalmaya karar verdim. Ona da anlattım işte ben üveymişim falan, o da bir gaza geldi; müzik grubu kurup caddelerde şarkı söyleyerek para kazanabiliriz dedi. Allah işte hayatımız çok güzel olacaktı, Olimpos'a gideriz, her şey çok ucuz orada yatar kalkar şarkılar söyleriz dedik. Ama bir sorun vardı müzik aleti çalmayı bilmiyorduk. Bir de benim müzik kulağım bile yoktu. Sesim desen iğrenç, yok böyle bir korkunçluk. Olsun ama bir şekilde öğrenirdik. O gece orada uyudum, ertesi gün polise haber vermişlerdir diye okula gitmedim. Herkes yana yakıla beni arıyordur ama umurumda değil, orası benim evim değil, o insanlar benim akrabam bile değil. Ölüp ölüp dirilmişlerdir, oh olsun, benden bu sırrı saklamanın cezası bu olsun işte! Kızın annesine de akrabam öldüğü için herkes oraya gitti, evde korktum dedim. Ertesi gün oldu, artık kızı da ikna ettiğim için kaçabilirdik. Yanına azıcık bir şey aldı, annesinin ona doğum gününde taktığı altın küpelerini de cebine attı, çıktık yeni hayatımıza. Başımıza ne çılgınlıklar gelecekti kim bilir, nasıl güzel olacaktı her şey. Özgür olacaktık, grubumuz hatta çığ gibi büyüyecekti, İngilizce şarkı söyleyip dünyaya mı açılsaydık, acaba vizyonumuzu Olimpos'la tutmasa mıydık diye de düşünmedik değil tabii. Su alalım da otogara gidelim diye girdik bakkala, annemle babamı bir gördüm bakkalda sigara alıyordu, arkamı dönüp kaçacaktım ki döndü babam "Okuldan mı kızım, eksik bir şeyler var mı evde, onu da alalım" dedi. Şimdi bunu acaba ben korkup kaçmayayım diye mi polisler etrafta bekliyor diye mi yaptı acaba? Yoksa kız beni sattı mı, babamla konuşup sanki evden kaçıyormuş gibi yapıp beni teslim mi etti anlamadım. Babam sigarasını aldı, "hadi gidelim" dedi bana. Ben de kıza hoşça kal deyip tıpış tıpış evime döndüm.

Meğersem akşam beni görmeyince kardeşim arkadaşımı aramış, telefona da annesi çıkmış. "Bizde kalıyor merak etmeyin" demiş bu da bizimkilere söylemiş. Yani kimse evden kaçtığımı anlamamış bile. Yolda babama üvey evlat olup olmadığımı sordum. "Halanları bir daha o eve sokmayacağım, kardeşini bütün gece sabaha kadar ağlatmışlar, gerçek annen çingene diye. Sizin de aklınıza yani, eşek kadar kızlarsınız üç yaşında çocukların olaylarına inanıyorsunuz" dedi. O sırada ise aklımı çelen, beni mutlu eden üvey olmayışım değil, halamların bir daha bize gelmeyecek olması olmuştu.

Kıskançlık insanın kendine acı çektirme zevkidir

Gece vardiyasında çalıştığımdan sabah işten çıkıp direk okula geçtim. Gece de işe giderken mini etek giymiştim. Sınıfa girer girmez Ankaralı beni savurduğu gibi dışarı çıkardı, etraftaki insanlara çaktırmadan, ağzının içinden konuşarak:

"Bu ne her yerin açık!"
"Nerem açık yahu?"
"Bu şekilde derse falan giremezsin, eve gidip üstünü değiştir."

Hayatımda ilk defa kıyafetime karışılıyor, ilk baştan beri zaten giydiklerime kıl olma gibi bir durumu vardı. Laf sokmalar, o oraya yakışmaz diye çıkarttırmalar ama hiç bu kadar ileri gitmemişti. Mini diyorum ama bendeki bacağa da kimse bakmaz, Roberto Carlos bacaklıyım kassız ama kaslı gibi görüntüsü olan. Birazcık spora abansam Galatasaray'dan bana teklif gelir forvet için. Yani o yüzden bu kadar abartmaya bile gerek yok. Bir de hayatıma bu kadar karışması sanki benim aklım yokmuş gibi ne giyeceğimi bana söylemesi saçmalık ötesi. Başladım bütün bunlar benim hakkım diyerek, sonra bu da başladı.

"Madem öyle telefon rehberimde kimin durup durmaması gerektiğini ben de biliyorum. Üç-beş kızla konuşmam yasak ya hani, sen nasıl oluyor da bana karışıyorsun. Üstelik sadece kızlarla mı, hocalara bile karışıyorsun. Ulan yanıma dişi sinek bile gelemiyor senin korkundan. Madem öyle özgürlük istiyorsun, ben de istiyorum. Hadi giyin istediğini bakalım hayatımız nasıl olacak? Şu bana dün mesaj atan kıza cevap vereyim bari."

Ayy alnımdaki damara bak yine bir şey oldu. Ama bunun karşılığında bunu söylemesi de hiç hoş olmadı. Şimdi ne halin varsa gör diyeceğim ama bu kez de hırsından, inadından bokunu çıkaracak. O yüzden bu olaya bir yol bulmalıyız diyerek dersi bırakıp salak gibi eve gittik.

Beraber kurallar koyduk. Onun konuşmaması gereken insanlar, benim giymemem gereken kıyafetler diye. Dolabımdan hepsini tek tek çıkardı, istemediğini kıyafetleri çöp poşetine koydu. Ben de öyle avanak avanak izledim. Ama birazcık hile yaptım, o çöp poşetini atmaya kıyamadım ben de dolabımın en arka tarafına onları sakladım. Çünkü neredeyse her şeyimi atmıştı.

Derken aradan bir iki ay geçti, kıyafet yüzünden çok kavga etmeye başladık çünkü her geçen gün biraz daha fazla ileri gitti, en son "göz makyajı artık yapmayacaksın" olayına kadar vardırdı işi. Hatta kavgalarımızın tek nedeni bu oldu, her geçen gün abarttı, büyüttü, taviz verdikçe daha da beter oldu. Sonra bir gün eve geldiğimde salonun her tarafı parçalanmış kıyafet doluydu, gizli zula elbiselerimi bulmuş hepsini kırpık kırpık parçalamış.

İlk büyük kavgamızı o gün ettik, ondan önce sadece lafla birbirimizi kırarken bu kez tekme tokat girdik birbirimize. O kadar güçlüydü ki benim gücüm ona yetmedi. Onu tekmelerken suratıma vuruyordu, kaçarken saçlarımdan tutuyordu. En son artık yorulduğumuz için yerde yığılıp kaldık. Saçım başım darmadağınık, üzerindekiler yırtık, kafasına bardak attım her yer cam kırığı. Ev darmadağınık böyle, yüzü gözü çizik içinde birbirimize bakarak bekliyoruz. Ya bir daha dövüşeceğiz ya da ne yapacağımızı bilmiyorum. Neden dövüştük onu da bilmiyorum bana neden vurdu, ben neden ona böyle saldırdım. Her şey o kadar garip ki sevdiğin biriyle neden kavga edersin ki. Filmlerde bu sahnede sevişmemiz lazımdı aslında, iki kişi birbirinin suratına bakar ve sevişip olayı hallederler. Ama böyle olmadı, sinirim biraz geçmişti kitaplarımı odaya koymak için odaya girdim, arkamdan kapıyı kilitledi o dışarıda kaldı.

"Ben gelene kadar dışarı çıkmayacaksın"

Bunu dedi ve evden gitti. Odada öyle kaldım, bir yudum su yok bir şey yok. Önce kapıyı kırmaya çalıştım başaramadım, telefonum dışarıda sesleniyorum yok, bilmem kaçıncı kattayız dışarıya bağıramıyorum. Nasılsa gelir dedim, eşyaları valize yerleştirdim uyudum.

Uyandığımda dört beş saat geçmişti, geldi herhalde falan derken içeriye seslendim kimse yok. Gelmemiş bütün gece, tabii beni oraya kilitlemesinden önce hangi orospunun koynunda acaba diye düşünmedim değil maalesef. Bir de ona sinirlendim, ağlıyorum kendimi duvardan duvara atıyorum ama kimse yok evde. Nasıl bir psikopatla beraberim diye de kendimi sorguluyorum, kızıyorum her şeyine evet dediğim için. Sonra kapı açıldı, içeri girdi. Ben küfürler ede ede kapıyı açmasını istedim, kapıyı açtı yine saldıracaktım ona oradan da valizimi alıp gidecektim. Ama koltuğun üzerinde bir sürü alışveriş poşetini görünce bir sürü kıyafeti görünce bir şey yapamadım. "Gitme, kilitlemeseydim gidecektin, gitme" dedi. Allah'ım kızmam gereken şeyler neden hoşuma gidiyor, neden bu kadar saçmalığın içine bir parça duygusallık katıyorsun da beni böyle yapıyorsun?

Gitmedim, gidemedim hatta sarılmaktan öte bir zarar bile veremedim.

İçimden bir his
çok canımın yanacağını söylüyor

Dünyadaki en büyük heyecanlardan, bangee jumping'den, ejderhaların seni kovalamasından, İkinci Dünya Savaşı'ndan, hırsızlık yapmaktan, karanlıkta tuvalete gitmekten daha adrenalinli bir şey varsa o da sevgilinin telefonunu kurcalamaktır.

Günlerdir o telefon onun elinden bir türlü düşmüyor. Eline yapışmış bir şekilde öyle yaşıyor desem yeri. Yatıyoruz, tam uyumaya başlıyorum tıkır tıkır sesler arkamdan geliyor, bir dönüyorum onun yatağına doğru elinde telefon. Hayırdır diye bir celalleniyorum, oyun oynadığını söylüyor. Bir oyun uyku kaçırmaz, bir oyun o telefonu öyle ele yapıştırmaz. Onu ancak ve ancak bir orospu, bir vatan haini, bir kaltak, bir anasına babasına karşı gelmiş taşa dönüşmek üzere olan fahişe, bir uzun bacaklı şıllık yapabilir. Kesin beni aldatıyor, ya kız başka bir şehirde o yüzden mesajlaşıyorlar ya da ben işteyken falan görüşüyorlar. Bir şeyler dönüyor ama anlamıyorum. Bir de eskiden, tuvalete giderken telefonu masaya bırakıp gidiyordu. Ben de rahat rahat kurcalıyordum. Şimdi ise sıçarken bile elinde o telefon, bir şekilde bıraktığı zamanı bulmalı ve bunu halletmeliyim.

Gece onu uyutana kadar gözlerim fal taşı gibi oturdum bekledim. Uyudu, böyle uyuduğunu anlayabilmek için birkaç kez öksürdüm, biraz ittim ses vermedi. Çok güzel, şimdi yastığının altındaki telefonu güzelce alabilirdim. Yatağın diğer tarafına geçtim, nefes bile almadan elimi usulca yastığın altına koydum telefonunu aramaya başladım. Elime geldi telefonu aldım, kalbim heyecandan durdu duracak. Aldığımı anlayıp anlamadığını anlamak için biraz bekledim hiç kıpırdamadan. Uyansa "rüyanda sayıklıyordun" deyip ona sarılacağım o planım da hazır. Baktım uyanmıyor, koşarak tuvalete gittim, kapıyı kilitledim.

İşte telefon elimdeydi, sanki dünyanın sırrı ellerimin altındaydı. Onun sayesinde dünyanın hâkimi olacaktım adeta; öyle bir güç, korku ve endişe hissediyordum. Bir taraftan ya bir şey çıkarsa korkusu yaşıyordum. Gerçekten başka kızla mesajlaşıyor diyelim ne yapabilirdim ki? Ne yapacağım, uykudayken oturup o sikini keseceğim orospu çocuğunun. Ama bir taraftan da "Bırak PuCCa, o onun özeli, saçmalama lütfen" diyen bir iç sesim vardı. Sanırım bu iç sesim, toplumsal terbiyeden falan bahsediyordu. Hiçbir zaman ciddiye almadığım için orada da almadım, almayı da çok düşünmedim. Ne demek onun hayatı, sikerim ben onun hayatını, olur mu öyle şey? O beni aldatmaktan utanmıyorsa, o sürtüklerle bu telefonla konuşmaktan utanmıyorsa ben de onun telefonunu kurcalamaktan utanmam. Hem hani hayat müşterekti, hani her şeyi paylaşıyorduk, telefon olunca mı özeline giriyor, saçmalık. Sevgililerimizi telefonlarını kurcalamak bizim en büyük hakkımızdır, hatta bu konuyla ilgili bir yasa taslağı hazırlamak lazım. "Kızlar, erkeklerin telefonlarını dilediği zaman kurcalayacaktır. Buna izin vermeyenler, telefonlarını saklayanlar, kızanlar sekiz sene ağır hapis cezasına çarptırılacaktır. Ama kesinlikle kızların telefonları kurcalanmayacak, hiçbir şekilde üzerinde hak talep dahi edilemeyecektir." Bence cillop gibi bir yasa, umarım bir milletvekilinin aklına böyle bir şey gelir de hepimiz rahat ederiz.

Telefon elimde klozetin üzerinde öylece bekliyorum, korkuyorum bir taraftan da. Her an gelebilir, kapı kilitli ama valla kırar o kırana kadar da bir şey okuyamam. Açtım, içinde kim bilir neler göreceğim. Ya kıza "Canım PuCCa uyudu, birazdan yanına geliyorum. Ondan artık nefret ediyorum beni hiç anlamıyor, zaten günden güne kilo da alıyor. Allah aşkına görmedin mi PuCCa'yı at ağızlı bir kız, onunla kendini bir mi tutuyorsun, sen dünya güzelisin" türü şeyler yazıyorsa. Allah'ım ne olur öyle şeyler yazmamış olsun, en azından "benim sevgilim var, katır dişli mişli ama ona yakıştırıyorum ben sana ne" türü şeyler yazmış olsun. Kalbim yerinden çıkacak şekilde açtım telefonu, tuşuna bastım, geleceğim resmen şu an parmaklarımın arasındaydı. Ellerim titriyordu, hem görmek istemiyor hem de o telefonun en derin yerlerine kadar bakmak istiyordum. Işığı yandı ve karşıma drank diye gerçekler çıktı. Telefonuna kilit koymuş!

Bunu bana nasıl yapar ya, resmen telefonuna kilit koymuş. Yani bunun üzerine kurcalamama gerek bile yok zaten, o kilit neden koyulur, birileri kurcalamasın diye. Kilidin ne olduğunu biliyor muyum? Bilmiyorum, o zaman o kilit kime? Tabii ki bana. Allah senin belanı verir inşallah. Telefon kulağında patlar, bommm diye zarın paramparça olur. Bir daha ne bir kız sesi duyabilirsin, hatta bir saniye, bir parçası da gözüne girsin de telefonun, kör de ol. Bacaklarını kollarını zaten ben kırarım onda sorunumuz yok.

Fenerbahçe'nin kuruluş yılı, ıı ıh; doğum tarihi, ıı ıh; benim doğum tarihim, ıı ıh; Atatürk'ün doğum tarihi, ıı ıh. Ne yapsam olmadı, ne tuşlasam kabul etmedi. Sonra da telefon kendi kendini kilitledi. Tuvaletten çıktım, telefonu yanına koydum yatağa yattım. Bütün gece uykumda bir sürü sürtükle uğraştım, Ankaralı'yı dövdüm, ağladım, çıldırdım.

Sabah oldu, beraber kahvaltı için dışarı çıktık, bir şeyler yedik. Ama benim ağzımı bıçak açmıyor, konuşmuyorum. Konuşursam çok iyi biliyorum, durduk yere kavga edeceğiz ortada da kanıtım olmadığı için ben haksız çıkacağım. Ama sürekli dibindeyim, o telefonu açtığında hemen bakıyorum şifreye ne yazacak diye. Her açtığında bir şeyleri birleştirmeye çalışıyorum. En son yaptığım planlara göre, 2103 olması lazım. Akşama kadar günü zor ettim, heyecandan kalbim duracak. Hemen eve gidip onu yakalamak istiyorum, o telefonu kurcalayıp yaka paça evden atmak, onu sürüklemek, saçlarından yolmak, burun deliklerinden içeriye kızgın şişler sokmak, göbek deliğinden tırnaklarımı geçirip derisini yolmak, suratını tuz ruhuna batırıp üzerine kum fırlatmak, onu balkondan aşağıya atıp TIR'la, hatta vinçle, hatta ve hatta trenle üzerinden geçmek istiyorum.

Eve gittim, uyku falan derken geldik yine telefonu alma zamanıma. Sessiz ve usulca aldım o telefonu, yine tuvalete kendimi kilitleyip girdim şifreyi. Yanlış çıktı, birkaç kez de o rakamları değiştirdim ve bingo! Telefon açıldı. Kabak gibi önümdeydi artık, resmen ellerim titriyor, sanki senelerce sadece bu iş için uğraşmışım gibi hissediyorum. Ellerimin altında aldatılmamın belgesi var, onu minnacık avuçlarımın arasında tutuyorum. Her ne kadar bu telefon birazdan Ankaralı'nın götüne girecek olsa bile şu an bir nimet gibi.

Neden acaba bir kadın aldatıldığının farkına varabilmek için bu kadar uğraşır, yani bu garip bir zevk değil mi? Zaten o gözetlemeler, anlam çıkarmalar, olayları deşmeler sadece bu heyecanı yaşadığımız için değil mi? Yani biz ne yaparsak yapalım o adam bizi aldatıyor bunu öğrenince aptal yerine konmadığımızı mı düşünüyoruz acaba? Çünkü kurcalarken zaten kesin bir şey bulma umuduyla kurcalıyorsun. Ben daha adamın telefonunu kurcaladıktan sonra mutlu olan birini görmedim. Mutlaka içinde bir şey çıkacak, ya birinin numarası, ya bir mesaj, ya bir fotoğraf... ya da hiçbir şey!

Lan telefonu bomboş bunun, mesajlar kısmında bir şey yok, son aramalar silinmiş, arayan numaralar silinmiş, fotoğraf albümü sadece bizimkilerle dolu. Oha karşımda çok iyi bir aldatma uzmanı yaşıyor olmalı! Tam böyle içeri girip ağzına sıçacaktım ki "dı dı dıt dıt dıt dıdıdıtt" diye mesaj sesi geldi. Kalbim ağzımda, kalbim soluk borumun içinde, kalbim her yerde atıyor, işte aldatıldığım kız şu an karşımda duruyor.

Gönderen kısmında "AŞKIM" yazıyor. Hiii!!! Bir de aşkım yazmış ya, bir de aşkım yazmış bunu bana nasıl yapar! Mesajı açtım, "Küçük hanım telefonu getir, adam gibi uyu sonra da" yazmış. Önce anlamadım, sonra mesajın benden geldiğini fark ettim. Tuvaletten çıktım, elinde benim telefonum karşımda bekliyordu öyle. "Birinin telefonunu kurcalayacaksan sana tavsiye vereyim, önce uyumuş mu uyumamış mı diye iyice ama iyice kontrol et."

Geri zekâlı, bir gün elbet o açığını yakalayacağım senin! İşte o zaman böyle pişkin pişkin sırıtabilecek misin acaba?

Annemden kalma gelinliğe razıysan gel benimle

Her kızın düğün dernek için bir sürü hayali muhakkak olmuştur, benimki sanırım beklediğimden erken olacağı için şu an şaşkınım. Düğün, dernek, kına, nişan, elbise, prova, yüzükler, gelin bohçası, terlik, pijama... Bunlar ne haberim yok ama tek tek suratıma bir görevmişcesine vuruluyor adeta...

Ankaralı'nın ailesi baktı ki biz ciddiyiz oğlu benden vazgeçmeyecek bu evlilik işini oturtalım diye bizi yemeğe çağırdı. Yemeğe öyle zor gittim ki en son kapılarının önünde ağlıyordum, beyin kanaması geçiriyorum eve dönelim diye. Yemek umduğumdan daha rahat geçti çünkü tek kelime konuşmadık. Bildiğin konuşmadık, herkes yemek tabağındaki Brüksel lahanalarını dürtüyordu. Ayy bu arada söylemeden edemeyeceğim, oğlunun sevgilisi gelmiş be kadın, lahana ne, lahana ne? Allah aşkına bütün gece gaz yapayım diye mi yediriyorsun sen onu bana! Konuya devam edeyim, işte yemekte hiç konuşmadık sonra masayı kaldırdık. Hanımefendi geçen sefer kıçımı devirip yattığım için benden şikâyetçi olmuştu, bu kez önden önden götürdüm bütün çanak çömleği. Televizyon karşısına oturduk, öylece bizim oraya geliş amacımızın konusunu biri açsın diye bekliyoruz. Bu arada da gece vardiyasında çalışıyorum servis gece beni oradan alacak, bir taraftan da onu bekliyoruz. Baktım bunların açacağı yok, Yaprak Dökümü'nü izliyorlar öyle ağzı açık ayran budalası gibi. Bir de nefes almıyorlar, sıkıntıdan da patlıyorum, kumandayı alıp çat diye kapatarak, "Nee! Ferhunde yine orospuluk morospuluk yapacak, birinin kocasını çalacak, babaya inme inecek" demek istiyorum ama onun yerine ağzım kulaklarımda sırıtıyorum öylece. Ankaralı'yı dürtüp durunca o aldı kumandayı sesi kıstı döndü onlara "ee" dedi. Erkek çocuk olmanın işte böyle artıları var yemin ederim. Diyelim ki babamın evine gitmiş olsaydık, aynen bu pozisyonda ben o kumandayı alsaydım dönüp "ee" deseydim babam o kumandayı benim bir yerime monte etmişti kesin.

Annesi de oğlunun "e"sini beklermiş gibi bir hışımla kalktı. "Kaçak değilsiniz köçek değilsiniz, şu evlilik olayınıza biz de el atalım. Geleceğiniz umurunuzda değil belli ki ama bizim için düğün önemli. Düğün nerede olacak? Kına nerede? Nişanı İzmir'de mi yaparız, çift düğün mü? O eski pis ev mi yeni gelin evi mi olacak? Eşyalarınız var mı? Yatak odasını kız alırdı, aldın mı? Oğlanın çeyizlikleri nerede? Balayını düşündünüz mü?"

Söylediklerinin hiçbiri hakkında bir fikrim yok, çift düğün ne, düğün mü? Ben düğün falan istemiyorum, biz böyle iyiydik bir tek imza lazım bize diye düşünüyordum. Ama annesi sağ olsun her şeyi düşündüğü için tek tek saydı bana. Sonra da tuttu kolumdan beni yatak odalarına soktu. Arkasından da Ankaralı ve babası geldi, dolabı açtı ve bembeyaz bir şeyi çıkarıp yatağın üzerine koydu. Öylesine beyazdı ki muşambadan yapılmış gibi, ara ara boncuklar olan bu şey kadının gelinliğiydi. Oha ayı karı, oturmuş resmen plan yapmış iğrenç bir gelinlik alayım da gelinim falan olursa ona giydiririm diye. Eğer bunu düşünüp bunu almadıysa ne olayım, yoksa bir insan evladı evlenirken bu kadar korkunç bir elbise giyemez. Benim sinirden ellerim ayaklarım titrerken Ankaralı'nın gözleri dolmuş anneciğine sıkı sıkı sarılıyor. "Oyuna gelme aşkım, oyuna gelme sevgilim. Annenin senin ruhunu emmesine izin verme. Bu gelinlik giyilmez, bu gelinlik bile değil kefen! Kadın bana boncuklu kefen diktirmiş, yapma bunu bir tanem, annene sarılma, tuzunu emiyor senin yapma" demek istedim, kurtarmak istedim onu elinden ama yapamadım. Onun yerine elimde bir gelinlikle kaldım öyle. Kadın karşıma geçti, saçlarımı kulaklarımın arkasına attı.

"Bunu giymeni istiyorum. Sana çok yakışacak, hatta belki bu geleneğimiz bile olabilir, sen de çocuğuna giydirirsin."

Hıı ben psikopat bir anneyim zaten, kızıma en güzel gününde böyle iğrenç ötesi bir şey giydireceğim. Hiç denemeden, olmaz bana falan dedim. Kadın bu kez sağ omzumu hafif sıkarak tuttu. "48 kiloydum gelin olduğumda, sen de aynı kiloda olduğunu söyledin ya olur sana bu" dedi. Allah'ın manyağı, psikopat, sorunlu sapık, oturmuş kilomu düşünmüş günlerce. Bir defasında "Ben ilk evlendiğimde 48 kiloydum" demişti, ben de gevrek gevrek gülüp bütün anneler öyle sanırım demiştim. Onun intikamını alıyor sanırım benden. O hışımla aldım elime gelinliği çıktım odadan, Ankaralı'nın odasına girip o naftalin kokan iğrenç şeyi giymeye çalıştım.

Bu arada kadın cidden 48 kiloymuş, elbisenin içine girmek için öyle bir savaş verdim ki anlatamam. Hatta bir ara üzerimde parçalayayım mı diye düşündüm de sonra "götünün büyüklüğünden gelinliğimi parçaladı" edebiyatı yapmasın derdine düştüm. Bu arada gelinlikle de öyle güzel oldum ki anlatmamın imkânı yok, şahtım şahbaz oldum yemin ederim. İbrahim Tatlıses'in *Mutlu ol Yeter* klibinde olan vokalistlere benzedim, hatta gulyabaniye benzedim. Evet evet ya gulyabani olmuşum ben. Millet gelinliği giyer peri kızı falan olur bir de bana bak.

Dışarı çıktım, umudum insafa gelmeleriydi beni o çirkinlikte görünce ama gelmediler, bunun yerine bana bakıp bakıp duygulanarak birbirlerine sarıldılar. Çirkinliğim aile bağlarını güçlendirdi resmen. Ankaralı geldi yanıma, "Her şey çok güzel geçecek dedim sana" dedi, sonra pat telefon çaldı servis gelmiş iş için beni bekliyorlar. Paldır küldür giyindim, ayakkabılarımı geçiriyordum ki ayağıma, Ankaralı'nın hâlâ bana kereste gibi baktığını gördüm. "Ee hadii, geç kalacağım. Seni evin oraya atarız servisle" dedim, o ise o gece orada kalacağını söyledi. Mideme bir yumruk indi, ağır, sancılı bir yumruk...

Sonrasında ise bütün gece annesinin ve babasının Ankaralı'nın aklını çelebileceklerini düşündüm, onu zehirleyeceklerdi.

"Oğlum, görmedin mi götü dünyalar kadar, nasıl sığamadı elbisenin içine. Ayrıca bu kız yemek yapmayı bile bilmiyor. Bir kere bizi evine çağırmadı. Nasıl bakacak bu senin çocuklarına? Daha bunun yaşlılığı var, hem kanında Rumluk var bu kızın bizle asla ama asla olmaz sen de biliyorsun. Baksana sana bu kızı ayarlayayım mı, Keriman ablanın kızı bu, memeleri falan da çıktı, bak bak bak. Oğlum yemim diyorum ama seninkinin ağzı kokuyor, elleri de terliyor. Bir de biz yemekte nasıl az yedik, kız kıtlıktan çıkmış gibi yedi. Bu böyle olmaz, her gün nasıl yemek yetiştireceksin bu hayvana?"

Sevgilimin kafasını resmen yıkıyorlar, adım gibi eminim ya hatta uyurken bile kulağına fısıldayacaklardır onlar "PuC-Ca'dannn ayrıllll" diye. O da beyninin bir köşesine yer edinecek sonra sabah olunca "Sen benden daha iyilerine layıksın" diyecek. Allah kahretsin, planınızı sanki bilmiyorum!

İşten hemen aradım Ankaralı'yı, ağzını yaya yaya "Annem browni yapmış harika olmuş onu yiyordum. Sabah seni almaya gelirim, kahvaltıya gideriz" dedi. Annesi browni yapmışmış ne bilir anası onu yapmayı, ıslak kek yapmıştır bu salakta browni sanıyordur. Ahh her şeye inanan sevgilim benim, saf yürekli masum aşkım, annesinin onu zehirlemeye çalıştığını bile fark etmiyor. Kalbim daralıyor yemin ederim, sabah adamı bir daha bulamayacakmışım gibi geliyor.

Gerçi hoş, sabah bulsam ne olacak ki, o gelinliği giymemem gerektiğini söylemem lazım. Düğün istemediğimi söylemem lazım, bir de bohça ne ya, onu bir araştırmam lazım. Ama yine de ben bu gece o adamı o barbarların arasında bırakamam.

Aradım, komşuların beni aradığını söyledim, evde hırsız olabilir, koş git bak dedim. En azından uykusunda fısıldamalarını engelledim bu sayede.

Hep mi çalışmadığım yerden soru gelir?

Bir otobüsün arka tarafında üç kadın, ortalarında ben olmak üzere nişan alışverişi yapmaya gidiyoruz. Ankaralı'nın annesinin arabası da var oysa ama kadın onun yerine akrabalarıyla beni belediye otobüsüne sıkıştırmayı daha uygun gördü. Kadın dünyası çok garip bir dünya, onların arasında bir yandan kendimi öldürmek istiyorum bir taraftan da inanılmaz bir arzu ile özeniyor muyum neyim. O kadar bilmediğim ve asla sahip olamayacağım şeylerden bahsediyorlar ki, konuşmalar bana öylesine uzak ki. Havlu kenarları, fiskos masası, terbiyeli köfte, Çorapçı Halil. Ya bir insanın nasıl çorapçısı olabilir, çorap lan bu özel birinden almak garip değil mi? Neyse işte orta tarafta oturup otobüsün hiçbir yerinden tutunamayarak titreye titreye gidiyorum. Önce nişan olsun dediler ağlaya ağlaya yalvar yakar nişandan vazgeçirdim. Nişanlı, nişanlım, nişanlımla, nişanlımın yani cümlenin iticiliğine bakar mısın?

Madem evleniyoruz ön fragmana ne lüzum var? O yüzden direk evlilik alışverişini yapıyoruz. Bu alışverişte görevim ne inan bilmiyorum, ben neden buradayken Ankaralı götünü yayıp evde yatıyor ondan da haberim yok. Evleniyoruz diye bu akrabalarla samimi olmak zorunda mıyım, umarım düğünle beraber biter gider.

İç çamaşırcı mıdır, gecelikçi midir öyle bir yere girdik, "Sana gecelik almakla başlayalım" dediler. Bir saniye, neden geceliklerimi bunlarla seçiyorum ki ben? Bir de evde zaten var, kuyruğu yanlışlıkla kıçına girmiş köpek gibi koşarak buraya bunun için mi geldik yani? Bir gecelik çıkardılar bir kere acayip pahalı ve onu hayatta giymem. Yani Ankaralı'nın karşısına onla çıksam adam gülmekten kalp krizi geçirir. Göğüs kısmı dantel ve uzun bir gecelik. Yazın giymezsin yakar, kışın giymezsin soğuk tutar. Bir de boyum zaten 168, o uzun geceliğin içinde badi badi yürürken seksi meksi olmamın imkânı yok ki. O dantel tarafı da hayvan gibi kaşındırır, beğenmediğimi söylemek isterdim ama onun yerine hayatımı gecelik aramakla geçirmiş bir genç kız gibi hayatın anlamını bulmuşçasına coşku ve heyecanla saten geceliğe bakarak "evet, evet, evet binlerce kez evet" dedim.

"Hayır" diyememe sorunsalımın bir gün başıma kötü şeyler getireceğinden emindim ama ben daha farklı düşünüyordum. Yani ne bileyim işte bir gün Robbie Williams Türkiye'de gizli tatile gelir, Çeşme'de karşılaşırız, "Benimle Amerika'da yaşar mısın?" der, ben hayır diyemediğim için yanına giderim. Hiç aklıma çeyiz geceliği gelmemişti açıkçası, bu biraz garip oldu tabii. Ardından ayakkabı almaya gittik, neden kadınların bana maddi durumu yetersiz öğrenciymişim gibi davrandığını kestiremesem de bu da adettenmiş. İyi ama bu adetin de bir kısa yolu vardır, verirsin parasını bana, ben onu daha hayırlı bir işte kullanırım. Bir ayakkabı çıkardı adam, 59. yaş günümde giyersem giyerim o derece korkunç bir ayakkabı. Bir de dalga geçer gibi, "kotun altına da iyi durdu, bak ne güzel oldun" dediler. Ben tabii aynı sırıtmamla ayakkabıları sarmam bir oldu. Daha bu alışverişimiz makyaj malzemesinden, epilasyon setine kadar devam edecekti de ben bu işe bir dur dedim. İşim gücüm var, okulu ektim geldim ama işe gitmem lazım diye "siz alıp yollarsınız"a getirdim olayı.

Bir yerde yemek yemek için oturduk, kadınlar beni sorguya çekmeye başladı. Sorgulanacağımı biliyordum ama ilk gelecek olan sorunun bilmediğim yerden çıkacağını tahmin edememiştim.

"Annen vefat etmiş etmesine de hiç baban falan da mı yok senin burada bir başınasın?"

Birincisi annem ölmedi benim, sadece annemle ilgili hiçbir şey anlatmadığımdan Ankaralı sanırım ölmüş olduğunu düşündü. İkincisi tek başınasın dediği ulan hem öğrenciyim, hem çalışıyorum be kadın daha ne istiyorsun benden? Hayat desem hayatım yok, oğlun dışında gördüğüm bir tek adam suratı yok! Sanki kerhaneye düşmüşüm gibi burada bir başınasın ne demek?

"Ailenle ne zaman tanışacağız? Hiç mi demiyorlar bu kız kimle evleniyor, neyin nesi, hırlı mı hırsız mı diye?"

Babama daha evleneceğimi söylemedim, söylesem beni ıslak odunla döver, hele okul saatlerimde sizle saten gecelik almaya geldiğimi duysa halalarımı yollar saniyesinde buraya, diyemedim. Denmez zaten öyle bir şey, sahi ben babama ne zaman söyleyeceğim ki bunu? Bu sonradan düşünmem gereken problem gibi geliyor bana, şu an daha önemli işlerim var. Ağzımdan çıkacak herhangi bir kelimeyle beni linç edecek akrabalara bir şey söylemem lazım. Yalan söyleyemem, zaten annemi öldü biliyorlar, bir de oturup babam için ne desem ki. Babam beni defterden sildi mi desem acaba, evleniyorum diye evlatlıktan reddetti desem? Hem bu sayede babam hakkında kötü düşünmezler hem de benim ne kadar istikrarlı olduğumu görürler. Ama o zaman da biz yumuşadık baban da yumuşasın hadi sürpriz yapalım falan diyebilirler. Sonra evde olacak olan olayları düşünmek bile istemiyorum. Hasta desem ille geçmiş olsun diyecekler, Allah'ım aklıma bir şey koy hemen, rica ediyorum... Aç kurt gibi ağzımda çıkacak kelimeyle beni harcayacak bu kadınların karşısında beni küçük düşürmeyecek bir şeyler sok aklıma.

"Babam Almanya'da benim, orada çalışıyor. Babaannem var sadece o da çok hasta zaten bizimkiler gelecekler o zaman tanışırsınız."

Gerçekten yaratıcılığıma hayranım, Almanya'da olan bir baba kimsenin aklına gelmezdi (!) İleride tanıştıkları zaman ne diyeceğim acaba, "yaa babam meğersem İzmir'deymiş şaka yapmış bana" mı diyeceğim acaba? Neyse Allah'tan olayı atlattım, masadakiler Almancı akrabalarından bahsedip durdular da sorular kesildi. Benim bu olayı en acil şekliyle çözmem lazım, "baba işe alınmam için evlenmem lazım" yalanını mı uydursam ne yapsam?

Kalbim başka, aklım başka, kıçım başka oynuyor

Hiç bilmediğim bir denizin içerisinde yüzmeye çalışıyor gibiyim. Boğulmak üzereyim çok su yuttum ama yine de vazgeçmiyorum azimle kulaç atıyorum. Etrafım dantel örnekleri, tanışmadığım akrabalar, mobilya fiyatları, yemek tarifleri ve nasihatlerle dolu. Bir kişi daha bana evlilikle ilgili bir şey söylerse kusacağım sanırım. Allah'ım bir de bu çocuğun annesi babası üniversitede hoca, ona rağmen geleneklerinden kopmamışlar. Az kopsalarmış, azcık çocukları rahat bıraksak deselermiş ya ne varmış? Sabah okula gidiyorum, eve gelip uyumam gereken saatte Ankaralı'nın annesiyle çarşı pazar geziyorum. Gece işe gittiğimde ise iki sandalyeyi bir araya getirip üzerinde uyuyorum. Tek istediğim bir parça uyku, birazcık evde yatmak, ayaklarımı uzatıp kitap okumak.

Ankaralı dersen beni zerre anlamıyor, hatta duymuyor bile sanırım, görüşemiyoruz desem yeridir. Ailesi ile barışınca olaylar kapandı zannetti ama daha da beter oldu bana göre. Yani istediğim şey bu değildi benim. Ben sadece onu doğurdular diye neden bütün vaktimi sülalesiyle geçireyim ki? Bir de arkadaşlarım tarafından olan durum var ki bu daha beter, aslında arkadaşım kaldıysa...

Ellerimde ne işe yaramayacağını bir türlü anlamadığım yatak örtüsü, garip porselenler ve hiçbir zaman açıp kullanmayacağım kristal bardaklarla eve geldim. Birkaç saat sonra servis gelip beni işe götürecek ve ben bir gram uyku uyumadım. TIR şoförlerinin yolda uyumaması için içtiği ilaçlardan bugün tam tamına dört tane aldım ve midemi hissetmiyorum. Eşyaları içeri koyup bir saat bile olsa yatıp işe gitmek tek dileğimdi. Hatta keşke telefon açsalar bana "Kanalda bomba patladı üç gün tatil" deseler diye yalvar yakar dualar ettim ama kapıyı açtığım gibi dualarımın boyutu bedduaya döndü.

Ankaralı üç beş tane çapulcu arkadaşıyla beraber bizim evde oturmuş, bira içip birinin getirdiği PES'i oynuyor. Ev bok içinde, adama binlerce kez hatta yüz binlerce kez o siktiğimin izmaritlerini bardaklara doldurma diye bas bas bağırmama rağmen bütün bardaklar kül tablası görevini görmüş.

Bir de beni görünce pişmiş kelle gibi sırıtıp "karıcığım gelmişş" yaptı. Karıcığın seni öyle bir sikecek ki götünün yerini şaşıracaksın ağrıdan! Millete ayıp olmasın diye sesimi çıkarmadan içeri geçtim, üstümü çıkardım biraz yatağa uzandım, sonra bir ses geldi. "PuCCa dolapta bira var bize getirsene." Ölü taklidi yaptım, bir daha seslendi, bir daha ölmüş numarası yaptım, bir daha seslendi. Bu kez ne olur öleyim diye dualar ettim ama adamın inatla benden bira istemesi karşılığında onu öldürmem gerektiğini fark ettim. Ayağa kalktım, içeri gittim "Arkadaşlarını yollar mısın önemli bir şey konuşmam lazım" dedim. Çocuklar "tamam abla kalkıyoruz" falan yaptılar ama bizimkinin suratı beş karış asıldı. Gitti çocuklar, oturdum sakin sakin anlatmaya başladım.

"Bak, her günümü annenle sırf şu Allah'ın belası ev güzelleşsin ve sen mutlu ol diye geçiriyorum. Eğer hayat müşterek ise sen de bir şeyler yap, bir işin ucundan tut. Ne bileyim en azından bardaklara koyma pisliklerini."

"Haa yani ben çalışmıyorum, sen çalışıyorsun bu eve sen bakıyorsun."

"Öyle bir şey mi dedim ben?"

"Ne konuşmuştuk seninle? Hani öğrencilik hayatımızı da yaşayacaktık, hani sıradan mutsuz çiftlerden olmayacaktık? Bu ne şimdi karşımda 45 yaşında bir kadın duruyor sanki."

Servis geldi, cevap vermeme fırsat bile kalmadı çantamı aldım servise bindim. Kanala kadar biraz uyurum dedim ama kulaklarımın içinde sesi yankılanıyordu. "Öğrencilik, mutsuzluk, 45 yaş." Allah'ım ben nasıl bir batağın içine düştüm, adam dilediğince gençliğini yaşarken ben havlu kenarları arasında gidip geliyorum. Şu halime bak, yorgunluktan gözlerim ne halde! Evlilikten beklentim bu mu benim? Okul bitince her şey rahat olacaksa neden okulun bitmesini beklemedik böyle sikko sikko işlere girdik? Herkes haklı ama herkes, beni kıskanıyorlar diye düşündüğüm bütün insanlık haklı. Ben geri zekâlının tekiyim, ne umdum ki adamın bir mesleği bile yok, olacağı da kesin değil. Eğlenmiyoruz bile, birbirimizden ölesiye uzağız, uzaklaştık. Ailesi girince araya ben güvenilir ellerde oldum ona göre, arkasında zaten babası var her şey onun için kolay oldu. Ya benim için, daha ne istediğimi bile bilemiyorum. Sabah okul ve annesiyle gece işle devam edecek bir hayata hazır mıyım acaba? Bir de hadi sonu çok güzel olacak diyelim, değer mi şu senelerime diyorum. Sonra yüzü aklıma geliyor, bana sarılması, dokunması, kimsenin beni öyle seveceğine inanmıyorum. Son dediğin şey nedir bilmiyorum ama pes etmek için sanırım çok erken.

Anne demek ya da diyememek

Tek izin günümde Ankaralı'yla beraber ailesinin yanına gittik yemek yemeye. Ona her carladığımda bana "Hani öğrenciliğimizi yaşayacaktık?" diyen götlek, iş bana gelince "evlilik kutsal kurumdur"a geliyor. Artık çeyiz ve düğün namına bir şey duymak istemiyorum ama tek duyduğum şeyler maalesef bunlar. Yemek masasında oturuyoruz, Ankaralı kardeşiyle beraber kakara kikiri bir muhabbette sanki ben masada yokmuşum gibi. Annesi de sanki haftalardır beraber değilmişiz gibi bana aynı soruları bir daha bir daha soruyor. Elimden geldiğince dinlememeye çalışıyor ve ne derse "hımmm, evet, öyle mi, aa hiç bilmiyordum" gibi şeyler söylüyordum. Tam marulu ağzıma nasıl sığdırırım diye düşünürken annesi bir anda "Bana ne zaman anne demeye başlayacaksın?" dedi. Masadaki herkes sustu ve hepsi aynı anda benim suratıma baktı. O marulu ağzımdan çıkardım, bir öksürdüm duymamış gibi yaptım. "Efendim" dedim, bir daha tekrarladı. Şimdi hiç sevmediğim bir kadına anne demek biraz garip sanki, bir de ben adını bile kullanmıyordum onun, elimden geldiğince adı yokmuş gibi davranıyordum. Hayır, işin kötüsü ben nasıl bu kadından uzaklaşırım diye düşünürken bir anda annelik nereden çıktı?

Ama yine de bir cevap vermem lazım masadaki herkes suratıma bakıyor hatta televizyonda oynayan dizinin karakterleri bile sustu benim ağzımdan çıkacak olan kelimeyi bekliyor. Acaba aniden sağırlık geldi gibi mi davransam? Hâlâ bakıyorlar suratıma ağzımdan bir şey çıkması lazım, "hayır" demek istemiyorum. Desem çok ayıp olur, "evet anneciğim" desem çok yalaka olur, ne denir ki bu durumda? Kendimi dudaklarıma bıraktım söylenecekleri, onlar işini bilirler dedim.

"Marul çok lezzetli olmuş."

"Annem, kendisine ne zaman anne diyeceğini sordu az önce, bence de zamanı geldi sanki."

Ayy sana düştü ananın ne söylediğini bana yetiştirmek, anne falan demek istemiyorum. Bir eve gidelim o dilini buzluğa yapıştırıp apış arana oklavayla vurmaz mıyım senin geri zekâlı.

"Tabii ki derim demediğimi bile fark etmemişim."

"Genellikle 'pardon, bakar mısınız, ııı' diyorsun bana. Anne de artık, senin annenim ben."

Ağzımdan çıkardığım marulu yine ağzıma soktum. Tabii ki ona anne falan demeyeceğim, her zamanki gibi bakar mısınız derim. Yemek bitti sonunda biz de evimize gittik, arabada başladım ağzıma geleni saymaya bizimkine.

"Anneme anne de bıdı bıdı. Sana ne ya ben sana diyor muyum git ona bunu de şunu de diye, her şeye ne karışıyorsun yani?"

"Ya ne var bunda?"

"Anne falan demem ben."

Arabayı pat diye durdurdu.

"Ya kadın senin için çırpınıyor, günlerdir peşinde sürükleniyor. Kendini sevdirmek için daha ne yapsın sana? Sen ne biçim bir insansın ya, annen gibi gör beni diyen birine nasıl davranıyorsun? Ben sana bir şey diyeyim mi o sana kaynanalık yapmıyor ama sen yabanisin. Konuşmuyorsun, bön bön bakıyorsun. Kadın ne dese ters cevap veriyorsun, çıktığınızda bile off'layıp onları aşağılamaktan başka bir şey yapmıyormuşsun."

"Annen mi anlattı sana bunları? Bak işte yani bunu neden oğluna anlatsın ki."

"PuCCa, kadın senin onu sevmen için her şeyi yaptı ama sen nasıl kötü biriysen o yaptığı şeyleri hep olumsuz gördün."

"Ben mi kötü biriyim! İlk tanışmaya geldiğimiz gün eski sevgilini ben mi çağırdım ha?"

"Ya hâlâ aynı konu, dedem ölmüştü dedem!"

"Bir dahaki cenazenizde telefonunu beklerim o zaman annenden."

"O ne demek ya?"

"Ben de artık eski sevgilinim. Bak bak tek taşına iyi bak."

Aldım yüzüğü arabadan dışarı attım. Bu da hemen indi aşağıya yüzüğü buldu.

"Ya sen ne yapıyorsun? Annem seni seviyor diye mi benden ayrılacaksın? Kadın sana iyi davrandı diye mi? Yani bütün sorunlarımız bitti sevgi mi fazla geldi?"

"Ya seven falan yok beni, ayrıca sevmesin Allah aşkına beni sevmesin istemiyorum sevgisini, lanet olsun."

Arabayı kullanmaya başladı yüzüğü de verdi elime bütün yol boyunca anasına yaptığım işkenceleri anlattı. Ya kadın her gün arayıp Z raporu veriyormuş resmen. Belki gerçekten beni seviyor, belki bu işin normali bu, belki gerçekten de ben yabaniyim ama istemiyorum. Bu, bu kadar basit. Anne demek istemiyorum, samimi olmak istemiyorum. Eve gittik, kavgaya devam ettik öyle ki elime geçeni yerlere fırlatacak kadar kavga ettik. Sonra o yüzüğü aldım klozete attım, sifonu çekiyorum ama gitmek bilmedi sonunda sonsuzluğa karıştı.

"Bu iş bitti. Bundan sonra artık ne ananı ne seni istemiyorum. O gelinliği de sana giydirsin çok yakışır."

Sonra telefonum çaldı, kardeşim arıyordu. Birkaç şey söyledi önce anlamadım bir daha söyledi. Yüzüm sanırım bembeyaz oldu, Ankaralı ne oldu diye karşımda korkmaya başladı.

"Sanırım annem hastanedeymiş."

"Annen ölmemiş miydi?"

Beddua almamak için yaşamak gerekirmiş

Aldığım ilk uçak bileti ile İstanbul'a gittim, annemi yıllardır hiç görmemiştim. En son 9 yaşında artık yediğim dayaklar fazlalaşınca ve her yerim çürük içinde kalınca öğretmenler babam aramıştı, o da beni onun elinden almaya gelmişti.

O gün valizimle kapıdan çıkarken salonda tekli koltukta oturuyordu. Bacak bacak üstüne atmış yine yere doğru bakarak dalgın dalgın oturuyordu. O kadar dalmıştı ki sigarasının külü yarıya inmiş yere düşecekti ondan bile haberi yoktu. Valizi kapının oraya bıraktım, hoşça kal diyecektim baktım öyle ona. Orada olduğumu fark etmeyince "anne" dedim, bir irkildi baktı şöyle, hiç konuşmadı. Gidip öpmek istedim ama o kadar soğuktu ki sanki yapmasam daha iyi gibi duruyordu. Dışarıdan da korna sesi gelince, çıkmak zorunda kaldım. Hiçbir şey konuşmadan öyle boyum kadar valizi sürüklemeye çalıştım. Babam merdivenlerin oraya indi aldı elimden gittik. Arabaya yerleştirirken eve bir daha baktım. İçinde bir tane bile güzel anımın olmadığı ev, resmen lanetli gibi geliyordu. Sonra mutfak camına doğru bakınca annemi gördüm ya da ben öyle görmek istedim bilmiyorum ama ağlıyordu bana bakarak. Hiçbir zaman annemin beni sevdiğine inanmadım. Annemin kocası hariç kimseyi sevdiğine inanmamıştım ama orada onu bana bakarken görünce demek ki sevmiş diye düşündüm. Hatta o kadar üzüldüm ki onca dayağa onca şeye rağmen geri dönecektim, o kadar içim acımıştı... Şimdi nasıl biri oldu, ne yaptılar, yaşlandı mı acaba, çok mu kötü, ya ölürse ben oraya gitmeden, ya sadece onu o pencere önünde görmüşsem en son? İçimde sadece pişmanlık var sanırım, o pişmanlık neyin pişmanlığı onu bile bilmiyorum.

İndim kardeşim beni karşıladı. Onunla beraber hastaneye doğru gittik. Yolda tek kelime konuşmadık, tek kelime. Birbirimize nasılsın bile demedik. İkimiz de başka taraflara doğru bakıp çocukluğumuzu düşünüyorduk sanırım. Hastaneye geldik, dayımı aradı kardeşim. Bizi kapının önünden aldı bizi, ona neler olduğunu sorarken karşıdan annemi gördük. Yaşlanmış, hatta ne kadar kısa boyluymuş çocukken fark etmemişim. Yüzünde bir sürü lekeler oluşmuş, çok ama çok yorgun. Koşarak yanına mı gitsem, sarılsam mı, ne yapsam bilemedim. Kardeşimden bir hamle bekledim ona göre ben de adım atayım diye ama ikimiz de öyle kalmıştık. Biyolojik olarak annemiz ama aslında annelik adına hiçbir şey yapmamış bir kadındı. Yaşadığım kötü anıları hatırlamamak için çok uğraş vermiştim senelerce. O zamanlar onu hiç anlamaya çalışmamıştım ama şimdi karşımda böyle görünce hislerini öyle merak ediyordum ki.

Geldi yanımıza, gülümsedi öyle yarım ağız, sonra da ağlamaya başladı. Sarılmak istedim aslında ama öyle bir güç tutuyordu ki beni bir adım geri gitti ayaklarım. Yaklaşmak yerine uzaklaşmak istedim. Yüzündeki lekelerden anladığım kadarıyla hastaydı ama öyle apar topar oraya gelmemizi gerektirecek kadar değildi sanırım. Ağzının içinde kelimeler yuvarlanıyordu, konuşmaya başlıyor ama devamı bir türlü gelmiyordu sanki. Zorla konuşabildi nihayet.

"Kocam intihar etti, dün gece yaşamaz artık diye düşündüklerini görünce sizi aramasını istedim abimden."

Yine yine yine annem ve bencillikleri, çocukluğumdan beri hiç değişmemiş. Kocası ölürse yalnız kalırım diye düşündü sanırım, seneler seneler sonra aramak aklına geldi ve öyle ki bizim numaramız bile kadında olmadığı için dayıma arattırdı. Gözyaşları, karşımda bu duruşu o kadar yapmacık geliyordu ki kendime o kadar kızdım ki buraya kadar geldiğim için. Ne diyeceğini dinlemek bile istemedim. O psikopat, ruh hastası, hastaneye yatırılması gereken adam, bence dünyaya bir iyilik etmişti kendini öldürmeye çalışarak. Ama o kadar kötü bir insanmış ki canı yine çıkmamış orospu çocuğunun. Devamını dinlemek istemedim, dışarı çıktım taksi maksi bir şey gelsin de gidelim diye. Ardımdan dayım geldi, bir oturalım dedi, bir yerde oturduk.

"Bak kızgınsın biliyorum, biz de kızgınız. Senelerce anneni affetmedik bunu en iyi siz biliyorsunuz; babanızla evlenmesinden, şimdiki kocasına, size kadar. Ama artık kadının halini görüyorsun, o eskisi gibi değil. Senelerce kanserle mücadele etti, kimsesi yok tek dalı kocası o da bunu yaptı kendine. Yapma büyüklük sende kalsın, sadece iki dakika iyi davran sonra bir daha yine arama etme."

Demek yüzündeki lekelerin nedeni buymuş. İki dakika nasıl iyi davranabilirim bilmiyorum. Ne konuşacağımı hiç bilmiyorum, kardeşimle beraber yanımıza geldiler. Oturdular masaya, sigara çıkardı annem aynı bacak bacak üstüne atışı, dirseğini sandalyenin karşısına koyuşu ve yere doğru bakıp dalması hiç ama hiç değişmemişti. Sigaradan sonra alt dudağını ısırması sanki ağzında tütün kalmış gibi rahatsız ifadesi bile aynı kalmıştı. Makyajsızdı, bakımsızdı, üzerindekiler de kötüydü. Güzel miydi çirkin miydi bilmiyorum. Çocukken sadece bir keresinde işten eve gelirken pencereden onu izlemiştim. Sokağın başından dönmüştü, topuklu ayakkabıları vardı, bir de kalem eteği. Hiçbir tarafa bakmadan dümdüz sert adımlarla yürüyordu. O zaman ona hayranlıkla bakmıştım, ne kadar güzel demiştim. Şimdi ise yaşlanmış bir kadındı sadece, çok ama çok yorgun bir yüzü gözlerinin altında beyaz torbaları vardı. Hiçbir şey konuşmuyordu, dayım kardeşimi alıp arabadan bir şeyler almaya gitti, biz de onunla baş başa kaldık.

Ne konuşmam lazım hiç bilmiyordum, bir şey konuşmak zorunda mıyım onu da bilmiyorum. Ama o kadar çok merak ediyorum ki şu an düşüncelerini, hislerini. Döndü.

"Nasıl büyümüşsün, güzelleşmişsin, anneanne benziyorsun sanki, burnun ağzın. Neler yapıyorsun?"

"Hiç, üniversitedeyim, bir kanalda çalışıyorum, öyle işte."

"Astronot olacaktın, öyle derdin."

Bunu dedikten sonra boynuna sarılmak istedim, hatta saatlerce ağlamak istedim, hatırlıyordu! Konuştuğumuz şeyleri hatırlıyordu. Demek ki az da olsa beni sevmişti, seneler sonra ona anlattığım şeyi hatırlamıştı. Okuldan eve gelmiştim, ödevim ileride ne olacağımızla ilgiliydi. Annem yemek masasını hazırlıyordu, ben de o masanın kenarında ödevlerimi yapıyordum. Şöyle göz ucuyla ne yazıyorum diye baktı, Allah yazıyordu.

"O ne, neyin cevabı Allah? Küçücük çocuklara din dersi mi veriyorlar? Seni din derslerinden muaf tutacaklarını bilmiyorlar mı bunlar!"

"Büyünce ne olacaksın sorusunun cevabı o."

"Allah mı olmak istiyorsun?"

"Hı hı."

"Allah olamazsın, o bir meslek değil, senin burada olmanı sağlayan varlık."

"Meslek ama, insancılık oluyor bu."

"Yazma, sil onu. Allah ona minnet duyduğumuz varlıktır, tektir."

"O zaman gelin olacağım ben."

"O da bir meslek değil, gelin diye meslek mi olur? Doktor ol mesela sen de herkes gibi."

"O zaman astronot olurum."

"İyi bari onu ol ne yapalım."

Annem Müslüman değildi, ailesi değildi ama onun yanında yaşarken de dinimi kendim seçmem gerektiğini düşünürdü. O yüzden hiçbir şekilde din eğitimi vermemeyi düşünüyordu. Zaten bize karşı tek sorumlu davrandığı şey bu olmuştu sanırım, yani yanında dayaktan geberiyorduk resmen, sesini çıkarmazdı da Kuran kursuna gittik diye saçımı başımı yolardı.

Karşımda öyle oturuyordu. Onu tanımak istiyordum aslında mesela bu dine karşı katı kurallarının nedenini merak ediyordum. Siyasi görüşünü merak ediyordum. Oyunculuk okumuştu mesela ben doğmadan önce tiyatro sahnesine çıkıyordu. Bir sürü fotoğraflarını görmüştüm, hiç konuşmamıştık neden bırakmıştı, içinde uhde kalmış mıydı? İlk aşkı nasıldı? Yemek yapmayı ilk nasıl öğrendi? Annesi onu evlatlıktan reddettiğinde ne hissetmişti? Babamla kaçarken mutlu muydu? Ben doğduğum zaman ne yapmıştı, hamilelik zor muydu? Her şeyini merak ediyordum. Beni neden bir defa bile aramadı, o günlerde neden gözü kulağı tıkalıydı, neden o kadar şeye göz yumdu, neden bir kere olsun gece uyurken yanıma gelmedi, neden annelik yapmadı, her şeyi konuşmak istiyordum saatlerce; ağlayarak, gülerek, kızarak, içimdekileri dökerek.

Dayımlar geldi, yukardan çağırdıklarını söyledi annem de kalktı gitti. Evden bir şeyler getirilmesi gerekliymiş bizi de arabasına attı, hem konuşuruz hem de biraz rahatlayayım diye onların evine götürdü. O yollar, ağaçlar her şey ama her şey aynı gibi. Zamanında gözümde bu kadar lüks görünen yer aslında o kadar da güzel değilmiş, gerçi biraz eskimiş, evlere bakmamışlar. O evin yoluna girdiğimiz an yine çocuk oldum, yine o korkuyu hissettim. Bu evi unutmamın imkânı yoktu. Kâbuslarımda sürekli bu evin içerisindeydim ve hiç çıkamıyordum. Bahçe kurumuş, çürümüş, eski halinden eser bile kalmamış. Yan komşu sanırım taşınmış ev değişmiş çünkü. İçeri girebilecek miyim bilmiyorum, buna kalbim dayanır mı bilmiyorum. Kardeşim girmemeyi tercih etti mesela arabada bekliyor. Ama sanırım yüzleşmeliyim, belki bu sayede artık o kâbusları görmem. Dayım kapıyı açtı, içerisi leş gibi kokuyordu. Adımımı attım ama koku korkunç derecede kötü, yürüdüm biraz merdivenlerin orayı gördüm. O merdiven altında kaç kez dayak yiyip kitlenmiştim. *Tom Amca'nın Kulübesi* diye bir kitap vardı, onunla bir tane cep fenerini oraya saklamıştım bir daha cezalı olup kitlenirsem onu orada okuyayım diye. Hâlâ orada mı diye merak ettim aynı kitabı sekiz kere okumuştum orada. Kapıları değiştirmişler, marketlerdeki gibi geçince açılan kapı yapmışlar salona. Çirkinliği bir yana, neden bunu yapmışları sorgularken o kapı ikiye açıldı, odanın her yeri kan içindeydi. O kadar kötü kokuyordu ki bütün duvarlar kandı, yerler koltuklar her yer kan doluydu. Bakamadım da kalamadım da koşarak evden dışarı çıktım. Arabanın içine girmek istemedim, nedense Zodyaklı ile bu konuyu da konuşmak istemiyordum, o da istemiyordu. Dayım bir şeyler aldı, telefonla temizlikçi ayarladı ve bize hikâyeyi anlattı.

Adamın çok borcu harcı varmış, boğazına kadar batmış. Artık alacaklılar peşinde dolanıyormuş çok kötü işlere girmiş. Annem terk etmiş adamı iki üç ay önce dayımları üst katına taşınmış. Kendi ve köpeği ile yaşıyormuş. Sonra bir gün kocası mesaj atmış: "Çocukların da sen de hakkını helal et" diye, annem önce umursamamış. Sonra aynı mesajı bir başkasına daha atmış adam, o kişi polislere haber verince gelip almışlar bunu evden. İki bileğini de kesmiş, öyle bir damarı patlatmış ki her yere kan fışkırmış. İlk gün kesin ölecek gözüyle bakıyorlarmış, şimdi ise iki elini kullanamayacakmış sadece.

Çocukken bize verdiği cezalardan birisi ise yemek masasına bizi oturtturur, karşımızda yemek yerler ve biz tek lokma yiyemezdik. Buzdolabına izolabant yapıştırırdı, onu açtığım anlaşılırsa o gece de yemek vermezdi. Ellerimizi masanın üzerine koyarsak çatal batırırdı. O kadar kötüydü ki karşımda ağzını şapırdatarak yemek yemesini izlerdim. Ekmekle tabağı sıyırışını; o ekmeği bana vermesi için canımı bile verecek kadar aç olurdum. O zamanlar aklımdan geçen tek şey, "Allah iki elini kullanamaz hale getirsin seni, karşımda böyle kal" derdim. Hep ama öyle içten diliyordum ki bunu, elsiz bir şekilde tabaktan kafasını sokarak yediğini hayal ediyordum ancak öyle açlığım gidiyordu. Bedduam tutmuştu, adamın artık iki eli de yoktu. O ev, annem, olaylar bütün çocukluğumu tekrar yaşadım ve midem bulanıyordu.

Zodyaklı, "Beni bir yerde bırakır mısınız, ben gitmek istemiyorum. Zaten bir işe yarayacağımı da düşünmüyorum. Anneme geçmiş olsun dersiniz. Abla seni bir yerde beklerim istersen" dedi. Benim cesaret edemediklerimi o söyledi yani, ben de onunla beraber gideyim dedim. Bizi havaalanına ya da otogara götürür müsün dedim. O da önce bir ikna etmeye çalıştı baktı olmayacak götürdü bizi, ben de giderken "Onlara söyle ben hakkımı helal ettim" dedim. Bu acıyı da böylece sonsuza kadar kapattım.

Suratıma çarptığın doğrular jilet etkisi yarattı

Sanırım Ankaralı'nın annesine haksızlık yapıyorum. Yani kadın neticede bana bir zarar vermiyor ki ondan bu denli nefret etmemi hiç ama hiç anlamıyorum. Ona bir şans daha vermeye karar verdim, aslında bu kararımın nedeni daha çok otogarda beni karşılar karşılamaz parmağıma yeni yüzük takması oldu. O da amma yüzük takma meraklısıymış kardeşim, o pezevenk yüzünden zaten sonra bütün ilişkilerimde "tek taş almıyorsa beni sevmiyor" hissi oluştu bende.

Bugün nikâh için kan tahlili mi ne o var ya, onu yaptırmaya gittik. Daha doğrusu şöyle oldu, öncesinde bir şeyler yeriz diye anlaşmıştık, ben okuldan çıktım yanına gittim orada beni Ankaralı yerine annesi bekliyordu. Taksideyim, camdan bir baktım yemek yiyeceğimiz yerde kadın oturuyor, alnına elini dayamış öyle bekliyor beni. Kesin Ankaralı'nın başına bir şey geldi, sabah kahvaltı yaparken boğazına zeytin takıldı ve şu an hastanede, ya da yolda trafik kazası geçirdi, ya da kaçırdılar onu şu an mafyanın elinde ayak tırnaklarını koparıyorlar, aman Allah'ım kocamın ayak tırnakları olmayacak mı? Ya öyle olsa telefon açardı ama niye buraya kadar gelsin, acaba öldü mü lan? Ama o zaman da önünde yemek var yemezdi herhalde. Yaa biliyordum kesin gerçek annesinin kendisi olmadığını öğrendi. Babasının, zamanında başka birinden bir oğlu olmuştu, kadın ölünce bizimki tabii ortada kalmış. Babası bu nemrutla evlenince o da annesini bu kadın zannetmiş. Ohh çok şükür, artık bununla takılmak zorunda değilim, umuyorum Ankaralı sinirden köpürüyordur. "Annemi benden sakladınız" diye bunlarla küsmüştür ve asla ama asla konuşmayacaktır. Bu da şimdi oğlumu ikna et diye bana gelmiştir, bok ederim oğlunu ikna.

Taksiden indiğim gibi koşarak oraya gittim, ölmüş olma ihtimalini de göz önünde bulundurarak telaşlı ve biraz da korku dolu olduğumu belli ederek, "Ne oldu, bir şey mi oldu?" dedim. Sonrasında da keşke ölseymiş diyeceğim cevapla karşılaştım. Oğluşu hâlâ uyanmamış, bu da kıyamamış bir iki kere uyandırmış ama sonra bırakmış onu. Yalnız da kalmayayım diye kendisi gelmiş hem canı sıkılıyormuş iki lafın belini kıralım diye düşünmüş.

Şimdi kan man vereceğiz oğlun yerine sen mi vereceksin be kadın! Bir de uyandırmaya kıyamadım ne ola ki? Yani beni burada yalnız bırakmama isteğin düşüncen çok tatlı ama Allah aşkına telefon diye bir şey var, bir arayıp söylesenize. Bunu da diyemiyorum tabii kadına, karşısına geçtim, iştahım falan da kaçtı olayı hazmetmek için soda içtim.

Bu da işte ilk başta akraba dedikodularını yaptı yaptı yaptı ardından da derin bir nefes aldı. "Sana bunu nasıl söyleyeceğimi bilemedim" diye söze girdi, giriş anından zaten hayırlı bir şey olmayacağını anladım. Sustum ve dinledim...

"Bak güzelim, seni çok iyi anlıyorum. Baban Almanya'da işçi, annen vefat etmiş, kimin kimsen yok zorla bir sınav kazanmışsın geleceğinden korkuyorsun. Paran yok karşına oğlum gibi biri çıkınca sana piyango vurmuş gibi oldu tabii... Ama oğlum daha çok küçük, bizim paramızla da ikiniz nereye kadar yaşamayı umuyorsun? Oğlumun gençliğini yaşaması gerekli, kendini kurtarman için oğlumu feda edemeyeceğim. O sen kırılma diye bir şey söylemek istemiyor ama inan bana o da bu saçma sapan şeyi istemiyor. Son zamanlarda hep bizde kalıyor fark etmiyor musun? Aldığım eşyalar sende kalabilir, sana bir tavsiye bence yurda çık, ev kirası seni zorlamasın. Bir de bazı şeyler insanın hamurunda olmalı. Sana bu gelin olma hali o kadar büyük geliyor ve üzerinde eğreti duruyor ki gerçek yüzünü 200 metre uzaktan görebiliyorum. Sakın babasını arayıp sana destek olmasını bekleme, bu ailecek verdiğimiz bir karar oldu. O benim canım, karnımda taşıdığım evladım, onu tertemiz yetiştirdim ama bunun için değil."

Dedi, kalktı ve gitti. Söyleyecek binlerce kelimem vardı, bir kere babam Almanya'da işçi falan değil, adam bilgisayar mühendisi. İkincisi işçi olsa ne olur, kaldı ki işsiz olsa bile ne olur yani? Annem falan da ölmedi gayet yaşıyor kaldı ki öldü diyelim bu bir ayıp mı? Zorla sınavı falan da kazanmadım, gayet ilk girişimde şak diye tutturdum. Kendimi kimseye kakaladığım da yok, sadece ileride mesleğimde daha iyi biri olabilirim umuduyla öğrencilik standartlarının daha üstünde yaşayabilmek için, her ne olursa olsun babamdan para isterken utandığım için ve kendi tercihim olduğu için çalışıyorum.

Çalışmak zaten ayıp değil, üniversiteyi çalışmak için okuyorum, hepimiz onun için okuyoruz. Mezun olduğumda da şu an çalıştığım işi yapacaksam en azından baştan ilerlemenin bir zararının olmayacağını düşünüyorum. Üstelik kendimi birine yamanacak kadar vasıfsız da görmüyorum. Oğlunu çok seviyorum, Allah kahretsin ki ölesiye seviyorum ve bu raddeye gelmemizin tek nedeni bu.

Hiçbirini söyleyemedim, söylememin de bir anlamı yoktu. O da beni her anne gibi sevmemişti ve asla sevmeyecekti. Nasıl bir iticiliğim varsa sevmeye çalıştıkça belki de uzaklaştı. Büyük ihtimalle sorun benim davranışlarımdaydı. Çok yılışıktım belki de çok şımarıktım ya da hiç ev işi yapamıyorum diye, ne bilim yemek yapmayı bilmiyorum diye de olabilir. Çok çirkinim ya da torunlarının güzel bebekler olmasını istedi. Yanında hiç konuşmuyorum diye de olabilir soğuk bulmuştur beni, ikiyüzlü de olabilir... Ama yine de bunları bana neden söyleyerek benim canımı daha da acıttı ki? Ne dese yaptım, ne istese yerine getirdim, içimden binlerce kez küfür etsem de yüzüm bir an olsun asılmadı. Şu an gururlu bir şekilde taksiye binişini izliyorum, o zafer kazanmış edasını, camdan son kez suratıma tiksinir gibi bakışını.

O kadar gururlanmasına gerek yoktu ki, ben onun düşmanı bile olamazdım. Ne kadar nefret ediyorum desem de yanında her dolaştığımda bilmediğim bir sürü şeyi ondan öğreniyordum. Nefret ettiğim şey annemle yaşayamadığım her şeyi bununla suratıma vurulmasıydı, eksikliğini hissetmemdi... Keşke bana bunu yapmasaydı, şu masanın başında insanların ortasında beni ağlatacak kadar kimseye kötülük yapmadım ben. Allah kahretsin beni, Allah benim ölesiye belamı versin. Allah beni süründürsün ama bir daha bu şekilde ağlatmasın, bu lafları suratıma çarpmasın.

Bu da benim sana ayrılırken hediyem olsun

Eşyalarımı toplamaya gidecek kadar bile cesaretim yok. Ne yapmam gerektiğini bilmiyorum daha doğrusu, Ankaralı'yı gördüğüm zaman ne demem gerektiğini bilmiyorum, nasıl davranacağımı da. Ne düşünmeliyim onu hiç bilmiyorum. Kanaldan izin alıp biraz İzmir'e gideyim dedim, izin vermediler o yüzden kanaldan bir arkadaşımın evine geçici olarak yerleştim. Okula gitmiyorum, geceleri kanalda ağlayıp gündüzleri evde kendimi asıyorum.

Ankaralı yana yakıla her yerde beni arıyormuş, herkese soruyormuş. Eşyalarımı almaya giden arkadaşıma yalvarmış benimle görüşebilmek için. Kanala bir defa geldi içeri almadılar, telefonum hep ama hep kapalı, konuşmak istemiyorum. Kötü ayrılıkların en bok tarafı insanlara nedenini anlatamıyor oluşun. Sevilmemekten o kadar utanıyorum ki "annesi yüzünden" demeye dilim varmıyor. Her sorana aynı şeyi söylüyorum; "anlaşamıyorduk". Oysa ki anlaşıyorduk, çok seviyorduk üstelik, öyle ki çok korkuyorduk. Yüzüğü parmağımdan çıkaramadım, her şeyin nedeni bu lanet yüzük oldu zaten. Her şey o kadar güzel giderken neden her şeyin bir sonu olmalı mantığına büründük ki? En büyük hatamız sanırım bu oldu. Ya da benim hâlâ bu durumda bile iki kişiymişiz gibi düşünmem.

Sabah kanaldan çıkıp eve doğru gitmek için servislerin olduğu yere giderken, kaldırımda oturmuş halde onu gördüm. Ne kadardır orada hiç bilmiyorum ama çok yorgun gibi görünüyordu. Görmezden gelip gitsem mi, konuşmasam mı böyle böyle bitse mi acaba dedim. Bilse kırgın olduğumu, kızgınlığımı, bu işin dönüşünün asla olmayacağını... Ama bir tarafımda sarıl ona diyor, burada bekliyor işte seni herhangi biri değil diyor. Beni gördü, ayağa kalktı, ayaklarım da ona doğru gitti.

"O gün beklememişsin beni, ne oldu onu bari söyle. Tamam yine ayrıl benden ama nerede kalıyorsun, kimlesin, aç mısın, ne yersin bana onu söyle. Okula gelmedin, notları getirdim sana, yine ayrıl benden vallahi peşine düşersem orospu çocuğuyum, yine ayrıl. De, söyle suratını görmek istemiyorum de, karşına çıkarsam şerefsizim. Okula benim yüzümden mi gelmiyorsun, kalkar giderim bırakırım o siktiğimin yerini. Ama iyi olduğunu bileyim."

"Annen anlatmadı mı sana?"

"Konuşmuşsunuz, evlenmek istemediğini fark etmiş, sana nasihat mı ne vermiş. Evlenmeyelim tamam, bekleyelim. İstediğin buysa konusunu bir daha asla açmam."

Annesi tabii ki oğluna gelip sadece kendisinin konuştuğunu beni paramparça ettiğini anlatmayacaktı. Şeytan dedi, o anasının bir derse ihtiyacı var, oğlunu bir daha gösterme, kışkırt kavga ettirt, başlarda oldukları gibi bir kelime bile konuşmasınlar birbirleriyle. O zaman bakalım o çok değerli bulduğu aile hayatı ne olacak? Ama bir yanımda kadın haklı diyor, yani nereye kadar adamı ailesinden uzak tutabilirim ki. Bir de benim için değer mi böyle bir şeye, hadi şimdi özlediğinden böyle yapıyor, on gün sonra ne olacak peki? Parmağımdan çıkardım yüzüğü.

"Annen nasihat vermedi gerçekleri söyledi. Ben evlenmek için küçüğüm, sen de öylesin hem de daha hazır bile değiliz."

"Tamam evlenmeyelim ama evinde uyu, başka bir yerde kalma. Nasılsa önünde sonunda evleneceğiz öyle değil mi? Ne dedi sana inan bana bilmiyorum onun adına özür dileyeyim bir şeyler yapayım ne olur ama ne olur evine dön..."

"Orası benim evim değil."

Hiç arkama bakmadan servise bindim. Arkama bakmama sebebim biraz havalı görünmekti, hani arkamdan falan koşacak ya öyle düşünmüştüm. Arkamdan koşmayı bırak götünü bile kaldırmamış. Servis hareket edene kadar gelsin de alsın beni buradan diye bekledim ama nafile.

Yanlış zamanlarda yanlış mekânlarda bulunmak gibisi yok

Ankaralı'ya dönmeyeceğim belli oldu sanırım. Yani biz hep bir son yapmaya çalışmıştık olmadı başaramadık, dünyanın sonu değil ya. Yanında kaldığım kızı da daha fazla rahatsız etmek istemiyorum. O yüzden kendime bir ev arkadaşı arama olaylarına girsem iyi olacak. Okulun forum sitesine ilan verdim, bir saat içinde hemen biri yazınca işimi şansa bırakmadan ona doğru koşayım dedim. Şirin, tatlı, kendi halinde, üstelik İzmir'li bir kızın yanına taşınmak için kolları sıvadım.

Kız bıcır bıcır bir şey, sürekli gülüyor ve hep bir şeyler peşinde. Dedim tamam ya artık eğlenceli zamanlar beni bekliyor. Ta ki akşam olana kadar.

Yeni evimde ilk gecemi yaşıyorum, özgürüm artık. Ankaralı'nın annesini babasını çekmek zorunda değilim. Parmağımda saçma bir yüzük yok. Sürekli olarak "sen nişanlı kızsın düzgün giyin" muhabbetleri de beni ilgilendirmiyor artık. Acı çekmiyorum ya, annesinden kurtuluşum yoktu çünkü. O kadın hayatımızda hep var olacaktı, mantıklı düşününce bu hesap böyle bitsin dedim. Yeni ev arkadaşımla beraber cips aldık, bira aldık ve film izleyerek ilk günümüzü kutlamak istedik. Kapı çaldı sonrasında artık orası da benim evim olduğu için "ilk kapı açma olayımı yapayım" dedim. Ağzım kulaklarımda göğüslerimin üzerine düşen cipsleri toplarken açtım kapıyı. Orta yaşlı bir kadın karşımda ama kıpkırmızı kadın, yönetici mi ses mi gitti diye düşünürken kadın bir saldırdı bana. Saçlarımdan tuttu kapının dışına kadar sürükledi beni. Allah'ım ölüyorum dedim ya, bir sapık beni öldürüyor. İçeride kıza bağırıyorum, apartmandakilere bağırıyorum, saçlarımı bırakmıyor. Suratımı tırnaklıyor, kulaklarımı çekiyor, merdivenlerin oraya doğru sürüklemeye çalışıyor beni. Kadının elinden de kurtulamıyorum; tek yaptığım şey bağırmak, merdivenin oraya gelirsem beni atacak aşağıya. Sonunda apartmandan birileri duydu sesimi toplandılar. Kalabalık olunca bıraktı artık saçlarımı kulaklarım kan içinde kalmış, kafamın derisi uyuşmuş, yerler hep saçlarım dolu. Neden dayak yediğimi bilsem ben de saldıracağım ama öyle ani geldi ki ne olduğunu şaşırdım.

İnsanlara baka baka o kadar yüksek sesle çığlık seviyesinde hâlâ kulaklarımdadır o sesi. "Orospu bu üç çocuklu adamı ayartan orospu bu. Adam mı kalmadı, ne istedin kocamdan?"

Hassiktir, herkes bana bakıyor, hatta sanırım şimdi bir daha saldırsa alkışlayacaklar. "O orospu ben değilim" diyorum ama bir yandan da lan acaba ben miyim diye de şüpheye düşüyorum. Onca darbeden sonra beyin amcıklanması yaşadığım için tabii. Bu tam bana saldıracaktı ki ev arkadaşım araya girdi. O küçücük kız kadına bir saldırdı, "Tutsaydın adamı elinde, beni seviyor o, boşanacaksın ondan, çocuklarınla beraber siktir olup gideceksin köyüne" dedi. Kedi köpek gibi saldırdılar birbirlerine, polis geldi en son. Apartman yöneticisi beni çekti kenara, "Burada oturmanızı istemiyoruz" diye. Lan ben daha geleli iki saat bile olmadı, ayrıca orada kadınlar kavga ediyor sen ne diyorsun amca, bu da ayrı bir cins çıktı.

Yani anlayacağın kaldım öyle. O gece orada kalacak götü bulamadım kendimde, belli mi olur kadın akrabalarını toplar pompalıyla yerden bitme kızı vurmaya gelir. O tüfek de kesin bana denk gelir. Bir de kadının yüzündeki acıyı, çaresizliği, artık bu ev basmanın son umudu olduğunu gördüm. Çenesi titriyordu kocasından bahsederken, çocuklarımın babası o diyordu. Aldatılmak ne kadar kötü, ne kadar korkunç, sevilmemek soğuduğunu görmek. Allah kimseye yanındaki adamın uzaklaştığını gözlerinin önünde gerçekleştirmesin.

Kürkçü dükkânıma doğru geri döndüm ben de. Barışmak gibi bir niyetim yoktu ama en azından bugün huzurlu bir yerde uyumak istedim. Mesajla geleceğimi yazdım, bir saat sonra da gittim eve. Eve gittim ama hâlâ tripliyim, sana gelmedim derdindeyim. Odaya gidip üstümü değiştirecektim ki odanın bütün her yeri küçük küçük postitlerle dolu. Her yer ama odada boş alan yok. Hepsinde "Seviyorum, affet, ne olursun affet, artık her şey istediğin gibi olacak" yazıyordu. Yatağımın üzerinde mektuplar vardı yedi sekiz tane. Ben yokken yazdığı şeyler. Bir tanede gümüş bir yüzük vardı, bu ne dedim. "Büyük büyük sorumluluklar almaya gerek yok, biz de her öğrenci gibi gümüş yüzükle başlayalım yeniden her şeye" dedi. Bu adam beni seviyor ya, mutluluktan ağlamak bu demekmiş...

Hiçbir ilişki mükemmel değil, hep sorun var ama beni böyle seven bir adamı annesi beni sevmedi diye bırakmayacağım.

Şöhret benim göbek adım bebişim

Kalabalık bir toplum önünde konuşamama gibi bir durumum var. İnsanlar bana bakınca rahatsız oluyorum, göz kontağı kuramıyorum ama buna rağmen kanalda sunucu olma teklifini takla ata ata kabul ettim.

Çocuk programlarına geçtim kısa bir süreliğine. Orayı toparlayana kadar oradayım, her şeye sıfırdan başlıyoruz. Metin yazarıyım, sunucu falan aranıyor ama işte program başlamadığı için sunucu çekimleri için hep beraber orada oluyoruz. Cast için gelen kızları beğenmiyor yönetmen, kimisi de hayvan gibi para istiyor. Kimisinin piyasada adı iyi anılmıyor derken adam arkasını döndü, o sırada tam esniyordum beni gördü.

"Stajyer misin sen?"

"Yok metin yazarıyım bayadır buradayım haberdeydim."
"Geç bakalım şu tarafa."

İlk kamera deneyimim böylelikle başlamış oldu. "Ay ben utanırım yapamam" dedim ama sırf rolden; götüm kalktı lan keşfedildim diye. Adam da gayet sakinleştirdi, "Kimler kimler yapıyor merak etme, mimik yapa yapa konuş, şirin dur yeter" dedi. Eyvallah dedim ben de, şirinlik bizim vatani görevimiz.

Eve geldim, bir havalar bende bir havalar çocuk programı değil de sanki BBC ana haber spikeri oldum, ballandıra ballandıra anlatıyorum olayları.

"Arkasında duruyordum, döndü bir anda ama böyle sanki benim olduğum yerde ışık süzmesi varmış gibi gözleri kamaştı. İşte bu ya dedi, işte aradığım kişi bu. Şu yüz hatlarına baksana; biraz sıradan ama farklı duruyor, kızda star ışığı var. Beyaz benim arkadaşım onunla beraber ikiniz program yapmaya ne dersin dedi. Ya da boşver, o senin ışığının altında ezilir, komplekse girebilir. Önce çocuk programından başlayalım dedi. Kabul etmedim, o kadar yalvardı ki deneyelim demek zorunda kaldım."
"Kim lan o orospu çocuğu? Dönmüş bakmış sana, işte bu demiş. Pazardan portakal mı seçiyor, kim ver numarasını star ışığını ben ona bir göstereyim."

Ayı, gerçek bir ayı, su katılmamış ayı. Onca şey anlattım adamın anladığı yönetmen yavşaklığı olmuş. Off sanatımı kimse anlamayacak ne acı...

Ertesi gün oldu, işe uça uça gittim çekimler olacak diye. Geldim bir sürü çocuk var. Hepsini bir havuzun içine doldurmuşlar, hava desen esiyor tir tir titreye titreye bekliyor bebeler. Havuzun kenarına beni koydular elime de bir mikrofon verdiler yanıma da bir kukla, iki tane de kâğıt başladım olaya. Ben gayet güzel yapıyorum zannederken kulaklıktan bir ses geldi. "Bu geri zekâlı karı hangi kameraya bakacağını bilmiyor mu?" Lan o geri zekâlı ben miyim acaba ama imkânsız kamerayla ne işim olsun ki? Yaa sanırım benim, kameraya sadece sunucu bakar, tabii bana diyor. Bir afalladım devam etmeye çalıştım. "Arkadaki orospu çocuklarını sustursun şu kıza söyleyin biriniz." Sanırım bu da benim dedim, arkaya doğru döndüm. "Ama çocuklar sessiz olmazsanız oyuna başlayamayız" dememle kulaklığımdaki sesin gürlemesi aynı anda oldu. "Ona kim dedi, kimle konuşuyor bu geri zekâlı? Açısını bozmasın." Ya ama artık iki kere geri zekâlı dedi adam ayıp denilen bir şey var, yani bana mı diyor anlamıyorum zaten.

Havuz çekimleri bitti başka çekimlere geçtik. Yarışma olacak o havuzdan çocukları çıkardılar ıslak ıslak alana attılar, yavrum nasıl üşüyorlar nasıl anlatamam. Anaları babaları da kereste gibi izliyor, çocukları TV'de görünecek diye kolunu kopartmak zorundayız desen kabul edecekler. Bir de çocuklara öğlen yemeği yerine kek verince benim vicdanım artık gitti gitti bitti. Başladık. Birkaç kelime söyledim gülümsedim, "Şuna söyleyin gülmesin, ikinci kamera sen de çekme kızın suratını çok matahmış gibi." Ya bu adam sesin bana geldiğini bilmiyor mu acaba, bu biraz ayıp olmuyor mu? Ne yapayım, ağlayıp çıksam mı bağırsam mı ne yapsam?

Zor zar bir sürü geri zekâlı lafı yiye yiye bitti çekim. Daha doğrusu ben bitti sandım, adam geldi. "Şu havuz olayını bir de kızla yalnız çekelim" dedi. Üzerime giyecek mayom falan yok, bir de mayoyla sunamam ben dedim. Yapım asistanı bir beyinsiz var, Allah'ın malı. "Canım şey yapacağız o çekimi, sen bunlarla olacaksın yine kıyafetinle, altın zaten görünmüyor ya, üstüne can yeleği takarız çocuklara olduğu gibi. Hani her şey güvenlikli imajını korumamız lazım" dedi.

Ben de tamam diyerek giydim yeleği havuzun ortasında dikildim öyle yönetmenin gelmesini bekledim. 15-20 dakika sonra adam geldi, beni orada malak gibi görünce bir kahkaha atmaya başladı bir kahkaha attı, onunla beraber bütün set ekibi attı. "Kızım manyak mısın sana kim suya atla dedi" diye bir de beni haşladı. Allah belanızı versin sizin şizofren gerzek lan sen demedin mi yalnız çekilecek diye. Eve döndüm ve bu anıyı bir daha hatırlamamak üzere hafızamdan sildim.

Hayal mi gerçek mi?

Salondaki masada ders çalışıyorduk Ankaralı ile. Şirinlikler, karın okşamalar falan mutlu mesut bir şekilde duruyorduk ama böyle içimde kötü bir his var benim, anası kesin gelecek diye düşünüyorum. Başka kötü ne olabilir? Garip bir halsizlikte var ama yine de çok mutluyum. Mutfaktan kraker getirmek için ayağa kalktım, uyandığımda ara holdeydim etrafımda bir sürü kişi vardı. Nasıl oraya geldim, bu insanlar kim önce anlamadım bir şey sonra bir ıslaklığın içinde olduğumu fark ettim. Sanki bataklıktaymışım gibi kendime gelmeye çalıştıkça her şey daha da kararıyor gibi. Seslerin uğuldaması, yüzlerin netleşmesi ve bu ıslaklık hissi. Yavaş yavaş ayıldıkça etraftakilerin acil servis çalışanları olduğunu gördüm. Biraz daha doğruldum Ankaralı'yı gördüm. Kafasını ellerinin arasına koymuş ağlıyordu. Öldüm mü acaba diye düşünürken içeri annesi girdi. Aferin ya ölümümün üzerinden saatler geçmeden hemen ananı mı çağırdın bu eve? Ruhsar mı oldum acaba dedim, bir sevindim. Üzerimdekilere baktım aşağıya doğru da baktım o ıslaklığın nedenini anladım. Kafamı kaldırdım kadınla yüz yüze geldik, koşarak doğrultmaya çalıştı beni.

"İyisin çok normal bu sakin ol, nefes al."

Altıma işediğimi görmesin diye kapatmaya çalıştım, görevliler de elimi ayağımı tutuyordu. Ellerimi öyle sıkmışım ki parçalamışım. Boynum ağrıyor sanırım onu da sıktım ama altıma işemişim ya ben, annesi öyle bakıyor bana. Allah'ım keşke öldürseydin beni ya, bu duruma sokacağına keşke öldürseydin. Neden bana bunu reva gördün ki? Ayağa kalkmaya çalışıyorum ama imkanı yok. Kadın utandığımı görünce boynuma sarıldı.

"Hiçbir şey yok, hep olur bu. Bütün epilepsi nöbetlerinde görünür bu. Bak sinirini attın şimdi daha iyi olacak her şey, bütün kasılmaların geçiyor, her şeyi atıyorsun. Güzel yüzüne yazık ağlama hadi."

Hayatımda en nefret ettiğim insanların başında gelen bu kadın bana öyle iyi davranıyordu ki altıma işememe mi utanayım onun davranışlarına mı bilemedim. Hastaneye gittik beraber. Bir daha yapıldı bütün testler baştan sona kadar, bu kez teşhis konuldu, epilepsiydim. Bir sürü dikkatli olmam gereken şeyler söylendi, ilaçlar verildi. Geçen sefer teşhis yoktu ama bu kez kriz geçirirken sağlık görevlileri başımda olduğu için gayet rahat koymuşlar. Arabaya binmek üzere gittik annesiyle beraber, Ankaralı ise işlemleri yapıyordu daha hastanede. Kadın o kadar iyi davranıyordu ki bana diyecek laf bulamıyordum. O kadar utandım ki altıma işediğim için, o kadar yerin dibindeydim ki.

Çocukken trikotilomani hastasıydım. Saçlarımı tek tek yoluyordum yani, kafamın yarısı kel yarısı ise tüy tüy saçlıydı. Daha çok orta tarafımdan yolduğum için ön tarafıma perçemlerimi atardım. Bere takardım kelliklerim gözükmesin diye. Hocalar da bildiğinden ses çıkarmazdı. Yeşil kenarlı yün bir berem vardı. Onu yatarken bile çıkarmıyordum kafamın derisi gibi bir şey olmuştu saçlarım yerine onun üzerinde olan tüy yumaklarını yoluyordum. En arka sırada oturup güzel hayaller kurmayı seviyordum. Bir gün yolumu kaybedip mesela kendimi çikolata şehri diye bir yer bulduğumu düşünüyordum. Sezen Aksu'nun kızı olduğumu hayal ediyordum. Saçlarımın belime kadar uzadığının hayalini kuruyordum. O kadar gerçekçiydi ki o hayaller, dış dünyayla bağımı koparmamda sakınca olmuyordu.

Bir gün sırada yine böyle hayal kurarken çocuğun biri yere düşen kalemimi sırama koydu. Sonra da bana güldü yerine oturdu. Hayatımda ilk defa sanırım karşı cinsten biri bana yardım etmişti. Okuma yazma bile bilmiyorduk daha ilkokuldaydık ve biri benden hoşlanmış olabilir miydi acaba? Çocuk öyle dikkatimi çekti ki derste onu izlemeye başladım, aklımı ondan alamıyordum. Sürekli bana bakıyor mu acaba diye bakıyordum. Hayal kurmaya başlıyordum ama hep hayallerimde bir ses yankılanıyordu, "Çocuk sana bakıyor bak" diye. Tabii dönüp baktığımda çocuk falan bakmıyor oluyordu. Önlüğünün temizliğine imreniyordum, ağzında lolipop varken millete küfür edişi çok tatlı görünüyordu. Bazen kalem açmaya giderdi, arkasından gitsem mi diye düşünürdüm hiç cesaret edemezdim.

Bir gün beden dersinde oyun oynuyorlardı bunlar bir sürü kişiyle, ben kenarda izliyordum. Öğretmen "Hadi sen de katıl arkadaşlarına" deyince bir cesaret geldi bana, normalde hayatta oynayamazdım, ne oynadıklarını bile bilmiyordum. Ben kendi kendime oynamayı severdim. Kaldırımlara tebeşirle resim çizmeyi, ellerimdeki derileri koparmayı, kirpiklerimi yolmayı, bulutlara bakıp hayal kurmayı, güzel ailesi olan insanları, çizgi filmleri düşünürdüm. Bazen görünmez olduğuma inanırdım, bazen de sağır ve dilsiz. Öğretmen çağırınca oraya doğru gittim. Boş yere oturdum, karşıdan onu izlemeye başladım yine, burnunu oyması bile çok güzeldi. Yağ satarım bal satarım ustam ölmüş ben satarım oynuyorduk, sıra ona geldi. Mendili aldı etrafımızda dolanmaya başladı. O kadar güzeldi ki kurduğum hayaller gibi gökkuşağının üzerinde hızlı hızlı döndüğümü düşünürdüm ya da gece yıldızların üstünde zıpladığımı, ayda bir evim olduğunu... Aynen onlar gibiydi bu his, o kadar hızlı dönüyordu ki gerçekle hayal karışıyordu. Mutluluktan ağzım kulaklarıma varmış bir şekilde onu izliyordum. Kendimi sokak köpeği zannediyordum; böyle etrafımda benimle oynamak isteyen bir sahip vardı. Ellerim titriyordu çünkü bana bakıyordu her geçişinde. Kalbim duruyordu, arkadaşım olacaktı artık, garip ucube kız olmaktan kurtulacaktım. Herkes beni sevecekti ya baksana oyun oynuyorduk ve çocuk bana bakıyordu. Artık değişecektim, konuşacaktım, güzel bir bere aldıracaktım kendime. Artık ellerimdeki derileri tırnak makasıyla da kesmeyecektim hiçbir şey tutamaz hale gelmiştim. Artık hayal dünyamdan çıkacaktım çünkü ucube gibi görünmüyordum. Beni seviyorlardı, gülüyordum ya çocuk olduğumu hissediyordum. Yediğim dayakları, evi, üvey babamı kötü olan her şeyi unutuyordum. Güneş açıyordu, o dönüyordu.

Sonra bana doğru eğildi, ebe ben olacaktım buna hazırdım, doğruldum ama yine yine yine yanıldım! Orospu çocuğu kafamdaki bereyi aldı. "Yamalı eşek, yamalı eşek" diye fırlattı uzağa. Herkesin ortasında yarım yamalak kel saçlarımla kaldım. Az önce mutluluktan kendimi kaybetmişken şu an dudaklarım titriyordu. Başımı ellerimle kapamaya çalıştım, örtünmeye çalıştım, top böceği gibi yuvarlanmak istedim ama olmadı. Yamalı eşek diye o kadar çok dalga geçtiler ki benle, öğretmen sonunda onların elinden kurtardı beni.

Hayatım sonra da hep böyle oldu. Kime güvensem, artık değişiyor her şey desem daha da betona çakıldım. Aynen şu an olduğu gibi. Annesiyle beraber Ankaralı'yı beklerken ondan nasıl özür dileyeceğimi düşünüyordum. Sağ olsun hiç gerek kalmadı.

"Benim ablamda vardı, ondan biliyorum çok zor. Biraz da bu yüzden istememiştim. Oğlum sorumluluk alır mı bilemedim. Bak yine ilk aradığı kişi ben oldum. Bir de etrafında yaşayan insanları o kadar zorluyor ki bu hastalık, o daha çocuk baksana, nasıl böyle bir yükü kaldırsın? Ablamdan biliyorum, o da aynı şeyleri yaşasın istemem."

Evet, beni şaşırtsa zaten dişlerimi kıracağım sanırım. Bu denilir mi ya ne ayıp, daha ben hastalık ne onu bile bilmezken bana bu şekilde davranması... Bir dur çıkalım şu hastaneden be kadın, dur Allah aşkına bir dur. Bu kadar mı seviyorsun beni kahretmeyi anlamadım ki, ben sana ne yaptım? Ya evlenmiyoruz da işte geri zekâlı oğlunla, daha ne istiyorsun benden?

Güvensizlik karşındakinden çok sana zarar veriyor

Hem okul hem iş olunca öyle tatillerde evime gideyim, bayramlarda aile ziyareti yapayım gibi bir durumum olmadı. O yüzden babamı iki üç günlüğüne bize çağırdım. Tabii ki babam bir adamla aynı evde yaşadığımı bilmiyor. O yüzden Ankaralı'yı da anasının evine yolladım. Hem anası mutlu olsun biraz benle uğraşmaktan vazgeçsin hem de biraz Ankaralı'dan ben de biraz uzaklaşayım diye. Bütün erkek eşyalarının hepsini sakladım babamı misafir ettim. İlk başlarda her şey çok güzel gidiyordu Birkaç falso vermem hariç.

"Ben de bir kere diş macunu diye tıraş köpüğü sürmüştüm diş fırçama, ağzım ne biçim köpürmüştü."

"Tıraş köpüğü mü?"

"Şey ya bizim İzmir'deki evde yani."

"Çıkar çıkar o pijamayı atayım kirliye, başka getirmediysen ev erkek pijaması dolu."

"Erkek pijaması mı?"

"Yani büyük; bol bol almıştım zamanında."

Bunlar hariç her şey çok güzel. Babam hiç çakmadı durumu. Yalnız sorun olan başka bir şey vardı, Ankaralı'yı biraz serbest bırakınca bir pır pır oldu içi. Her gün sokaklarda, her gece dışarıda arkadaşları, bilmem neleri ile beraber. Babamla konuşamıyorum, adamla tam muhabbet etmeye başlıyoruz, bir mesaj atıyor. "Ben bizim çocuklarla biraz takılacağım." Nereye takılıyorsun, ne takılıyorsun, sizin çocuklar kim? Adam bana bir şeyler anlatıyor, benim elimde telefon, mesaj yazıyorum. Sabaha kadar tartışıyoruz mesajla, çıkmasını istemiyorum ya. Evet bu bir sapıklık, sağlam değil ama askılı giydiğim için kıyameti koparan adama istediğim her şeyi yapmam müstahak bence. Bir de yani bugünü mü buldu? Annem, annemin evi, babam da babam diye ölüyordu, orda kalmak yerine ne diye arkadaşlarıyla geziyor? Ayrıca arkadaş gezmesi ne be, mekânlara kazma gibi bir sürü erkek gidecek değil ya. Ben aynısını yapsam, yapmayı bırak konusunu bile açsam vayy vayy vayy acaba yaşıyor muydum merak ediyorum.

Babam artık benden sıkıldı, tabii ne yapsın bir şey söylüyor bana gözümü telefondan kaldırmıyorum. "Tamam baba" deyip dediğinin ne olduğunu bile duymuyorum. Gitti yattı adam, ben de hâlâ kavga etmeye devam ediyordum. Sonra telefonunu kapattı beyefendi, öyle rahatsız oldu yani. Gece yarısı piç gibi kaldım öyle, sinirden elim ayağım nasıl titriyor anlatamam sana. Yarım saat falan geçti, bizim kanaldan bir kızdan mesaj geldi. "Hu huu manitanı gördüm ama sen yoksun sanırım, buralardaysan üst tarafa baksana oradayım" yazmış. Allah'ın sevgili kulu değilim de neyim ben. Babamı uyandırmadan içeri girdim, sessizce üstüme öylesine bir şeyler giydim ve çaktırmadan dışarı çıktım.

Yolda sinirimden öyle köpürüyorum ki bir taraftan da ya ben geldiğimde gitmiş olursa diye korkuyorum. Yanındaki kızları dövsem mi acaba diye de kendi kendime düşünüyorum. Mekânın oraya geldim, içeri girdim. Başladım bunu aramaya. Üç erkek iki kız maganda gibi duruyorlar. O iki kız kim, hayatımda ilk kez görüyorum zaten mekâna yanında kız yoksa da almazlar bunları. Hiçbir şey demeden karşılarına geçtim, bunların bardağının içine bana verdiği yüzüğü attım ve çıktım.

Bu arkamdan çıktı hemen, aa böyle hiç sinirli değil. Bütün gün kavga etmemişiz sanki benim oraya gelip yüzüğü atmam dünyanın en normal olayı gibi:

"Ee baban, nasıl çıktın dışarı?"

"Ananın amı gibi çıktım dışarı. Hemen takmışsın yanına sürtükleri aferin."

"Ne sürtüğü be çocukların kız arkadaşları."

"Hayırdır sana getirmediler mi?"

"Bak parmağıma, eğer böyle bir şey için çıkmış olsam ne diye takayım?"

"Niye çıktın o zaman kazma gibi çiftlerin yanına?"

"Boğuldum evde."

Evde boğulmuşmuş, ya böyle o kadar sakin ki sinirden çıldırıyorum ben. Gelmiş bana sarılmaya çalışıyor hadi içeride eğlenelim bari diyor. Lan senin neyine eğlenmek sadece sağ elini aşağı yukarı yapıp dans ettiğini sanan bir ayısın. Ben sana yalvarırdım bir kere çıkalım, hadi ikimiz gidelim, doğum günü bilmem ne derdim. "Hayır"dan başka kelime kullanmazdı bana, şimdi iki üç gün yalnız kalınca gecelerin yargıcı oldu pezevenk. Bir taraftan bana böyle davranması da hoşuma gitti ama diğer taraftan acaba bir bok yedi de o yüzden mi diye düşünmedim değil. Keşke biraz ya, birazcık kıskançlık limitimi düşürebilsem, domuz eti mi yesem ne yapsam bilemedim ki, böyle hayat geçer mi? Sürekli adam kimi düdükleyecek diye panikle yaşıyorum. Bilinçaltıma girip bu güvensizliğimin nedenini sonsuza dek silmek istiyorum. Belki o zaman ikimiz ve diğer orospular daha mutlu olabilir.

O kadar bitmiştik ki gittiğini bile göremedim

İstanbul'da staj yapmak istediğimi nasıl söyleyeceğimi bilmiyorum Ankaralı'ya. Onun kesinlikle İstanbul gibi bir düşüncesi yok, çünkü o Ankara'da yönetmen olmak istiyor. Zaten çalıştığım için staj yapmama gerek yok aslında ama yine de İstanbul'a gitmeyi çok istiyorum. Ama bir taraftan da bunu Ankaralı ile yapmak istiyorum. Kendine daha staj yapacak yer bile bulamadı, üstelik bunu söylemek çok ayıp ama çok çok çok uzun zamandır evin kirasını ben ödüyorum, masrafları ben karşılıyorum. Bu beni artık zorlamaya başladı, çocuğun arabasına benzini bile ben alıyorum. Ailesi ile benim yüzümden konuşmuyor, kendine iş aramıyor. Yönetmen olmak istediği için herhangi bir kanalda çalışamazmış. Adama o istediğini olman için her alanı bilmen lazım diyorum ama anlatamıyorum. Ben de Ankara'da yaşamak istemiyorum. Sevemedim bir türlü burayı, bir de bu işin kaynağı oradayken benim ne işim var burada? O yüzden ona biraz cesaret vermek için onun adına İstanbul'a staj başvurusunda bulundum. Belki kabul edilirse bu korkaklığı da geçer diye düşündüm.

Evde kıyafetleri ütülüyordum, kapıyı anahtarla açtı, ayakkabılarını falan çıkarmadan yanıma doğru bir hışımla koştu, boğazımdan tutup beni duvara yapıştırdı.

"Sana mı düştü benim stajım? Ne diye başvurdun gidip, sana mı düştü benim işim?"

Eli boğazımda olduğu için tek kelime konuşamıyordum. Gözlerim kararıyordu, her yer karıncalanıyordu hatta uyuştuğumu hissediyordum. Bıraktı beni, yere yığıldım. Bu kez tekme atmaya başladı, karnım suratım neresi denk gelirse.

"Bana acımak sana mı düştü, sen kimsin lan kimsin?"

O kadar hızlı vuruyordu ki sanırım en son bayıldım ya da öyle bir şey oldu çünkü çoğu şeyi hatırlamıyorum. Kendime geldiğimde gitmişti, nasıl gitti hepsi siyah nokta hafızamda. Kollarım mosmordu, boynumda parmaklarının izi vardı, kalçam artık ezilmişti öyle vurmuştu ki ayakkabılarıyla. Kalkıp doktor raporu alarak onu bitirmek istedim. Karakola gidip anasını sikmek istedim ama bir taraftan da ya canı yanarsa diye düşünmek başka hiçbir şey yapamadım.

O gece eve gelmedi, aramamam lazımdı ama başına bir şey gelmesinden korktuğumdan aradım telefonu açmadı. En azından iyidir diye düşündüm. Ertesi gün de eve gelmedi, sadece bir mesaj attı bana: "Kendini benden o kadar üstün görüyorsun ki benim hayatımı düzeltmek için uğraşıyorsun."

Bu bir sidik yarışı mı? Biz sevgili değil miyiz, bir insan niye kendini sevgilisinden üstün görmeye çalışır ki? Dese ki sen bencilsin, İstanbul'a kendin gitmek istiyorsun beni de sürüklüyorsun tek kelime demeye hakkım yok. Ama şu durumda bu nasıl bir tavır? Sevgilisi onun yerine staj başvurusu yaptı diye kim kimi döver böylesine? Çok kızgınım ama çok üzülüyorum da ona, bize, bu hale geldiğimize...

Madem böyle düşünüyor, benim bu şehirde ne işim var? Önce işten ayrıldım. Ardından da eşyalarımı topladım, arkadaşımla beraber İstanbul'a gitmeye karar verdik. Staj için daha çok erkendi o yüzden yüz yüze konuşup orada hemen başlamayı düşünüyorduk. Baya bir referansım vardı: Montaj operatörlüğü, muhabirlik, editörlük, metin yazarlığı hepsinde uzun süre çalışmıştım. Hatta bir haberim yerel ödül bile almıştı. O yüzden kendimi az da olsa şanslı zannediyordum. Boğazımdaki izlere baktıkça aşk için burada kalacak kadar salak olamam diyordum.

İstanbul'a gittim, zorla, ağlaya ağlaya, yalvara yalvara kendimi bir büyük kanala attım. Arkadaşımla beraber devlet yurdunda kalmaya başladık. Bu arada Ankaralı'dan hiç ama hiç haber yok, bir aydır ne o beni arıyor ne ben onu. Yalakalık yapıp orada kalmak için sabah akşam çalışıyorum, tuvalette Ankaralı için ağlıyorum, çalışmaya devam ediyorum. Yatmadan önce arasam mı aramasam mı diye elim gidip gidip geliyor ama yok arayamıyorum, buna cesaret edemiyorum bir türlü.

Ben böyle arkadaşımla İstanbul'da durumuma alışmaya çalışırken, bir gün işten yurda dönüyorduk. Baya da geç saat böyle konuşa konuşa milletin dedikodusunu yapıyorduk karşıdan öyle büyük bir köpek geldi ki nefes alırsam bana saldıracak diye düşündüm. Sonra arkasından bir tane daha, bir tane daha derken resmen köpek çetesi oldu orası. Yanımdaki kız tir tir titriyor. Sokaktayız ya onların yanından geçeceğiz ya da gerisin geriye kaçacağız. Veyahut evlerden birisinin kapısını çalacağız. Evlerden birisinin kapısını çalmak daha mantıklı geldi, aynı şeyi kız da düşündü sandım, kıza "hadi" yaptım. Direk yan taraftaki eve doğru koştum kapıyı çaldım, arkama bir baktım köpekler nasıl hızlı koşuyor, havlaya havlaya hem de. "Ayy zor kurtardık kendimizi" dedim ama bunu kime dedim acaba? Yanımda kız yok, salak kaçacağız sanmış bir topukla gerisin geriye gitmiş. Kapı da açıldı, genç bir çocuk çıktı. Bu arada kızı da görüyorum bir yere sinmiş, köpekler de karşısında hâlâ ona hırlıyor. "Arkadaşımı kurtarır mısınız?" dedim, sanki çok normal bir şeymiş gibi, o sokakta oturdukları için onların görevi buymuş gibi. Çocuk da cengaver çıktı tabii, koşarak gitti kızın arkasından köpekleri kovaladı, bizi de yurda kadar bıraktı.

Gece o üst ranzada ben alt ranzada yatıyorduk.

"Neden beni bırakıp gittin?"
"Seni bırakmadım ya, kapı çalacağız sandım, sen de öyle düşündün zannettim."
"Hep böyle bir insan mısın sen, sana güvenen insanları zor durumda kaldığın zaman bırakır mısın?"
"Ne alaka ya, özür dilerim gerçekten aynı yere gideceğiz sandım."

"Yanlış anlama sakın ama bir şey demek istiyorum sana. Bak Ankaralı'yı kişisel olarak sevmem, yani o çocuğu sevmiyorum. O dandunluğunu, o kabadayı hareketlerini falan. Ama belli ki adam depresyonda, işin var gücün var, onun elinde okulu dışında başka şeyi yok. O seni böyle bir durumda terk etse nasıl olurdu? Sana bunu söylemek istemiyordum, kafan karışmasın kararından dönme diye ama Ankaralı bana her gün ama her gün mesaj atıyor. 'PuCCa bayıldı mı, bir şey oldu mu? Aç değil değil mi, aman aç kalmasın unutmasın. Spot ışıkları hastalığını azdırabilir...' Her gün hiç istisnasız. Ve tek düşündüğü şey iyi olup olmadığın. Ne kadar zaman oldu ama senin ona dair tek merak ettiğin; acaba birini buldu mu? Şikâyet ettiğin birçok şeyde haklı olabilirsin ama sen de suçlusun."

Ayy Ankaralı her gün bana mesaj atıyor deyince önce bana asılıyor falan diyecek sandım, kalbime iniyordu yemin ederim. Her gün ona mesaj atacağına bir kere bana mesaj atsaymış ya, bir de şu durumda ben suçsuz değilim. Ağzımı burnumu dağıttı adam ama anlatamıyorum ki kimseye. Birine dayak yedim desem, diyemem ölesiye utanırım. Onu bilse bana bu konuşmayı yapmazdı eminim. Bir de senin geri zekâlılığın köpekten düz yolda kaçılır mı, sanki ortada bıraktım, köpeklere onu yeyin dedim gibi bana trip atıyor geri zekâlı.

Bütün gece bu kez umudumla uyudum. Ertesi gün oldu Ankaralı'yı düşünmekten hiçbir bok yapamadım. Arasam mı aramasam mı diye telefonum hep elimde dolaştım. Sonra dayanamadım aradım.

"Napıyorsun?"
"Hiç, bıraktığın gibi. Sen?"

"Hiç, bıraktığın gibi."
"..."

Sessizlik, hiç konuşmadan geçirdiğimiz dakikalar sanki saat oldu, yıl oldu, ömür oldu. Nefesini duyuyordum.

"İyi o zaman, kapatayım, kendine iyi bak."
"Sen de... Dur, PuCCa kapattın mı?"
"Yok buradayım."
"Ben çok özledim seni."

Sonrası havai fişekler, planlar programlar her şey ama her şey çok güzel gitme yolunda konuşulan konular. Bütün gece sabaha kadar telefonda konuştuk, ben burada işime devam edecektim. Sınava girmiştik beraber, belki İstanbul çıkardı, onun sonucunu bekleyecekti. İkinci bir üniversite, bir de yine iletişim fakültesi aman uzak dursun benden. Nasıl olsa buradan daha büyük bir yerde çalışamam o yüzden o okusun, ben yine çalışmaya devam ederim. Beraber aynı şehirde aynı evde yine başlayacakmışız. Her hafta sonu burayı kazanana kadar yanıma gelecekmiş. Bu ilişki için her şeye değermiş. Bütün gece planlar yaptık, kendi kendime hayaller kurdum, mutlu oldum. Ağzım kulaklarımda uyandım. İşe giderken yolda ona "Günaydın, günün güzel geçsin" diye yazdım. O da karşılığında bana "Sabah bir daha düşündüm de mesafeli ilişki bize göre değil, bu kadar uzak olamayız" yazmış. Peki ben ne yaptım, servisten indim, yurda gittim eşyalarımı topladım ve Ankara'ya gittim. Çünkü geri zekâlıyım, adam beni istemediğini yazmış aslında bense "hadi kalk gel" anlamışım. Böyle malım, böyle salağım, böyle geri zekâlıyım.

Gözümün önünde büyüyordu kalp kırıklığım

Evimize geldim. Her şeye sil baştan başlarız umuduyla ama yanıldığımı söylememe gerek yok sanırım. Ev bok içinde, benden sonra annesiyle falan da barışmamış. Saçı sakalı birbirine girmiş, o düzenli tertipli çocuk gitmiş. Ev bildiğin kahve gibi olmuş. Her gün arkadaşları gelmiş, içmişler sıçmışlar, her yerde sigara izmaritleri. Her ne kadar bu ayrılık acısı çeken bir adamın tablosu gibi görünse de adam bildiğin benden sonra âlem üstüne âlem yapmış. En kötüsü evin kirasını ödememiş. Babamdan para aldım önce onu hallettim, evi iyice temizlettirdim. Sonra da oturdum kendime iş aramaya başladım. Bu arada kendimce de onla aynı sınava girip başka bir okul daha okurum diye düşünüyordum. Ben böyle diyordum ama bu arada her gün kavga ediyoruz, sabah akşam, öğle, her gün. Kavga etmediğimiz saniye yok, birbirimize artık güzel kelimeler söylemek yerine hakaret ediyorduk. Bazen tekme tokat giriyorduk, giriyorduk diyorum ama ben dayak yiyen taraf oluyordum. Ona daha bir şey olduğunu görmedim, suratında tırnak izlerim dışında.

Sonunda dünyanın en komik kanalında iş bulabildim. Şu ana kadar televizyonculukla ilgili öğrendiğim bütün her şeyi unuttum desem yeri. Haber bülteni yapıyoruz bir haberde elimde mikrofon insanlara bir şeyler soruyorum, hemen bir sonraki haberde ise "Canlı yayın kamerasına yakalanan inanılmaz kapkaç görüntüsü" olayında kapkaç mağduru kızım. Çok eğleniyorum o ayrı ama her şey düzensiz olduğu için de çok yoruluyorum. Bir tek izin günüm var onda da Ankaralı'nın evli bir arkadaşı varmış, bizi yemeğe çağırdılar. O kadar çok kavga ediyoruz ki insan arasına çift diye çıkmaya bazen Allah var çok utanıyorum. Çünkü çenemizin yayı hiç yok, eyvallahımız dersen o hiç ama hiç yok. Birbirimizi yemekten başka bir şey yapmıyoruz. Yine rezil olacağız ama yemekte sırıtıp "bizim ilişkimiz daha güzel" oyunu oynamak zorundayız.

Kız kapıyı açtı surat beş karış. Geçtik içeri oturduk ama masa falan dolu değil. Kız yatak odasında, adam mutfakta bir şeyler yapıyor. O kadar kötü bir durumdayız ki ya karısına geleceğimizi söylemedi ya da karısı bizi istemedi. Yoksa eve misafir gelince bir insan neden kendini yatak odasına kapatır ki? Ankaralı'ya 'gidelim hadi' dedim, bütün öküzlüğü ile suratıma aval aval bakarak "yemek yemedik ki" dedi. Bu erkeklerin ev içinde olan olayları anlamama gibi bir özellikleri var ya da hiçbir şeyi üstüne alınmama gibi. "Kız odasından çıkmıyor baksana kavga etmişler" diyorum, "İnsanları kendin gibi sanma, odasında işi vardır. Gelene gidene bizi rezil etmek bir tek senin yaptığın bir şey. Kız hazırlanıyor belli ki şimdi de takacak bir şey bulamadın bunlar üzerinden mi kavga çıkaracaksın" diyor.

Hoppala sanki kavga çıkarıyorum, suratımıza bile bakmaya tenezzül etmeyen ev sahibi var ortada yine ben suçlu oldum. Ya sabır dedim bekledim, kız odadan çıkmadı, adamcağıza da yardım diye bizimki kalktı beraber hazırladılar masayı. Sonra her şey hazır olunca hatun prenses gibi çıktı sandalyeye oturdu, yalnız hâlâ bizimle tek kelime konuşmuyor. Muhabbet açacağım ama ikisini de ilk kez görüyorum. Ankaralı ve adam bır bır konuşuyor da kadın yemin ederim kafasını kaldırıp suratıma bakmadı. Sonra Ankaralı geldi, kulağıma eğildi, "Yabani yabani duracağına konuşsana iki kelime" dedi. Gene ben suçlu oldum ya, ne diyeyim kıza, neden içeride saklandın mı diyeyim?

"Yemek çok güzel olmuş ellerine sağlık, ben yapmayı beceremiyorum çok denedim ama olmadı."
"Bunu ben yapmadım."
"Aa, ne güzel yemek yapan koca, ayy hadi darısı benim sevgilime."

Sonra sessizlik, ölüm sessizliği hatta. Herkes yemeğini bitirdi, tabakları kaldırmaya başladık, hanımefendi yine tek kelime etmeden odasına gitti. Sonra masayı kaldırdık, adam da onun arkasından odaya gitti, kaldık salonda tek başımıza.

"Sence de garip değil mi yarım saattir burada ikimizin oturması?"
"Onlar evliler, olur öyle, bir şey konuşuyorlardır."
"Misafir var evlerinde."

"Sen misafirin yanında kafama tabak attın benim, bunların yaptığına mı takıldın?"

Ay aman bu da el âlem delisi, millet ne yaparsa hayran, böyle ağzı açık ayran budalası gibi. El âlem göt yalayıcısı. Aynı şeyi ben yapsam yatak odası kapısını kırmıştı bile, şimdi de gayet normal diyor. Neresi normal bunun, kızın derdi bizimle mi değil mi anlamadık bile. Bir saat yalnız başımıza öyle oturduk, sonra adam geldi yanımıza hiçbir şey olmamış gibi oturdu.

"Bu aralar evliliğimizde sorunlar yaşıyoruz, çok özür dilerim onun adına. Bugün hep birlikte bir şeyler yaparız, belki düzeliriz diye düşünmüştüm ama yanıldım."

Gerçekten gıpta edilecek çift diye bizi de getirmen de çok mantıklıymış. Ya da keşke başında söyleseydin ya ona göre davranırdık herhalde. Biz kalkalım dedik kalktık.

Arabada susuyordum, sonra dayanamadım.

"Beni el âlemin evine götürüyorsun, adamlar boşanmak üzere söylesene baştan. Hem ben ilişki uzmanı mıyım bana ne, ne bok yerlerse yesinler. Bana mı sordular evlenirken, ben mi dedim çiftleşin diye? Bir gecemin içine sıçtın. Benim senin gibi bütün gün yattığım bir olayım yok. Tek izin günüm var, onu da bu saçmalıklara harcadım. Yemek bile bok gibiydi, bundan sonra o geri zekâlı arkadaşlarından bir tanesini bile görmek istemiyorum. Sen git kimin ilişkisini düzeltiyorsan düzelt."

Arabayı durdurdu, derin nefes almaya başladı sonra da direksiyonu yumruklayarak bana bağırdı.

"Yeter, yeter sadece beni aşağılıyorsun. Arkadaşlarım sünepe evet Allah kahretsin ki onlara yardımcı olabiliriz dedim, evet bütün gün yatıyorum sen çalışıyorsun bunu her seferinde suratıma vurmasana."

"İstesen sen de çalışırsın yönetmen olacağım diye götünü yırtmasan."

"İstemiyorum ben anladın mı istemiyorum. Ben seviyorum böyle senin altında ezilmeyi, her yerde bana bu işkenceyi etmeni. Sus artık ne olur sus, konuşma gecen zehir olduysa devamı için bir şey yap, bir kere ya bir kere sen beni mutlu etsene. Bir defacık alttan alsan, yanımda olduğunu belli etsen, yalnız hissetmesem kendimi."

"Yalnız hissetmek ki? Arkadaşım kalmadı ya benim, uyku uyumaya bile vaktim yok neredeyse, her gün eve gelip pisliklerini temizliyorum. Yalnızlıktan mı bahsediyorsun sen bana? Sen beni neyde mutlu ettin ki ne zaman sana ihtiyacım olsa o anneni yanıma attın. Kadın benden nefret ettiğini Resmi Gazeteye verdiği ilanla duyurdu yahu."

"Ölüyorum, bitiyorum görmüyorsun, ben tükeniyorum sen beni ezdikçe eziyorsun. Yapma bunu. Birazcık seviyorsan yapma bunu, azıcık varsa içinde bir şey yapma. Alttan al, sus, bir süre beni kendimle bırak yalvarıyorum sana..."

Sanırım haklıydı, yönetmen olma sevdası yüzünden evde oturmasını hazmedemiyordum. Sanki benim kariyer planım yok, sanki ben o kanalda bu işi yapmak istiyormuşum gibi... Kimse mezun olunca yönetmen olmaz ki, senin etin ne budun ne, bu özgüvenin kaynağı ne yani. Çok üstüne gittim, kavga ederken hep ağzımdan onu kıracak laflar çıktı biliyorum ama artık ben de kaldıramıyorum. Yine de onu hayatımdan bile kendimden bile daha çok seviyordum, o yüzden insanlık için küçük, benim için büyük bir adım atarak Ankaralı ne derse alttan almaya, ulu orta kavga edeceğimiz zaman özür dilemeye ve ona karşılık vermemeye karar verdim. Çünkü bir süre sonra ortada kavga nedenimiz kalmayacak. Zaten o kadar gereksiz şeyler büyüyor ki en azından ilişkimiz biraz daha toparlanacak bana göre.

Gecenin yarısı işten geldim, yine aynı koltukta iki seksen bir şekilde yatıyor. Her taraf bira şişesi, bir insanın gündüz bu kadar çok bira içmesini anlayamıyorum. Tek lokma yemek yememiş su bile içmemiş sadece bira... Yattığı yerin etrafına saçtığı pislikleri toplamaya çalıştım ama imkânsız tabii her yer sigara izmariti. Baktım yapamayacağım ve sinirimden konuşmamak için odaya gittim, pijamaları giydim ve yatağa yattım. Ardımdan bağırdı, "Bugün beni ezmeyecek misin, nasıl bir pislik olduğumu söylemeyecek misin?" diye. Hiçbir şey demedim sadece uyudum.

Sabah oldu, yanıma gelip yatmamış tabii orada yine sızmış. Etrafı biraz toparladım, uyandı. "Bugün bizim çocuklarla içebilirim belki çıkarım" dedi. Normalde bu laf üzerinden öyle bir kavga çıkarırdım ki, sanki her gün farklı bir şey yapıyor gibi bugün de o geri zekâlı arkadaşlarıyla içmeye gidecek. "Anahtarını almayı unutma" dedim ve işe gittim.

Ardından bütün gün mesaj atmadı bana, ben de ona atmadım. Gece eve geldim, benden önce gelmiş yine salonda uyuyordu. Hiç sesimi çıkarmadan odaya geçip uyudum. Bir hafta falan onu görmezden gelmek benim için de iyi oldu. Ondan soğuduğumu fark ettim, kavga etmek dışında meğerse yaptığımız hiçbir şey yokmuş. Geçen gün yanına oturayım dedim, ne izliyorsa ona katılmak için. Program bitene kadar ikimizin de ağzından tek kelime çıkmadı. Öyle garip bir haldeymişiz meğer kavgalardan fark etmemişim. O nasıl aslında acınacak şekildeymiş. Onun yerine kendimi koydum, ona sinirlendim, üzüldüm sanırım daha da iyi anladım. Bazen ilişki çıkmaza girdiğinde tek yapman gereken şey sessizlikmiş. Bu bana çok iyi geldi artık kendi sesimi duyuyordum, ne istediğimi daha iyi biliyordum.

Ankaralı'yı ölesiye seviyordum, şu olanlara rağmen o kadar çok seviyordum ki onunla eski günlerdeki gibi olmak için çırpınmaya karar verdim. Bu halimizin geçici olduğunu, gelecek sene istediği okula başlayınca her şeyin düzeleceğini düşündüm. Hatta suçun büyüğü bendeydi, yani o bunalımdaydı ve ben daha çok onun üstüne gittim. Onu daha çok boğdum belki de. O yüzden mesaj attım. "Bugün akşam yemeğe çıkalım mı, konuşmamız lazım bence :)" dedim. Ona onu anladığımı anlatacaktım, neler yapmalıyız diyecektim, çok çalıştığım için ona zaman ayıramıyordum ama bunu yoluna sokabiliriz diyecektim.

Diyemedim, onun yerine ben montaj odasında muhabirle beraber bir haberin montajını yaparken kapıyı açtı. Sandalyemi bir kuvvetle geri itti, beni havaya kaldırıp duvar kenarına attı. Yanımdaki muhabir çocuk karışmaya çalıştı, ona da vurdu. Ağzından da sadece "Kim o orospu çocuğu, bununla mı yatıyorsun ha? Kimle yatıyorsun?" diye sesler yükseliyordu.

Beni fırlattığı duvarın kenarında bir süre kaldım sanırım, kanalın güvenlikleri onu aldı dışarı attı. Muhabir çocuğun dudağı patladı, gece personeli odanın önüne toplandı. İnsanlara söyleyecek tek lafım yoktu, onu yaka paça dışarı çıkarırlarken izledim. Kendi zavallılığımı gördüm, gözlerinin içinde bana olan öfkesini gördüm, benden nasıl nefret ettiğini gördüm.

Hiçbir şey yapamadım, yapacak durumda da değildim sanırım. Bu kadar öfke dolu birine nasıl bir açıklama yapabilirim ki. Aklım, kalbim her şeyimle ona ait olduğumu bile bile nasıl başkası var diye düşünebilir? Tek istediğim eski günlerimize dönmemizdi, şu an ise herkese rezil olduğumu düşünmekten başka bir şey yapmıyorum.

Avcumun içinden siliniyor hayat çizgim

Ayrıldıktan sonra arkadaş gazlaması diye bir şey var ki düşmanımın başına vermesin böyle bir hadiseyi. Dünyanın en saçma ilişkisini yaşıyor olsanız bile siz beraberken ağzını açmayan bu insanlar, ayrıldığınızı öğrenir öğrenmez sevgilinize demediğini bırakmama hakkına sahip sanıyorlar kendilerini.

Kanalda yaptığı şeyden sonra eve dönmedim, bir haftadır arkadaşımın evinde yaşıyorum. Eve eşyalarımı almaya bile gidemedim, kızın kıyafetlerini giyip giyip duruyorum açıkçası. O günden beri her gece telefonuma en az 100 tane mesaj attı ama hiçbirinde bir tane özür dilerim yazmıyordu. Tek yazdığı: "Sevgilinin ağzını burnunu kırdım o gün, umarım bana kızmamışsındır. Allah sizin belanızı versin, aldattın beni orospu. O gün beni atarlarken öylece izledin, korumadın bile. Ben sana ne yaptım bana bunu yaptın"...

Kendi kendine benim onu aldattığıma inanmış. Böyle bir şeye nasıl inanabilir hâlâ aklım almıyor. Kalkıp çalıştığım yeri basacak kadar nasıl güven vermemiş olabilirim? Sürekli kendimi sorguluyorum, devamlı kendimi suçluyorum. İnsanlara onu anlatamıyorum. Herkes onun hakkında o kadar kötü konuşuyor ki bir şey diyemiyorum bile. Nasıl savunabilirim, herkesin içinde dana boku gibi beni iki seksen yere serdi, nasıl savunabilirim onu? Beni her gören onunla ilgili korkunç bir hikâyesini anlatıyor, beni hak etmediğini söylüyor, onunla ne işim olduğunu soruyor ve hep "en iyisi oldu canım" diyerek cümleyi bitiriyor.

Bu kelimeleri duyunca sevineceğimi sanıyorlar sanırım, mutlu olacağımı düşünüyorlar ama öylesine yanılıyorlar ki. Ya ben o adamı sizden iyi biliyorum demek istiyorum diyemiyorum, bu kadar iyi bir insanın böyle bir canavara dönüşmesini kabullenemiyorum. Üç kuruşluk insanların dilinde konuşulmasını da kabul etmiyorum.

Kızın biri bildiğin metres, haber müdürü ile beraberler ve adam evli, o bile kendi kıçına bakmadan bana ilişkimle ilgili akıl veriyor düşünsene. Bir başkası hayatında sevgili namına bir şey görmemiş, mastürbasyon yapmaktan kafa derisi sivilce içinde kalmış, bana gelmiş sevgili nasıl elde tutulur diye konuşma yapıyor. En çok bunların diline bizi düşürdü diye sinirleniyorum, onlar seni anlamıyor Allah'ın belası, yapma bunu bize demek istiyorum. Ama çaresizim biliyorum.

Belki bu bize daha iyi gelecektir dedim, o da kendini toparlayabilir belki. Ben evde yokum kendiyle baş başa kalabilir, bana yaşattıklarını düşünebilir, eski günlerdeki gibi olacağına inanabilir dedim. O yüzden yazdığı hiçbir mesaja cevap atmadım, aradığında açmadım, kendiyle kalıp hesaplaşsın istedim. Bana ne yaparsa yapsın onu zaten affedeceğimi biliyordum, kim ne derse desin onu seviyordum neticede.

Aradan tam dokuz gün geçti, mesajları artık gelmemeye başladı. Benim de artık üzerime giyecek kıyafetim kalmamıştı. Eve gitmek için hem bir bahanem vardı hem de belki birbirimizi görürsek yeniden yakınlaşabilirdik o özlemle diye düşündüm. İşten çıkışta eve doğru yol aldım, serviste ondan ne kadar nefret ettiğimi düşündüm, yol yaklaştıkça onu ne kadar özlediğim aklıma geldi. Evin önünde indiğimde kalbim duracaktı neredeyse. Onun sevdiği pastadan aldım, muhakkak kavga edecektik ama önünde sonunda birbirimize sarılıp uyuyacaktık diye düşündüm. Eve giden yol uzadıkça uzadı sanki, kapının oraya geldim, kapıyı açtım ve evin halini gördüm.

Ev bomboştu, hiçbir eşya yoktu. Bir ara yanlış eve girdim mi acaba diye düşündüm ama imkânı yok, bu ev bizim evimizdi ve bir tek eşya gözükmüyordu. Koşarak yatak odasına gittim yerlerde benim kıyafetlerim vardı, dolabın içerisinden çıkarıp atmış yerlere. Bütün eşyaları almış, paspasa kadar her şeyi, çatala kaşığa kadar her şeyi almış. Bizim olan evde kendisine ait ne varsa şu an yoktu.

İzzet Yıldızhan'ı evin ortasına oturt, acılı bir klip çekilir, o haldeydi ev. O sinirle hemen telefon ettim, açmadı. Bir daha aradım yine açmadı, bir daha artık meşgule atınca anladım ki bilerek yapıyor. Hemen o mal arkadaşlarından birini aradım, kesin onlarla beraber başka nereye gidebilir ki. Buzdolabını falan götüne sokacak değil, birinin evine yerleştirmiştir kesin. Arkadaşı açtı telefonu, önce yanımda dedi, sonra sanırım bizimki yok deyince "aa gitmiş" yaptı. Telefonunun hoparlörünü aç diye bağırdım çocuğa. Sonra da "Senin geçmişini geleceğini öyle bir sikeceğim ki hayatın boyunca bunu asla unutamayacaksın. Eğer aklın varsa ülkeyi terk edersin, hayatını söndürmeye geliyorum" dedim, kapattım.

Sonra da oturup ağladım. Başka yapacak bir şeyim de yoktu, o kadar estim gürledim de en fazla ne yapabilirdim? Eşyalar onundu ev benim, kötü bir pazarlık yapmışım demek ki, gerçi eşyaları ben alsaydım bu kez kapı önünde ben olacaktım. Öyle ya Allah'tan kirayı üstlenmişim. Çocuğa da o kadar tehdit savurdum en azından ayıp olmasın diye bir şeyler yapmam lazım. Çok garip ama sinirlenemiyorum bile bu duruma, yani beni işyerimde rezil etmiş, ev eşyalarını alıp kaçmış bir adama kızamıyorum bile doğrusu.

Ne hissetmen gerektiğini bilmediğin zamanlar olur ya hani, o an öyle bir evredeydim sanırım. Ama yine de ondan bunun acısını çıkarmam lazımdı. Kira kontratı benim üzerime olduğuna göre karakola gidip hakkında suç duyurusunda bulunabilirdim. Polislerin aramızda olan yazısız anlaşmadan haberi mi olacaktı, ispat bile edemezdi, evime girip eşyalarımı çalmıştı işte.

Evin yakınındaki karakola koşarak gittim, içeri girdim. Birkaç tane memur vardı sadece, bir anda ağlamaya başladım. Bir anda ama karakola gidene kadar hırs ve sinirle yüklüydüm oraya gidince içime bir Güllü, Bergen, hatta sabah programına katılmış Yılmaz Morgül girdi, sandalyeye attım kendimi, ağlamaktan konuşamıyorum bile o sırada.

Önce kapkaç zannettiler, sonra taciz mi acaba diye düşündüler, trafik kazası mı oldu diye haber gönderdiler ama ben yine de konuşamadım. Öyle kereste gibi ağladım o da şeyden inandırıcılığım daha fazla olsun diye, yani şimdi sevgilim eşyalarımı alıp götürdü desem, beni ciddiye almayacaklar. Adam sevgilim değildi tanımıyorum desem bu kez onu sorgularken ortaya çıkacak. Öyle çok acı çektiğime onları inandırmam lazım ki kızı evde rehin tutmuşa kadar vardırmam gerek olayı. Hıçkırarak ağladığım için ağzımdan "evim soyulmuş" diye bir cümleyi çıkarmayı başardım. Sonra da bir anda bunlar fırıl fırıl etrafımda dönmeye başladılar, "adres, neler alınmış, kapı zorlanmış mı, size bir şey yaptılar mı, siz evde miydiniz" diye bir sorular sormaya başladılar. Dönülmez bir yola girdiğimi o an anladım. Yani artık başka çarem yoktu Ankaralı hapse girecekti.

Bence bu ilişkimiz için de daha iyi olabilirdi, o orada kendini toparlayabilirdi, benim de içim rahat olurdu. Yani bu yaptığı hataların arkadaşlarıyla içip sıçarken kafasına dank edeceği yok, bunu biliyorum neticede. Ama hapishaneye düşerse, hem "ben bu kıza neler yapmışım bak devlet bile beni suçlu buldu" diye düşünür, hem de yani karı kız olmayacağı için çevrede, benim de içim rahat olur. Umarım uzakta bir yere göndermezler, her hafta sonu ziyaretine gitmek beni zorlayabilir çünkü.

Olayları anlatıp eve doğru yol alacaktık ki telefonum çaldı, iyi insanın annesi lafının üzerine ararmış. Arayan anası çıktı, hapishaneye düşeceği haberini annesinden duyması daha iyi olur diye düşündüm. Hatta öyle ki annesinin bana yalvarması, "oğlumu affet, ne olur onu şikâyet etme" diye yalvarması hissi bile beni bir hoş etti. Telefonu açtım, yine aynı ağlayan halimle, kadıncağız "Eşyaları alma terbiyesizliğini şimdi bizim küçük oğlandan öğrendim. Yarın izin alabilir misin, beraber sana eşya alalım. Oğlumun yaptığı bu ayıbı kapatmaz ama en azından benim içim rahat etsin" dedi. Sonra ben kadının bana yalvarma anını düşünüp alacağım hazdan biraz utandım açıkçası. Onların eşyalarına da ihtiyacım yoktu, gider başka yerde de kalırdım, hatta misafirhanede bile yaşardım. Yine büyüklük bende kalsın dedim.

Dedim demesine de bunu yanımda olan polislere de biri söylese iyi olacak. Onca tantananın ardından sen polisin vaktini aldın diye beni içeri atmasınlar! Allah'ım ne olur böyle bir şey yapmasınlar diyerek, "ev arkadaşım aradı bizim ev soyulmamış" dedim. Önce anlamadılar. "Yaa arkadaşım televizyonu tamirciye götürmüş, ben tabii eve gel televizyonu görme, sonra kalp krizi geçir."

Hani bütün ev soyulmuştu diye sordular, onlara televizyonun bütün evin her şeyi olduğunu, televizyonsuz bir dairenin can damarlarından biri kopmuş olduğunu, ev alma televizyon al diye deyimi duyup duymadıklarına kadar bir sürü şey saçmaladım.

Sonra da boş eve gidip betonun orada oturup bundan sonraki hayatımda neler yapacağımı planladım.

Öyle uzaksın ki sesimi sana duyurmak için parçalanıyorum

Uzatmalı, sürünmeli ilişkilerin en kötü yanı ayrılıp ayrılmadığını bir türlü anlayamıyorsun. Adam aldı bütün eşyaları gitti, beni aramıyor bile ama ben hâlâ kendimi onun sevgilisi gibi hissediyorum acaba geri zekâlı mıyım? Evet, kesin öyleyim...

Arkadaşımda kalıyorum son bir haftadır, güya Ankaralı'nın annesiyle çıkıp eşya alacaktık kadın ertesi gün beni aramadı bile, o değil de Ankaralı da aramadı. Bazen ortak arkadaşlarımdan neler yapıp ettiğine dair bilgiler alıyordum, sonunda iş bulmuş kendine. Gerçekten bir işe yaradı bu ayrılık acısı, adam sürünmekten kendine iş bulmuş. Bence bu harika bir şey, eski günlerdeki gibi olmak artık çok basit. Kendine güveni gelir, beni daha çok bile sever belki. Bir de şöyle bir gerçek var ki bu benim için ayrılık dönemi değil, Ankaralı'nın aklının başına gelmesi için ona tanıdığım zaman. Bugün yarın arar beni, nereye kadar arkadaşları, ailesi onu çekecek ki, önünde sonunda bana yaptığı hatanın farkına varacaktır.

O bir hafta boyunca hiç dışarı çıkmadım, olur da duyar kızar diye hiçbir şekilde eğlenme aktivitesi de yapmadım. Zaten sınav zamanında olduğum için sınav-ev-iş arasında mekik dokudum durdum, sınavlar korkunç geçti orası ayrı mevzu hiç girmek bile istemiyorum. Sınavdan çıktım, başka bir sınava daha girecektim uykum açılsın diye 7. caddede bir yere gideyim hem kafam dağılır hem de birkaç nota bakarım diye yürürken, o da ne! Anasının amı yani, bu kadar da olmaz, ohaa ohaa eşekleri siksin seni pislik!

Ankaralı, o geri zekâlı sümsük, arkadaşları ve 4-5 tane kız oturmuşlar kakara kikiri bir muhabbetler, bir kahkahalar. O evin içinde sus pus olan, sinirli, agresif her şeye çatan adam yok. Kızlara baka baka nasıl gülücükler saçıyor. Ulan bunun için miydi onca tantana, arkadaşlarımda arkadaşlarım diye kendini yırtmanın nedeni bu muydu? Bana gelince loy loy elin orospularına ise gülücükler. Ben orada acımdan geberirken, ben kendimi yerden yere atarken, ben ki senin için bile üzülürken senin bu yaptığın reva mı bana?

Gidip saçını başını yolup oracıkta öldürecektim onu, o kadar kötü oldum. Nefes alamadım ya, bunun adı kıskançlık değil, bunun adı aptal yerine konma, ki ondan daha betermiş meğerse. Bir de dışarı çıkalım bir şeyler yiyelim dediğim zaman bana para yok diye carlayan adam şu an fahişelerle yemek yiyor, bir dakika yemek mi yiyor onlar, evet yiyorlarmış. Köpekler!

Ne yapmam lazım, Allah'ım bana bir akıl ver ne olursun, gidip kavga çıkarırsam dayak yiyebilirim, kızlar sanırım beni döver. Sakince yanına gidip selam versem, veremem, ne selamı. Allah'ım ne olur zekâmı aç, bir şey yap bana insanlar böyle durumlarda neler yapıyor bir fragman falan bir şey göster ne ileyim. Hazırlıksız yakalandım, adam evde acı çekiyor zannediyordum meğerse ohh millete acı çektirmekle meşgulmüş. Allah'ım ne olur aklıma bir fikir getir benim ya da bunu yapmıyorsan orayı bunların başına yık. Altında ezilsin pezevenk, gebersin, o taşların altında inim inim inlesin, kolu bacağı kopsun, acı çeke çeke gebersin. Ve tam ölmeden önce benim suratımı hatırlasın. Yok tam ölmeden önceden biraz önce hatırlasın, şimdi beni gördü öldü gibi olur, pek hoş olmaz o. Bir de şimdi oraya gidip mahalle karıları gibi carlarsam olan bana olacak. Oradaki beş para etmeyen karıların gözünde çocuğu değerli yapacağım. Hiç gerek yok böyle bir şeye açıkçası.

Artık o kadar yalvarmamın sonucu mu yoksa yalvarırken kendimi dizginlemem sayesinde mi, aklıma bir şey geldi. Karşı sokağa geçtim, ona telefon açtım. Arkadaşlarının yanında onu aradığım zamanki surat ifadesini çok merak ediyordum çünkü. Telefon çaldı, eline aldı, aradığımı gördü resmen uçarak insanların yanından gitti.

"Alo."
"Nasılsın, iyi misin. Merak ettim seni."
"İyiyim ben, sen nasılsın."
"Ben iyi değilim."
"Hayırdır bir şey mi oldu?"
"Arkadaşım seni birileriyle görmüş."

"Yeter, senden de arkadaşlarından da bıktım! Evimden çıkmıyorum, bir tane dostum kalmadı senin yüzünden, hâlâ ne istiyorsun benden. Özgürlük özgürlük diyordun aldın işte, sokak köpeği gibi kaldım dışarda. Zaten ne geldiyse başımıza senin arkadaşlarının seni gazlaması yüzünden gelmedi mi? Hâlâ onlara mı inanıyorsun, yazık sana gerçekten yazık.."

Kendini bana bağırmaya öyle kaptırmıştı ki karşısında yalı kazığı gibi duran beni fark etmesi biraz zaman aldı. Beni görünce önce bir ne yapacağını şaşırdı, sonra sanki oraya tesadüfen gelmiş gibi davranmak istedi, sonra da arkadaşlarını görmüş de beş dakika yanlarına oturmak için oradaymış gibi davrandı. "İyi madem, o arkadaşlarınla ben de tanışayım" dedim, beni onların oraya götürmedi. Bir de üste çıkmak için sürekli beni suçlar şeyler söylemeye devam etti. Hiç ama hiç ses çıkarmadan dinledim, sonra da "Hesabı ödeyecek paran var mı? Yoksa oradaki kızlardan birinin mi parasını yiyorsun?" dedim. Suratıma bir tane tokat yedim. Öyle böyle bir tokat değildi bu, burnum büyük ihtimalle kulağımın oraya doğru kaymıştır. Dudağım patladı. Öyle bir tokattı, kendimi rezil etmeyeyim derken yine rezil oldum ama en azından artık bu ilişkinin bittiğini kabul ettim. Garson yanıma geldi, onların masası geldi. İnsanlar Ankaralı'ya bir şeyler söylüyordu, itiyorlardı, bana iyi olup olmadığımı soruyorlardı, her şey yine uğultu halini almıştı. Yapmam gerekeni yaptım, öylece çektim gittim...

Evet, ondan nefret ediyordum, beni bu kadar gözden çabuk çıkardığı için, bana saygısı olmadığı için, beni orada küçük duruma düşürdüğü için, beni eskisi gibi sevmediği için, benim canımı bu kadar kolay acıtabildiği için...

Gurur acıdan başka bir boka yaramıyor

Eve bir yatak iki tane de koltuk aldım, yeni hayatıma yavaş yavaş alışıyorum. Birini affedememek çok kötü, aramak istiyorum ama o gün o orospularla o masada o hali aklıma geliyor. Özlüyorum, suratıma geçirdiği tokat aklıma geliyor. Seviyorum diyorum ama onun beni sevdiğinden artık emin olamıyorum. Hiç aramadı biliyor musun, hiç hem de. Bir anda çekti kendini, buza döndü tanımıyorum artık onu.

Çocukken o kadar çok dayak yerdim ki büyüdüğümde geçecek diyordum, büyüyünce de güçsüzlüğünden faydalanan hayvanlar çıkıyormuş meğerse. O tokadı yedim ben ya, sokak ortasında, herkesin içinde... Bana "sen bensin ancak ben ölürsem başkasına gidersin" diyen adamdan üstelik. Zaten bu sözü de biraz sapıkça ve korkutucuymuş ama yine de hoşuma gitmişti. Boynunu özledim, tişörtünü unutmuş burada, giymeye bile gururum el vermiyor onu. Allah'ım bu acı nasıl içimden çıkacak, nasıl bitecek? Her nefes alışımda canım acıyor, acıdan ölecekmişim gibi hissediyorum. Sürekli bana attığı eski mesajları okuyorum, devamlı "bana bunu nasıl yaparsın" diye sanki o karşımdaymış gibi ağlıyorum. Dönerse söyleyeceğim lafları biliyorum, bilmediğim tek şey dönüp dönmeyeceği.

Üvey babamın bir iki ay boyunca evde kaldığı bir dönem olmuştu, onla karşılaşmamak için okuldan sonra tüm gün yürürdüm, başka mahallelerde dolaşırdım. Kendi kendime annem eve gelene kadar eve girmezdim. Yine bir gün böyle önlüğümle kaldırımda oturmuş tebeşir gibi taşlarla kaldırıma bir şeyler çizmeye çalışıyordum kadının biri balkona çıktı bana bağırdı "Ne yapıyorsun sen orada? Duvarları mı çiziyorsun?" diye. Duvar falan çizmediğim halde kalktım kendime başka kaldırım ya da birinin bahçe kenarını aramaya başladım, aynı kadın sonra üşenmemiş inmiş aşağıya yanıma geldi, elli tane soru sordu. Neden her gün sokaktayım, anam babam nerede, o mahallede ne yapıyorum? Hırsız mıyım, biri mi yolluyor beni evleri kurcalayayım diye... Ama bir sürü soru... Çocuk aklımlayım ama o kadar iyi anlıyorum ki kadının benden şüphesini. Korkudan bu arada konuşamıyorum bile, çocukluğumun bir dönemi hiç ama hiç konuşmamıştım ama bu isteyerek değil, kimse benle konuşmadığı için olmuştu. Okula giderdim, arka sırada uyur, dersi dinler ama asla katılmaz, teneffüslerde tuvalete kapanır okuldan eve dönerdim.

Kadından da korkunca, "Polise gidiyoruz hadi!" dedi, evimi gösterdim ben de. "Annem evde yok, servisi bekliyorum anahtarımı kaybettim" dedim. Önce bir inanır gibi oldu, sonra tipime baktı tabii her gün sokaklarda dolaşmaktan toz toprak içinde kalmıştım. "Evine gidelim bakalım göreyim evini" dedi. Ben de yapacak bir şey yok, kapıdan gösterir sonra yine giderim diye düşünmüştüm. Ama maalesef öyle olmadı, üvey babam bahçede bir şeyler ayıklıyordu. Önce görmedim onu, ev dublex böyle duvar yüksekte kalıyor. İleriden bakınca bahçeyi göremiyorsun, yaklaşınca adamı gördüm, kadın da gördü tabii. "Bak baban buradaymış'"dedi, bir ağladım kadının koluna yapıştım. "Ne olur götürme beni oraya, Allah belamı versin, annem gelecek saat 6'da servisi geliyor. Ne olur götürme ayağını öpeyim, kölen köpeğin olayım her gün valla billa evinin temizliğini yaparım götürme, annem gelecek zaten bekleyelim görürsün. Ben hırsız değilim, bak bak ceplerime, o adama götürme evde kimse yok kapıyı kilitleyecek götürme beni."

O kadar çok yalvardım ki ayağına bile kapandım, dinlemedi... Babam seslerimizi duydu yukarı doğru baktı bizi gördü. Kadın "Kızınız mı?" dedi. Adam kafa sallayınca beni şikâyete başladı. "Her gün böyle geziyor, çamurların içinde dolaşıyor her gün ama ödev yapması gerekirken kızınız sokaklarda. Dikkat edin, güvenilir bir semt ama insanlara güven olmaz. Çocuk kaçırma olayları falan Allah korusun" dedi. Üvey babam beni kadının elinden aldı, kafamı o merdivenlerin demirlerine sürte sürte dövdü. Dışarıdayız, kadın hâlâ orada diye ben de kadına karşı koşmaya başladım. "Ne olur içeri almasın beni kapıyı kilitleyecek" dedim, kadın da bir şey yapamadı önce pata küte girişeceğini nereden bilsin. Adam kadına "sağ ol" bile demeden vurmaya başladı her yerime. Ben çığlık attıkça daha fazla vurdu, kadın artık dayanamadı. Etraftan yardım istedi, etrafa bağırdı kendi gelmeye çalıştı. O kadar umutluydum ki beni götürecek diye, öyle bakıyordu çünkü korkusunu da görmüştüm. Bana inanmıştı beni alacaktı oradan, anneme biz anlatınca önemsemiyordu, "sen yaramazlık yapıyorsun" diyordu. Belki bu kadın anlatırsa canımın acıdığını, dayaktan öte olduğunu, işkence yapmayı seven bir sapıkla evli olduğunu, adamın bütün acı eşiği fantezilerini çocuğunda yaptığını görürdü belki. Beni hiç dinlemiyordu, bana gözü, kulağı hep ama hep kapalıydı. Komşulara sürekli sesimiz gidiyordu, iki üç kez polise şikâyet etmişlerdi mesela hiçbir şey olmamıştı. Eve polisler geldi annem onlara çay yaptı ben yukarda onları dinledim. Tek umudum onlardı, orada konuşurken hatta okul çantamın içine iki üç kıyafet bile koymuştum belki beni babamın evine götürürler diye. Merdivenlerin oraya sinip dinlemiştim, üvey babamı hapse atacaklar zannediyordum. Annem yalnız kalacak acaba babama gitmesem mi diye düşünürken kapı sesi geldi, polisler çıktı gitti. Adamlar beni görmedi bile tutanağı yazarken, o gece sırtıma üçgen şeklinde sigara bastı üvey babam, her polis geldiğinde daha fazlasını yapacağını söyleyerek.

En son artık kapıdan içeri soktu. Gücüm de kalmamıştı zaten yere yığıldım, kadın da panikten ne yapacağını şaşırır haldeydi. "Evimin sınırları içindesin polise haber veriyorum" deyince üvey babam sustu. Kadın merdivenlere doğru gitti, döndü. "Geleceğim merak etme birazdan geliyorum" dedi. Bekledim, çok bekledim ama hiç gelmedi. O da herkes gibi aile içinde olan şeye karışmak istemedi. Keşke gelseydi be o gün, keşke!

'Özlersin belki dönersin diye...'

Bir insan uyandığı zaman acı çekmemeli, bence bu hiç iyi bir şey değil. Rüyalarımda bile beni sevmiyor adam, sürekli bağırıyor, uğraşıyorum onu yakalamak için, olmuyor. Gözlerimi açar açmaz ağlamaya başlıyorum. Bu acı geçmeyecek, geçmiyor. Tat alamıyorum, insanları sevemiyorum. Aşk acısı için izin günü verilmeli bence işyerlerinde, yataktan çıkamıyorum mesela ama arayıp haber müdürüme "Adam beni terk etti gelmeyeceğim ben işe" diyemem. Ama gidemiyorum da suratım artık ağlamaktan Chucky'nin gelini gibi olmuş, gözlerim toplu iğne ucu gibi görünüyor, bembeyaz kalmışım, elim ayağım titriyor. Bir ay önce herhangi bir arkadaşım gelip bana acı çektiğini tarif etseydi, götümle gülerdim ama şu an kendi halime bir de oturup ağlıyorum. Yok, imkânsız hayatta işe falan gidemem diye aradım, gece epilepsi nöbeti geçirdiğimi söyledim geç gelebilirim dedim, adam da gelme deyince tek mutluluğum bu oldu.

Bari biraz takılarımı falan toparlayayım dedim, kutunun içinde osuruktan söz yüzüğümüzü buldum. Daha doğrusu onunkini buldum, giderken onu bile bırakmış. Elime aldım, iki postada orada ağladım sonra da iki seçenek sundum kendime. Ben bu Ankara'yı sadece o adam için sevmiştim, o zaman burada kalmamın bir anlamı da kalmadı. Ya da arayıp işleri yoluna sokmaya çalışacaktım...

Sonra playlist'te sırada çıkan şarkı benden ona gelsin dedim: "Çünkü belki yakarım bu evi kurtulurum ikimizden, belki yıkarım gider, ne kaldı hikâyemizden? Belki tutarım iki elimle sımsıkı, özlersin belki dönersin diye..."

Oha lan şarkı falı ilk kez doğru çıktı, ne zaman böyle bir şey tutsam ya İzzet Yıldızhan çıkıyor ya da elin kızlarına yazılmış şarkılar. Bu bir işaret bence, iki yolum var dedim şarkıda da iki yol çıktı, bir karar vermem lazım ya arayacağım ya da gideceğim. Elime telefonu aldım, işaretler onu aramam yönündeydi çünkü, yüzüğü bulmam, müdürümün bana izin vermesi, bu şarkı. Bir şans daha vardı, bu kadar kolay değil ya senelerimiz beraber geçti, beraber büyüdük bile sayılır. Elleri titriyor, her gün aradığım adamı ararken şu an kalp krizi geçiriyorum heyecandan. Numarayı çevirdim kulağıma götürmeye cesaretim olmadığı için hoparlöre aldım sesi ve bekledim.. "Aradığınız numara kullanılmamaktadır" sesini duyana kadar...

Sonra bir çıldırdım. Üzerimdekileri parçaladım, bütün her şeyi yere attım. Salonun ortasında bu kez cenin pozisyonumu alıp ağlamaya başladım. Artık gözyaşım kalmayınca da ayağa kalktım, çantama bir kot iki de bady koydum. Üstümü giyindim, mutfaktan çakmağı alıp perdeyi ateşe verdim. Son kez evin haline baktım ve çektim kapıyı çıktım.

Adeta Özlem Tekin'in klibindeydim: Donuk suratım, hiçbir şey umurumda değil tavrım, bir kot koymam, bu arada kot almışım ama aldığım kot da bana iki beden küçük o ayrı mevzu. Başım dik bir şekilde asansöre bindim, dudaklarımda hâlâ o şarkı vardı: "Zevk senin, sefa senin, cefa benim olsun." Asansör aynasına son kez bakmak için kafamı çevirdim ve o an aklım başına geldi. Lan ben ne yapıyorum 14 katlı apartman yanacak, niye adam beni terk etti diye. Çoluk çocuk ölecek, insanlar ölecek, eşyaları yanacak. Allah beni kahretsin ya ben nasıl bir malım böyle. Adam gibi aşk acını yaşasana be kızım, git çikolata pasta falan ye, ne bilim birileriyle tek gecelik seviş olmadı ev yakmak ne? Özlem Tekin bile şarkıyı yazarken kızın biri bunu ciddiye alır yakar evini diye düşünmemiştir. Niye düşünsün ki hangi sağlam akıllı ev yakar.

Koşarak içeri nasıl girdim, nasıl sular döktüm o pencereye anlatamam. Allah'tan çok yanmamış sadece Pimapen'ler zarar görmüş. Bakacak edecek halim yok, başka zaman camına çerçevesine bakarım dedim, gittim yattım.

Gözlerimi bir açtım her yer kıpkırmızı, nefes alamıyorum. Boğazım acıyor, sıcak çok sıcak, önce ne olduğunu anlayamadım sonra bir saniye cehenneme gelmişim, hasssiktir ya, ölmüşüm ben! Allah kahretsin, bu kadar erken öleceğimi bilseydim iki iyilik yapar sevap point falan toplardım. Çatır çatır yan işin yoksa da bu nasıl bir iş. Hiç "Al canım kardeşim bunlar günahların senin" diye bir kâğıt uzatılmadı. Bürokrasi denilen bir şey yok, pat diye kazana atmışlar beni. Dava açsam açamam da. "Ben aslında şurada iyilik yaptım. Evet kötülük gibi duruyor ama aslında değil" diye itiraz da edemem. Bu arada dünya üzerinde tek kötü, cehennemlik ben olamam herhalde, niye kimseden ses çıkmıyor ki? Ayy kıyamet gününe kadar yalnız mı yanacağım? İnşallah hemen kopar, bir de af dayadılar mı... Nefes alamıyorum yalnız, ölümün de ölümü olamaz herhalde, lan sanırım ben ölmedim. Ohaa ölmemişim ev yanıyor! Ananı sikeyimm ev yanıyor, yatağım yanıyor ya, kapı yanıyor lan ne oluyor? Özlem Tekin mi geldi yaktı, diye düşündükten sonra kendimi öyle bir dışarı attım ki o alevlerin içinden nasıl geçtim hâlâ bilmiyorum.

Yalnız cehennemde olduğumu sandığım olayı arkadaş çevreme biraz daha değişik anlattım. "Gözlerimi bir açtım bir ışık, nasıl nur anlatamam parıl parıl parlıyor her yer. Kocaman bir kapı var yolun sonunda böyle oraya doğru uçuyorum ben de. Sonra bir ses geldi, 'vakti gelmemiş' gibi bir şey duydum. Ardından da gözlerimi bir açtım aynı şekilde havada uça uça çıkmışım dışarı. Apartmandakiler bile kız havada uçuyordu diyormuş" dedim. Ne diyecektim, kötü şerefsiz biriyim kendime cehennemi mi layık gördüm diyecektim ha?

Perdenin yanında tekli koltuk vardı. Ben öyle yakıp gidince koltuğun içine düşmüş bir kıvılcım o da yavaş yavaş sinsi sinsi yanmış, koltuk, dolaplar derken evi yakmışım, üst ve alt katta da biraz hasar var ama öyle deli divane yok. Komşular geldi, sakinleştirici içirdiler, su verdiler. İtfaiye geldi, polisler geldi, onlara da aşk acısı birader diyemediğim için "küçük tüpten sanırım" dedim. Onlar da sorgusuz sualsiz kabul etti. Karakola gittik beraber, üst katta bir kadın vardı o da benle beraber geldi korkmayayım diye. İşte olayı yazdım bilmem ne derken arkadan Ankaralı'nın sesini duydum, ona dönüp koşarak sarılacaktım ama annesi babası yanındaydı, kalakaldım karşılarında. Kadın, suratıma baktı "Tek başına bir eve sahip çıkamadın mı?" dedi. Babası geldi, "Biz bu eve kefil olmuştuk, aramışlar bizi ev sahibin şehir dışındaymış. Telefonun yok arıyoruz yoksun, sen bizi çıldırtacak mısın? Koşa koşa geldik buraya, işimizi gücümüzü bıraktık. Oğlum, şu yarın kefil olayını bir halledelim. Adam gelsin başkasını bulun kefil" dedi. Ankaralı'nın suratına baktım, yüzüme bile bakmadı. Babasını dinliyordu daha doğrusu herkes o adamı dinliyordu ben hariç. Ben sadece Ankaralı'dan bir mimik, bir bakış, ağzından çıkacak iki kelime bekledim.

Komşu kadın artık bunlar üstüme gelince dayanamadı, "Yapmayın kız zaten şokta, evi yandı üstüne gelmeyin" dedi. Annesi de "Bir şey olmamış çok şükür, hadi Allah korumuş, iyi ki oğlum yoktu o evde, uykusu da ağır. Gidelim hadi" dedi. Ben hâlâ Ankaralı'nın suratına bakıyordum, resmen kilitlendim, yüzüme yemin ederim ki bir kere bile bakmadı. Bir defa bile kaldırmadı kafasını, iyi misin diye sormadı, çekip gittiler öylece. Koşarak arkasından kollarından tutup silkelemek istedim. "Benim ya ben, PuCCa, hani çok sevdiğin hani onsuz nefes almadığın kız, çocuğum, annem, her şeyim dediğin kız, o ev bizim evimizdi beraber tutmuştuk, yaşadık, ağladık, güldük, aç kaldık. Benim ben, ben sana ne yaptım da benden nefret ettin? Yüzüme bakmayacak kadar ne oldu, söyle bana ya, kaşlarını sevmiyorum de, suratın çirkinleşti de, kilo aldın de, sevmiyorum seni Allah kahretsin de, başkasına âşık oldum de, bir şey söyle bu hale nasıl geldik bir şey söyle artık" diye ama onun yerine gidişlerini öylece izledim.

Yanık bir ev, sıfır eşya, sıfır para, sıfır kıyafetle yarın yeni bir gün için hazırdım.

Kahramanım beni kurtarmak yerine öldürmeyi tercih etti

Elinde avucunda hiçbir şeyi olmayan göçebe biriyim şu an. Ne yapmam gerekli gerçekten bilmiyorum, neye kara vermem lazım onu bile daha çözemedim. Sanki Ankaralı bu buhran döneminden çıkacak, kolumdan tutup yine beni kurtaracak gibi hissediyorum.

Evi yanmış, terk edilmiş, parasız ve ne yapacağını bilemeyen her genç kız gibi ben de yapmam gerekeni yaptım, yani falcıya gittim. Pardon her geri zekâlı kız gibi demem lazımdı. Üstelik sadece bir falcıya değil, günde beş tanesine bile gittiğim oldu. Ağzımdan çıkan cümleler sadece şunlar olmuştu: "Kaça bakıyormuş? Neredeymiş? Evde mi bakıyor? Ayy kafeyc falan gidemem onlar iyi değil. Bülent Ersoy'un falcısı mı? Bana borç versen ben sana maaşı alınca öderim."

Uyuşturucuya, kumara düşmüşüm gibi falcı batağına düştüm resmen. İçtiğim fincanların içinde "o geri dönecek" çıkacak diye canımı bile verecek hale gelmiştim. Çoğu ne geleceği ne geçmişi biliyordu, birkaçı harfler çıkardı ama zaten âşık olduğum adamın adını ben de bildiğim için bir işe yaramadı.

En son artık birini söylediler. İstanbul'daymış normalde, buraya birine gelmiş, iki gün kalacakmış randevu almak çok ama çok zormuş, fiyatı da hayli tuzlu. Yalnız falcı değil Madonna mübarek turneye falan çıkıyor, kadın artık bu işte nasıl para varsa hay maşallah. Buna kesin gitmeliyim dedim, üst baş için ayırdığım paradan alıp, telefonda zar zor randevuyu yalvararak aldık ve bir arkadaşımla beraber oraya gittik.

Eski gecekondu bir ev, böyle kapıdan içeri giriyorsun, kadın direk kapının oraya bir masa atmış orada bakıyor. Yan tarafta da çekyat falan var bekleyenler orada bekliyor. Ev korkunç, eşyalar çok kötü, az önce deli gibi para var dedim ama parayı nereye yatırıyor onu bilemedim açıkçası. Geçtik oturup sıramızı beklemeye başladık. O kadar ortalık yerde bakıyor ki, baktığı kişinin hayatını dinliyorsun. Kadının birine bakıyor böyle: "Kocan seni tam üç kez aldatmış, sen ikisini biliyorsun. Sonuncusu ile yedi kez cinsel ilişkiye girmiş, ikisi sizin yatağınızda" dedi, ben orada zaten korkudan içime içime sıçmaya başladım. Sonra diğeri geldi. "Bileziklerin için oğlunu suçlama, evine gelip giden kardeşinin kocasına dikkat et, o bilezikler onun cebinde idi şimdi meşhul." Bir taraftan da insanlar benim de falımı dinleyecek diyorum, iş arkadaşım yanımda. "Sen evi kendin yakmışsın" dese, falcıya nasıl yalan söylenilir diye düşünüyorum, bir de onun paniğini yaşadım durup dururken.

Kadın öyle uzun bakıyor ki baktığı herkesin derdi derdim oldu yani. Kadınlardan birinin babası çok hastaymış ben arkada ona ağlıyorum. Diğerinin kocası çocukları kaçırmış yerini sormak için gelmiş, ben yine kahroluyorum. Birinin ailesi ona sırt çevirmiş bilmem ne bilmem ne dert dert dert yani.

Sıra geldi bana, aşk acısından geldim demek çok kötü olacak o kadar sorunlu insanın arasında. Kimsenin duymayacağı bir sesle adımı söyledim, annemin adını söyledim sonra da bekledim. Kadın bir dualar okudu ama baya bekliyor yani böyle, hiç kimsede bu kadar beklememişti. Aha dedim, kesin bende bir şey gördü. Acaba seçilmiş insan mıyım? Olabilir, altıncı hissim de epey kuvvetlidir benim. Acaba bana el falan mı verecek? Kişi başı 150 TL'den günde 20 kişi gelse, hafta sonu da tatil yapsam ohh mis gibi iş. Sonra kadının gözleri doldu, bildiğin çıpıl çıpıl oldu gözleri. Kesin ölümümü gördü dedim, kafamı ben de kahve fincanına doğru uzattım, benim de gözlerim doldu tabii o sırada. Ölüyorum dedim, yok oluyorum, yataklara düşüyorum, gencecik yaşımda verem olabilirim ya da kanser. Ben salağım gerçi kesin nezleden falan ölürüm. Dünyada hiçbir izim kalmayacak düşünsene, herkes hayatına devam edecek bir kişi bile adımı hatırlamayacak, daha çok erken ölemem diye ben de ağlamaya başladım.

Kadın şöyle bir sildi gözlerini, "Gözümden ameliyat olmuştum aylar önce hâlâ her gün damla sıkıyorum. Biraz beklesek bulanıklığı geçse" dedi. Yani kadın ben gelmeden gözüne damla sıkmış, ben de kendi üstüme alındım salak gibi. Çaktırmadan sildim yüzümü gözümü, Allah'tan gaza gelip hıçkırarak ağlamadım rezil olacakmışım. Geçti hanımefendinin gözünün yaşı, sonunda başladı bir şeyler söylemeye:

"Geniş omuzlu, yuvarlak yüzlü, güleç yüzlü bir çocuk var böyle."

"Hah, işte o Ankaralı. Biz aynı sınıftaydık onunla da sonra sevgili olduk, hatta evleniyorduk. Sonra iş hayatına girince kavga etmeye başladık. Ya aslında onun öncesinde de ediyorduk ama ben biraz safım da ben aşktan meşkten sanıyordum onları. Ben sonra İstanbul'a gittim, bu ağlamış arkadaşıma benim, yok çok seviyorum, ille onu istiyorum bilmem ne diye. Ben tabii geri..."

"Kızım tamam, heyecanlanma, dur bir sakin ol."

Kadın daha cümleye girer girmez ben tabii konuşmaya aç bir şekilde girdim olaya tutamadım kendimi. Sonra baktı baktı fincana:

"Bu çocukla yolun bir daha kesişmiyor, kesişmesin zaten. Küçücük bir odanın içinde sıkışmış kalmış bu, hep kalacak, bir adım ilerisine gidemeyecek. Kariyerin, paran, yaşayacağın yerler her şey senin bu çocuğun kat kat üstünde olacak. İki sene çok zor geçecek senin için, hamilelik gibi düşün."

"Hamile mi kalacağım? O zaman dönecek mi peki?"

"O anlamda değil, sen daha doğmamışsın ceninsin, iki seneden sonra doğacaksın."

"Peki dönecek mi?"

"Bırak şu puştu daha güzel şeyler olacak diyorum. Geleceğin çok güzel senin, sakın geçmişine bakma. Sırtında, bacaklarında izler var boylu boyunca, sana ne yaptılar böyle sigara izleri var hep..."

"Sessiz söyler misiniz?"

"Onları sev, kendini sev artık hiçbir şeyin suçlusu sen değilsin. Annen gibi olmayacaksın. Çok güzel bir anne olacaksın, çok seveceksin, bir kız bir oğlun olacak bir tane de çocuk düşüreceksin."

"Şeyden mi çocuk, Ankaralı'dan mı onunla mı yapacağız?"

"Ya bırak dedim ya onu, o olmayacak hayatında."

"Hiç mi? Bir daha baksanıza belki onunladır yani."

"Bir anda evleneceksin sen, bir iş için tanışacaksınız."

"Acaba şey olabilir mi? Sonradan karşıma çıkıyordur."

"O çocuğu unut diyorum, o değil o başkasıyla evleniyor sonra boşanacak sonra bir daha hayatı boyunca o şekilde gidecek. Bırak sana o adamdan hayır yok."

Sonraki dediklerinin hiçbirini dinlemedim. Millete gelince kocasının aldattığı karıyı anlatsın bana gelince evleneceksin, mutlu olacaksın. Ee kimle evleniyorum, nasıl evleniyorum, bu çocuğu nasıl unutuyorum, hiç yok. Sikerim böyle aşkın ıstırabını, bana gelince tutukluk yaptı karı.

Ankara'da gittiğim son o falcı oldu. Ne adını ne nasıl ulaşılabilirliğini hiçbir şeyini hatırlamıyorum bile ama o söylediğiiki sene doğru çıktı. Kim bilir sonraki söyledikleri de çıktı ama ben dinlemediğim için bilemedim tabii.

Beni daha önce de sevmiştin, hiç bu kadar yalnız kalmamıştım

Her şey nasıl bir anda bu raddeye geldi bilmiyorum. Ağır ateşli bir hastalık geçiriyorum sanki, önceki günüm, yarınım birbirine karışmış. Sadece her şey daha güzel gitsin diye çırpınmıştım oysa, nasıl bu kadar uzaklaştı benden, bu kadar mı ittim, böyle mi kötü biriydim? O uykusundan uyanmış gibi, gözlerinde bile ben yokum görüyorum. İlişkiye dair bütün acıları bir kenara atın, hepsini, ama kıskançlık, aldatılma, ilgisizlik hiçbiri ama hiçbiri bunun yerini tutamaz. Bitmeye yüz tutmuş, hatta öyle ki bitmiş ama kabullenemediğin acı...

Evi yaktığım için boyatmam lazım doğal olarak. Artık kendimle de yüzleşmem lazım diye, eksiklere de bakmak için eve gittim. Kapıyı açar açmaz o harabe yerle karşılaşınca kendi ilişkimin de o ev gibi olduğunu fark ettim. Yanmış evin ortasında ne yapacağımı düşünüyordum, ne yapsam daha da batıyordum. Ne kadar uğraşsam daha da uzaklaştırıyorum kendimden. Hiçbir şeyim kalmamıştı, her şeye baştan başlama gücüm bile, ayakkabılarım bile yanmış. Gelecek maaşımı kıyafete mi, kiraya mı, eşyaya mı yatıracağım, o kadar çok sil baştan yaptım ki yorulmuşum. Kapı açıldı, Ankaralı girdi içeri, ayağa kalkacak bile halim yoktu. Ortada öyle baktım yüzüne, bu kez bakacak mı diye. Arkasından annesi babası vardır diye düşündüm ama yanılmışım. Karşıma oturdu, bağdaş kurdu, eve baktı biraz sonra ağlamaya başladı, ben de ağladım. Bir süre hiç konuşmadık, sonra o başladı anlatmaya...

"Bana ne oluyor bilmiyorum, burada o kadar çok anım var ki seninle. Her şeyi seninle yaşamışım sanki. Önce yokmuş, bir öncem yokmuş daha doğrusu. Eskiden bana huzurlu geliyorsun, sen değişmedin ama artık boğuluyorum yanında. Ben ben olmuyorum, siniyorum yanında artık. Konuşacak bir şey yok sanki, tüketmişiz gibi. Sevmiyorum değil bu, seviyorum. Köpekler gibi seviyorum hem de! Her gün ne yedi, ne içti diye aklımı oynatıyorum. Başka bir şey bu, kalamıyorum duramıyorum. Seninle olmuyor, ne olmuyor diye kendime soruyorum yemin ederim bilmiyorum. Ne başka bir kız, ne aldatma ne başka bir şey var öyle bir şey değil bu."

"Beni daha önce de sevmiştin ama hiç bu kadar yalnız kalmamıştım."

"Annem, babam, sen, bu saçma yüzükler, işim bile daha yeni oldu benim. Geleceğim yok ki bir sene sen bana baktın. Asıl sen sorsana kendine ne işim var bununla diye. Sana gelecek veremiyorum ben, önümü göremiyorum artık."

"Ama her şey daha iyiye gidiyordu, artık işin var, daha güzel bir eve çıkarız. Yemek yapmayı da öğrenirim dışardan yemezsin."

"Olmuyor ya, baksana kaç kez denedik, kaç kez kavga ettik. Beni boşver ben bitik adamım diyorum, sen kendini benden kurtar. İyi biri değilim ben, o kadar iyi şeyleri hak ediyorsun ki onlardan biri değilim. Suratımıza bakacak yüzümüz olsun, onca şey yaşadık karşılaştığımızda selam vereceğimiz onurumuz olsun."

Hiçbir şey söylemedim, o bitirmeyi kafasına öyle bir yerleştirmiş ki ezberlediği cümleleri bana kuruyordu. Söylediği şeylere kendi bile inanmıyor. Demek ki böyle bir şey sevilmemek, karşına geçip anlatıyor işte adam, kırılacağın cümleleri süslüyor. Seviyorum diyor mesela, seven halini bilmiyormuşum gibi. Bitik adamım diyor, üzerindeki tişörtü yeni almış o kadar mutlu ki yeni hayatında, yeni işinde, görüyorum resmen. Ona o kadar fazla geliyorum ki şu an gözlerimin içine bile bakamıyor, ağlarken bana değil bitirdiği bir devrine ağlıyor. Ben onun için kötü zamanlarıydım, o zamanlarda yanında olması gereken biriydim. Şimdi ise sadece bir sünepe, kamburu, belası... Ne desem bir işe yaramayacak, tanıyamıyorum onu, duyamıyorum, sesimi duyuramıyorum. Ağzından çıkan şeyler hep aynı: "Boğuluyorum, bıktım, kavgadan sıkıldım, yoruldum, yeter, istemiyorum..." Hep aynı yüklemler üzerine kurulu cümleler... Fiilin, eylemin hep benim yokluğum üzerine, be domuz, be geri zekâlı, be lemur suratlı, bu kadar sene ağzıma sıçarken hiç mi bunalmamıştın da bir anda coştun. Başkası var, bu uzaklık bu suskunluk, bu ezbere cümleler.

Kalktı, elleriyle gözlerini sildi, burnunu çekti camdan dışarı baktı "Ne yapacaksın" dedi, "bilmem" dedim. "Yeni numaramdan sana mesaj atarım, bir şey olursa ararsın. Ne olursa olsun sen benim için hep çok önemli olacaksın. Eşyaları da getiririm televizyonu arkadaşlara verdim ama sonra alırım onu geri. Derslerine iyi çalış, artık ben de yokum işten de çık bence benle yaşayamadığın o hayatı daha rahat güzel yaşa. Paraya ihtiyacın var mı?"

Sadece baktım, karakolda yüzünde bir mimik aradığım an gibi bir samimiyet aradım suratında. Bulamadım, o da geldiği gibi gitti, anahtarı yere yanıma bıraktı, saçlarımdan öptü, kapıdan çıktı ve gitti...

Bu sondu, umudum artık bitmişti. Bir insanı rezil hale getiren tek şey bence umut, acı çektiriyor gereksiz yere sonu güzelliğe gitse bile o yolda o kadar yıpranıyorsun ki güzelliği fark edecek yerin kalmıyor. Acı eşiğimi çoktan geçtim sanırım, bir süre sonra zaten artık uyuşuyorsun. Daha da kötü yapmadan, onun da dediği gibi, birbirimize selam verecek yüzümüzü kaybetmeden gitmeliyim. Bu şehirde kalmamın hiçbir amacı yok, olmamıştı da zaten. Okulu ya durdururum ya da hiç bilmiyorum sonra sadece sınavlara girerim. Şu an tek düşüncem, burada kaldığım her saniye hem onun hem de benim ayaklarımı kilitliyorum. Bir daha onun gibi kimseyi sevebilecek miyim bilmiyorum, açıkçası düşünmek bile istemiyorum. Tek düşünmek istediğim şey, uyumak. Uyandığım an her şey geçecek gibi geliyor bana, her şey bitecek sanki.

Nasılsın?

"Döndüm gecenin karasına. Artık kimse kıramaz beni. O kül gibi o deniz o sessiz kız. Kayıp bir sandala binip gitti..."

Bazı şarkılar vardır hani, zamanında o kadar çok dinleyip acı çekip bıkmışsındır ya o şarkıdan, öyle bir anda karşına çıkar ki şarkıyı çevirmek istersin, bir taraftan da mutlu olursun çıktığına, yeniden o acıyı çekmek garip bir şekilde hoşuna gider ve artık o acının canını deşmediğini bilmek...

Üç beş parça onda bunda unuttuğum şeyleri toplayıp o günün gecesi AŞTİ'ye gittim. Bu arada bir tane bile arkadaşım olmadığını gördüm, tek başıma öyle üç saat sonra gelmesi gereken otobüsümü bekliyordum. Son kez bu şehri görüyor gibi hissediyordum, ama sınavlarda sike sike gene gelecektim. Bu griliği, soğukluğu; memur tutumlu baba izlenimli şehirden nefret ediyordum. Ailemin yanına düzelmeye gitmek, orada kendime gelmek en mantıklısıydı. Daha doğrusu başka seçeneğim yoktu, güçlü biri değilim; ben çok kırıldım, çok üzüldüm. Uyuşmuş gibiyim, acı çektiğimi bile artık anlamıyorum. Açlıktan da artık gözüm dönüyordu, sanırım iki gündür su bile içmemiştim.

Tost aldım, içeride sandalyelerden birine oturdum. Gözüm dönüyor ama açlıktan, dün de yememiştim artık beden isyan etmeye başladı. Tam tosttan bir ısırık alacaktım ki telefonum çaldı, Ankaralı'ydı. Arıyordu, birinden duymuştu kızlar söylemişti "gitme" diyecekti. Açtım telefonu. '

"Yarın müsait misin? Eşyaları bıraktırayım." Gideceğimden haberi bile yokmuş meğerse.

"Ben gidiyorum."

"Nereye?"

"İzmir'e dönüyorum, o gün haklıydın sen, burada yapacak bir şeyim kalmadı."

"....."

Sessizlik uzunca bir sessizlik hem de... "Gitme" demesini beklediğim sessizlik... "Saçmalama okulun ne olacak?" demesini beklediğim sessizlik... "Yeniden denesek" diyeceğini umduğum sessizlik. Ama onun yerine ağzından çıkan kelimeler "yolun açık olsun" oldu. Öyle uzaktan akrabammış gibi kapattım telefonu, bu arada çocukla telefonla konuşurken tostum yere düşmüş onu fark etmemiştim. Zaten aç da değildim artık. Kalbim öyle acıyordu ki açlıktan ağrıyan karnımı hissetmiyordum bile. İnsanları izledim, sevgilileri özellikle. Ankaralı'yı ilk gördüğüm yere baktım. Ne şapşaldık, gizli gizli buluşmalar, Sarı'dan kaçmalar. Keşke hep o zamanlar kalsaymış, bir adım ileri gitmeseymişiz, sonu uçurummuş çünkü. Şimdi yine o günlere dönsem burada onu kız arkadaşıyla görsem, okulun yerini sorar mıydım acaba? Bilsem sonumuzu yine de başlar mıydım? Sanırım yapardım, her ne kadar şu an benden nefret de etse, beni daha önce hiç ama hiç kimse ailemden biri bile böyle sevmemişti, üzerime titrememişti...

Otobüsün kalkış saati geldi, oraya doğru gidiyordum ki telefona bir baktım yedi cevapsız arama, hepsi Ankaralı. Kalbim duracak şekilde aradım geri.

"Gittin mi bindin mi otobüse?"
"Yok biniyorum."
"Bekle, neredesin? Hangi firma, kaçıncı peron?"

Beni almaya geleceğini zannetmem sanırım çok normal, genelde böyle olaylarda er kişi kızla barışmak için peşinden gelir. Ama yanıldım. Pezevenge zamanında "ayrılığımız güzel olsun" diye bir cümle kurmuşum, artık neden nasıl kurmuşsam bunu. Hayır aklı başında insan kurar mı bu cümleyi, ne yapacağız birbirimize çiçek mi vereceğiz, parti mi yapacağız ayrılık partisi diye, ne yani. Bir ayrılık neden güzel olsun ki? Demişim işte zamanında, geldi yanıma.

"Bir daha sanırım karşılaşmayacağız. Yine de bir şey olursa ara..."
"Tamam."
"İyi bak kendine ama tamam mı, çok zayıflamışsın gözlerin bile çökmüş. Baban zaten iyi bakar sana. En iyisini yapıyorsun biliyor musun burada rezillikti ya."
"Sağ ol."
"İşi ne yaptın?"

"İstifa ettim."

"İzmir'de kanal var mı?"

"Var tabii."

"Bana çok kızgınsın biliyorum. Ama şunu sen de bil, ileride seninle gurur duyacağımdan eminim. Bak ben daha yeni senin üç sene önce yaptığın şeyleri yapıyorum, sen çok başarılı biri olacaksın. Bunu sadece ben değil okuldaki hocalar bile demişti hatırlamıyor musun?"

"Sen nasılsın, iyi misin? Ailenle yaşamıyormuşsun yine, bugün Sevil söyledi. Güzel geçiyor mu günlerin, alıştın mı işine?"

Cevap veremeden otobüs kalkma zamanı geldi, bindim. Camdan hayatımın dört senesini verdiğim çocuğa güçlü görünmek için el salladım, şirinlikler yaptım. Sırf kendinden vazgeçtiğimi düşünsün diye, o kadar ağır bir yük ki birini fazla sevdiğini bilmek. "İnince ara" yaptı, sonrası kara delik. Otobüsten aşağıya indim, sarıldım. "Gitme de bana lütfen" dedim, suratıma baktı sadece etraftaki insanlara baktı, bir daha dedim, bir daha "Gitme de" dedim. Sarıldı. "Elim kolum bağlı yapma bize bunu ne olur" dedi, muavin de çağırınca arkama baka baka bindim otobüse, arkamdan gelecek sandım, sarılacak zannettim ama olmadı. Otobüs hareket etti, onu nokta olana kadar izledim.

***

Şu an karşımdasın, eğer biraz cesaretimiz olsaydı sanırım göz göze geldiğimizde selam verirdik birbirimize. Bırak, birbirimize selam verecek yüzümüz olsun demiştin. Demek ki yüzümüz kalmamış. Oysa diyeceğim sadece ufak bir şarkıydı, düşün benim sana söyleyecek bir sözüm bile kalmamıştı.

Çok sevmek hep başa bela, anlıyorsun üstelik karşındakinden daha fazla sevdiğini, her seferinde de götüne giriyor biliyorsun işte.

Mutlu musun acaba diyorum, bazen merak ediyorum. Seninle yaşadıklarım hafızamda hep gri renkte nedense, her şey puslu betonların arasında kış günü gibi. Devam edebilseydik mesela, hiç büyümemeyi seçseydik ne olurdu diye düşünüyorum. Bir de bir zamanlar hayatından öteye koyduğum adamı nasıl zamanla unutabilmişim ona şaşırıyorum. İlk önceleri kimseyle seninle yaşadıklarımı yaşayamam zannetmiştim. Bir daha bu kadar çok sevemem sanmıştım. En önemlisi sevilemeyeceğimden ölesiye korktum. Sevildim mi bilmiyorum, sen bile beni sevdin mi hiç emin değilim ama şu bir gerçek ki kalbimin içinden geçen tek şey senle ilgili, "umuyorum tuvaletini yaparken kıçından içeri sıçan girer" idi, olmadı kısmet değilmiş demek ki. Orada söyleyemedim, şimdi söylemek isterim:

"Ne sen söyledin derdini. Ne ben sevdiğime inandım. Unut geçen eski günleri. Bunca yıl sonra nasılsın?"

Dizüstü Edebiyat dizisi kitapları:

Küçük Aptalın Büyük Dünyası, *PuCCa*

Piç Güveysinden Hallice, *samihazinses*

Bizim de Renkli Televizyonumuz Vardı, *OnurGökşen*

Sorun Bende Değil Sende, *PinkFreud*

Bayılmışım... Kendime Geldiğimde 40 Yaşındaydım, *Şebnem Aybar*

1 Kadın 2 Salak, *Fatih Aker & Livio Jr. Angelisanti*

Erkek Dedikodusu, *FrenchOje & T. B.*

Bir Apaçi Masalı, *Angutyus*

Pucca Günlük Ve Geri Kalan Her Şey, *PuCCa*

2011'in Bobiler Tarihi, *bobiler.örg*

Bir Alex Değilim, *İstiklal Akarsu*

Sorun Bendeymiş, *Pink Freud*

Yedi Kere Sekiz, *OnurGökşen*

Erkek Dedikodusu2 , *FrenchOje & T. B.*

Dünyada Aşk Varmı?, *MarslıKovboy*

Bir Apaçi Masalı 2 - Kebabman, *Angutyus*

Allah Beni Böyle Yaratmış, *PuCCa*

Olsa Dükkân Senin, *İstiklal Akarsu*

Beni Hep Sev, *Pink Freud*

Allah Belanı Versin Brokoli, *Onur Gökşen*

Keşke Ben Uyurken Gitseydin... , *French Oje*

Gülfim Abla, *Meltem Parlak*

Bir Apaçi Masalı 3 - Gurbet Kuşu, *Angutyus*

Kızsız Adam, *Okan Vardarova*

Ay Hadi İnşallah!, *PuCCa*

Atarlı Romantik, *Velveleyeverdim*

Olur Öyle, *İstiklal Akarsu*

Garson ve Mutlu, *Fulsen Türker*

Sen Yokken Yine Yanlış Yaptım
Keşke Ben Uyurken Gitseydin-2, *French Oje*

Popom Olmadan Asla!, *Şişman Kız*

Bir Apaçi Masalı 4 - Biz Ucuz Adamlardık, *Angutyus*

Gülfim Abla Yüzük Bekliyor - Gülfim Abla-2, *Meltem Parlak*

Mualla'ya Sor, *Pink Freud*

Ben Hiç Giden Olmadım
Keşke Ben Uyurken Gitseydin-3, *French Oje*

Bir Apaçi Masalı 5 - Artık Bu Numarayı Arama Anne, *Angutyus*

O İş Bende, *İstiklal Akarsu*

Ben Bu Aşka 20 Kilomu Verdim, *Şişman Kız*

Ne Kadar da Duygusal Bir Kitap, *@memametali*

Aşk Olsun*, *Fulsen Türker*